加勒比海的绿色鳄鱼

还原一个真实的古巴

盛林 ◎ 著

天津出版传媒集团

天津人民出版社

图书在版编目（CIP）数据

加勒比海的绿色鳄鱼：还原一个真实的古巴 / 盛林
著. -- 天津：天津人民出版社, 2025. 5. -- ISBN 978-
7-201-20813-8

Ⅰ.I267

中国国家版本馆CIP数据核字第2024PR8235号

加勒比海的绿色鳄鱼：还原一个真实的古巴

JIALEBI HAI DE LÜSE EYU : HUANYUAN YI GE ZHENSHI DE GUBA

出　　版	天津人民出版社
出 版 人	刘锦泉
地　　址	天津市和平区西康路35号康岳大厦
邮政编码	300051
邮购电话	(022)23332469
电子信箱	reader@tjrmcbs.com

选题策划	鼎之文化　高连兴
	范　园
责任编辑	范　园
装帧设计	汤　磊

印　　刷	天津新华印务有限公司
经　　销	新华书店
开　　本	880毫米×1230毫米　1/32
印　　张	11
字　　数	250千字
版次印次	2025年5月第1版　2025年5月第1次印刷
定　　价	68.00元

自 序

走遍古巴的愿望，在我心中积蓄了许久，像我放在银行里为数不多，却放了许久、极有诱惑的钱财，让人时常想拿出来数一数。去古巴的愿景，我向菲里普说过好几次，他居然无动于衷，有时心不在焉根本没认真听，或什么也听不进，仿佛耳朵完全不起作用了。

只有一次，也就那么一次，菲里普漫不经心地问："亲爱的，你为什么想去古巴呢？"

为什么想去古巴？我向他罗列了几条理由：

第一，美国离古巴近，从迈阿密起飞，四十分钟就到哈瓦那了，比我们从沃顿镇到休斯敦还近。

第二，美国和古巴在同一个时区，跑遍古巴不需倒时差，不用为睡觉的事愁苦，对我来说是件幸福的事。

第三，我对古巴有亲近感。古巴和中国制度相同，是社会主义阵营最后的坚守者。我亲历了中国特色社会主义，也想体验古巴式的社会主义。我想知道，古巴人吃什么、住什么、唱什么，以及林林总总"古巴"轶事，越好玩儿越好。旅游就是为了玩儿。

第四，这一条对我来说特别重要。越来越多的人想去古巴，古巴有什么好呢？古巴的形状像条鳄鱼，鳄鱼身上有什么呢？去过了才能知道。因此，人们心里痒痒的，想爬到鳄鱼背上，揭开鳄鱼的秘密。所以，总有一天，古巴会挤满好奇的人，很吵、很挤、很让人头疼。到那时，我也许根本不想去了，就像我不愿去"新马泰"、夏威夷，怕吵，也没那么多钱，钱得用在刀刃上，"刀刃"须得慎重选择。所以，我得赶在这些事发生之前，赶紧去古巴，安安静静、不受打扰。我是喜欢孤独、害怕人群，又一心一意想周游世界的怪人。

听着我的陈述，菲里普一会儿点头、一会儿皱眉，仿佛既赞成又不赞成，也许根本就没听进去——有时候他的听力不太好。

直到2019年2月2日，这一天是我们结婚十周年纪念日。

为了这个纪念日，我献出了一本书——《半寸农庄》，描述我和先生菲里普的十年光阴。菲里普翻开这本书，感动得眼圈发红，亲吻了书，亲吻了我。

于是，菲里普打开手机，亮出了给我的礼物——飞往古巴的机票。我看着机票，吻着机票，转着圈儿喊："哇，我们要去古巴了！"我高兴得忘了亲吻他，而他在一边嘿嘿地傻笑。

这下我明白了，他之前是放烟幕弹。他总是放烟幕弹，我和他结婚十几年了，他放了无数枚烟幕弹，特别是礼物这事，他任我做美梦、落入迷茫、濒于失望，然后突如其来一击，给我天大的惊喜。事实上，当我第一次提到古巴，他就已开始谋划，悄悄选定了日子：2019年2月，结婚十周年，去古巴度蜜月；出发日2月14日，情人节。瞧瞧，这么浪漫的事，他让我一直蒙在鼓里，让我怀疑他耳朵有问题。

"瞧你这么高兴，看来，我做了件天大的好事。"他高调地表扬自己。

"你是天大的好丈夫。"我立刻对他"歌功颂德",以顺应欢乐的气氛。

"亲爱的,我还没告诉你,此次去古巴,我们要加入一个骑行团,骑着摩托车看古巴。"他看着我说。

"哈哈,没问题,你骑我也骑。"我干脆地说,蹦出一句我们共同的誓言。

我们同时伸出手掌,响亮击掌,就像我们每次准备骑行一样,表达生死在一起的决心。对于摩托车旅行,我早就习惯了。或者说,跟我的"摩托鬼子"出游,肯定要骑摩托,不骑才怪。他享受骑行,我享受景物,各得其所。

我的《半寸农庄》、菲里普的古巴机票、摩托车旅行,成了我们结婚十周年的纪念品。这样的纪念品"惊"不了天地、"泣"不了鬼神,却是我们心中的珍宝。我们把相知相守的十年用某种形式定格了,镶嵌于岁月的镜框,自我欣赏起来。自我欣赏还是蛮喜悦的。

十年,对宇宙来说是一个瞬间,对人来说却是一大截生命、一大堆阳光、一大篇故事。

十年前,我和菲里普半路相遇,跨上了同一条小船,划着木桨一口气航行了十年。我们的船又小又简陋,但没有漏洞、裂缝,航行一直平稳。我们是舵手,是船员,也是维修工,什么事都一起面对。我们的默契,就像船与水的默契。

我们平和、平行、平等,就像美丽的水平面。我们三观平和,灵魂平行,拥有的责任和义务平等。我们认同这样的"三平"状态,让它成为婚姻的稳定剂、荧光棒、调味品。

婚姻就像划船，不是一个人在战斗。我已步入花甲，还不算高寿，却也看了许多破裂、即将破裂、已经破裂、破裂了勉强缝合的婚姻。这样的婚姻，归根结底是失去了我所看重的"三平"，这"三平"比忠诚更可靠、实用，或者说，没有"三平"的婚姻是不忠诚的。忠诚有时是道德，有时是罪恶，这件事《贝姨》诠释得十分通透。男爵夫人的忠诚造就了不忠诚的男爵，推倒了夫妻间平等的护墙，她怨天尤人，却习惯了这种不平等，事情就变得不可逆转。当女人认定自己是一个悲剧，那她肯定是一个悲剧；当她放弃自我，那她肯定失去自我；当她抱怨终身，她注定是怨妇。她不强大，不是对男人不强大，是对自己不强大。我始终认为，能为女人撑腰的不是男人，而是女人自己；能打倒女人的，不是男人，是女人自己。结论也就出来了，毁灭婚姻的也不是婚姻本身。

我不是什么女权至上者，我也绝对不想做女奴，我信奉并坚持我的"三平"信念。

以上题外话，也不全是题外话，就把它写进了《序》。

要去古巴了，我们得做些准备。

准备工作不复杂，去古巴不用签证，只需一张"People to People"通行证①。这事由摩托团领队操办，他叫比尔，美国"摩托发现"旅行社成员。

至于骑行服、头盔、靴子之类，也不用操心，启用骑行非洲的全套行头，这些旧日的老将，正趴在角落里听候命令。是的，我承认，它们趴在角落，肮脏、有酸臭、有非洲的黄沙，模样不比出

---

① "People to People"通行证由美方发放，意为民间交流团。

土的兵马俑好看。这事不能怪我，我一次次想清洗它们，放到太阳下曝晒，菲里普却阻止了我，他趾高气扬地表示，这件事由他负责，但他却从不负责。几年了，这堆脏东西还趴在角落，显得更为沧桑。

"骑行服得有沙子、有汗臭，那才像骑车的样子。"有一次他向我解释。

"这事简单啊，骑行前往鸡屎上滚一滚。"我说。他瞪着我，像瞪着造假账的不法分子。

得得，随他去吧。其实我也不喜欢洗洗涮涮，做家务的热情极低，正好做个顺水人情。

古巴之行，我们添了两样东西：一样是容量五公升的驼峰袋①，在非洲骑摩托，因为没有水袋这宝物，我们差点儿渴死在沙漠。另一样是佳能小相机，红色小巧，我原来也有这么一个，它跟我骑越了阿尔卑斯山、非洲沙漠。可惜在非洲的某一天，我们摔了个刻骨铭心的跟头，人、摩托车、相机都摔烂，人勉强活着，小相机却回天无力，闭上了美丽的眼睛。这次新买的佳能，与摔烂的那个一模一样，但握在手里倍感陌生，它们外表相同灵魂迥异，它们没有共同的故事，再续前缘只是梦话，有过的爱不可能重来。小相机告诉我这个道理。

菲里普从网上淘来一堆老爷车车标，二十世纪三四十年代的老东西，加起来花了上千美元，几乎占领了整个行李箱。看着行李箱，我有点儿着急，我得把泡面装进去，于是向他提出了抗议。

---

① 驼峰袋是可以背在身上的水袋，靠吸管吸水，是骑摩托车或登山等运动的常备物品。

"亲爱的,带这么多铁疙瘩做什么呢,我的泡面放哪儿?"我说。

"亲爱的,不是铁疙瘩,是铝疙瘩,白白净净的。"他纠正了我。

"好吧,请问这些做什么用,你骑车骑饿了,我用它们煮汤喂你吃?"我说。

"亲爱的,这东西吃了就可惜了,它们是古董,是我用来送人的礼物,古巴人都有老爷车。"菲里普说,语气温和,却不肯拿掉一个。

"如果我是古巴人,我宁愿你送我二十美元。"我说。

"那可不对,这些宝贝只有美国才有,他们有钱也买不到。"他坚持说。

我放弃了泡面,但没放弃糖果、铅笔、丝绸,我帮助它们挤进了行李箱。这些是我准备的小礼品,送给古巴的大朋友、小朋友及导游和队友。

2019年2月14日,情人节,我们飞到了迈阿密,再从迈阿密飞到古巴。

我们骑着摩托车从西向东穿越,骑越了古巴,骑越了这条横卧在加勒比海的绿色鳄鱼。

我在古巴看到了什么?

古巴人没什么钱,他们平均工资每月只有二十五美元,吃用靠国家发票证。

古巴长期被美国制裁,没有自己的制造业,所有物资都紧缺,房子失修,道路失修,基础建设一塌糊涂。古巴人确实没钱,但他们也没挨饿,古巴有肥沃的土地,生长着棕榈、烟草、咖啡树、甘蔗树，还有几十种热带水果。他们像欧洲贵族一样住在几百年的老房子里，房屋有欧式阳台、花园。许多人家有一百多岁的老爷车——这事菲里普说得很准。他们喝高山咖啡、甘蔗汁、甘蔗酒，抽哈瓦那雪茄。他们吃椰子、香蕉、芒果、番石榴、木瓜。这些东西无处不在，唾手可得。

古巴人如果愿意，天天可以吃龙虾。

古巴最好的是教育和医疗，他们实现了全民免费教育，教育水平拉美第一，一些项目超过了美国。他们还实现了全民免费医疗。

古巴人快乐、满足，唱唱跳跳，自得其乐如同活神仙。

当然，这些都是外表，本质隐藏在外表中，内里与外表有因果关系，也有独立的逻辑，而它们才是我们最想知道的。

于是我写了这本书，描述我眼里的古巴、我发现的古巴、我思绪中的古巴。

书名《加勒比海的绿色鳄鱼：还原一个真实的古巴》，看上去很开胃，我喜欢吃好东西。

这是我十六年间第十本书作，我曾说过要在我六十岁前出版十部作品，虽然这件事没能实现，但空白的三年也不坏，我思考、学习、继续写作，我一直在写作，就像热爱裁缝的人一直在缝制衣服，也像热爱唱歌的人一直在练声。这完全是追随了写作爱好，是为了满足对写作的信仰。

不管有多少人说，不管有多少迹象表明，纸质书要完蛋，出版社要完蛋，写书人要完蛋。什么叫完蛋？蛋往石头上撞，撞得脑浆迸溅，灵魂出窍，一败涂地，就是完蛋。但完蛋的东西并没消失，它被空气和泥土吸走了，肉眼看不到了。好吧，就让空气和泥土把我吸走吧,不管我去了哪里,我的灵魂会一直写作。如果灵魂也碎了,碎成了粉末,我就蘸着粉末写作。

所以,完蛋不意味着终结。

那么,亲爱的读者,我们书中见。

铁骑上的情侣

顾月华

如果您读过盛林的书，就会惊讶她到底是什么样的一个人。

最早在公众号上读到盛林的文章，她和先生骑着摩托车，闯进非洲的沙漠荒原，面临九死一生的场面，然后读她的《野性骑行》，我以为她是年轻而开放的女子。后来读到她的《半寸农庄》，照片上的她，是个具有传统风格的中国女子，哪能想到，她竟随丈夫骑着摩托车驰骋了大半个世界。

去年冬天盛林回国，我正好在上海，向她约了一个时间，计划在上海请她吃饭。她给了日子，我订的饭店是外滩源的美龄馆。见面后方知，她与夫婿菲里普刚下高铁，专程来看我，吃完饭就回杭州。我十分感动，但总算见到了她，我在她身上看到了刚与柔的秉性，她刚强时如同战士，温和时就是小女人。盛林和菲里普结婚16年了，我当天就看到他们相亲相爱的场面，心里特别温暖。他们送我一根孔雀羽毛，来自"半寸农庄"，我非常开心。

我曾为盛林的《半寸农庄》写过评论，题目是《半寸农庄的万千生灵》。他们有三十多亩的农庄，在那里艰苦开垦，像一对"南泥湾夫妻"。农庄不是天堂，是勇士的乐园，要有无与伦比的毅力，面对自然界的万千生灵及各种天气带来的灾害。他们的娱乐主要是骑摩托车旅行。《加勒比海的绿色鳄鱼》是盛林的散文集新作、力作，是她的"摩托车系列"第三本，也是她2009年移居美国后的第十本散文集，是她创作路上具有纪念性的作品。盛林在书中描绘了很多古巴故事，书中他们是骑士，也是极有情趣的人，侠骨柔情处处可见。

我身边朋友不少，像盛林与菲里普这样的情侣不多。对，我称他们为情侣，因为他们的爱情坚贞、纯洁、自然，因为他们有相同的世界观，令人羡慕，令人赞叹。他们是我身边见到的最完美的夫妻之一。

盛林向我透露了新的骑行计划，今年11月，他们将去澳洲骑行，完成这次骑行，意味着他们完成了七大洲旅行。我为他们高兴，期待盛林的新作，我爱这对生活在真实自然界的夫妇，衷心祝福他们！

2025年春于上海

顾月华：

上海戏剧学院舞台美术系学士、海外华文女作家协会终身会员，纽约华文作家协会会员，纽约华文女作家协会终身名誉会长，主要作品：散文集《半张信笺》《走出前世》《依花煨酒》。传记文学《上戏情缘》等。作品入选文集《纽约客闲话》《纽约风情》等二十余种，获各种奖项二十余项。

目录
Contents

小哈瓦那

司机何塞

2019年2月14日,情人节,我们从休斯敦布什机场起飞,飞到了迈阿密①机场。第二天,我们将从迈阿密出发,飞往古巴首都哈瓦那②。

下了飞机,我们爬上出租车,向着我们的 Regency 宾馆奔跑。路边有椰子树、棕榈树、芭蕉树,它们身材高大,披一身阳光,心高气傲的表情,提醒我们这些外地人,著名的阳光州——佛罗里达州到了。我们居住的得克萨斯州也自称阳光州,椰子树不多,遍地是玉米、棉花、高粱、大豆,比佛罗里达州更接地气一些。

一路上,出租车播放着《哈瓦那》③,仿佛世上的歌曲全部阵亡,只剩下了《哈瓦那》。我的耳朵被歌声摩擦、摩擦、再摩擦。

① 迈阿密,Miami,意为"甜水",美国佛罗里达州第二大城市,位于佛罗里达半岛比斯坎湾,是美国人口最稠密的城市之一。

② 哈瓦那,古巴首都,有"加勒比海的明珠"之称。

③《哈瓦那》(Havana)获得美国百强单曲榜首、英国流行歌曲冠军,演唱歌手卡米拉获第61届格莱美奖最佳流行歌手奖提名。

哈瓦那,欧、啦、啦

我的半颗心留在了哈瓦那

欧、啦、啦

带我回家

带我回家

…………

这首歌有点儿名气,作词和演唱是卡米拉·卡贝洛,流行了两年,似乎还在流行,就像顽固的流感,摩擦着人们敏感而脆弱的耳朵。这支歌旋律懒散,卡米拉唱得也懒散,不是我喜欢的类型,我喜欢《天空之城》《卡门》这一类,有点儿硬气的歌。不过,《哈瓦那》歌词还不错,特别是那句"我的半颗心留在了哈瓦那",给人想象空间。因为要去古巴,因为卡米拉是古巴裔美国人,我对这首歌上了心,做功课似的听了好几遍,基本上会哼了。

一到迈阿密就听到这歌,我不奇怪,但司机无休止地播放,着实让我的耳朵劳累。

司机看上去七十岁左右,头发花白,脸孔外方内圆,方的是脸架,圆的是额头、脸颊、鼻子、下巴,身体也是圆的,肥肉越狱般往衬衫外挤。他让我想到"天圆地方"这一成语。司机开着车,听着《哈瓦那》,下巴以下的肉随节奏颤动,嘴里跟着唱"欧、啦、啦"。

司机享受着音乐,也没忘记乘客,时不时找我们聊天,他英语不错,但口音重,说话像啄木鸟打洞,"嗵嗵嗵"的。不过这很正常,每个人都有口音,有人评价我说的英文也不悦耳,像老鼠叫,"吱吱吱"的。

司机问我们从哪儿来,在迈阿密玩几天。我们说从得州来,只住一晚,明天就去哈瓦那。

听到"哈瓦那"三字,司机"啪"的一下坐直,吓了我一跳。他那气势,要是车厢够高,他会来个立正。他不再哼歌了,开始大声说话,就像拧大了播放器音量,盖住了卡米拉的歌声。

司机说,他叫何塞,就是何塞·马蒂①的何塞,"你们知道何塞·马蒂吗?"他从后视镜审视着我们。我说有点儿知道,古巴名人,他表示满意。他说自己是哈瓦那人,来美国五十年了,再没回去过,太想念哈瓦那了。哈瓦那是个好地方,风景好、食物好、雪茄好、酒好、人更好,什么都比迈阿密好,他一想起来就流眼泪。我连忙看他眼睛,没有眼泪,放心了。我最受不了男人的眼泪。

"迈阿密的哈瓦那人,半颗心留在了哈瓦那。"他唱了起来,扪心自问似的拍拍胸口。

"那你为什么不回古巴?"我关切地问。

"不回啦,不回啦,迈阿密好。"他自相矛盾地说,"迈阿密也叫小哈瓦那,这事你们知道吗?"他又从后视镜看着我们,有些历史老师的风度。

"不知道。"菲里普老实回答。他是美国人,从没听说美国有个小哈瓦那。

"知道,也叫小古巴,住着两百万古巴人。"我得意扬扬地回答。我可是做过功课的。

"你肯定是中国人,中国人灵光,中国人喜欢古巴。"何塞大声说。

---

① 何塞·马蒂:古巴政治家、民族英雄、思想家、诗人。

佛罗里达海峡风光

听了这句赞美，我咯咯笑了起来，对何塞有了好感。我喜欢听好话，听到好话骨头软、心软。

"我好羡慕你们，你们要去哈瓦那了，真希望去的是我！"何塞说着，似乎真的有泪光了，他又跟着卡米拉哼了起来："Take me back, back, back, Take me back, back, back..."

"兄弟，买张飞机票，四十分钟就到了。"菲里普打断了何塞的歌声，他唱得太难听。

"不去了不去了，小哈瓦那不比大哈瓦那差，这儿有钱挣！"何塞再次自相矛盾地说。

何塞说，几十年前，他们一家从古巴偷渡过来，刚来时一无所有，现在什么都有了，别墅、船、房车、美国护照、社保福利、医疗福利、亲戚和朋友。小哈瓦那一大半是古巴人，大家依然说古巴话、吃古巴饭，依然想念古巴，每年圣诞节，他会给古巴亲戚寄礼物，大件的冰箱、洗衣机、自行车，小件的衬衫、鞋子、卫生纸、洗发水。他在古巴的亲戚，大大小小加起来有一百多呢。

"唉，真想去古巴看看。"他叹着气说。

我斜视着何塞。他总说想回哈瓦那，却无限热爱迈阿密，他的话自相矛盾，思路横七竖八的，但我有点儿喜欢他了。他直率、随和、快乐、善良，不过这算不算典型的古巴人，我还拿不准。许多东西一离开本土就变了样，就说饮食，意大利比萨到美国就成了芝士饼，日本寿司到美国就成了饭团，中国小炒到了美国就成了炸这个、炸那个。

出租车沿海岸移动，沿途是海水、沙滩、礁石，海鸥们成群结队地飞，天蓝得令人害怕，像是被美颜了、篡改了本色。太阳更是血气方刚，室外气温升高到三十五摄氏度，天哪，三十五摄氏度！

今天是2月14日，还算是早春，美国北方在下雪，得州勉强冒出点儿野洋葱，树木赤身裸体。这里已是如假包换的盛夏。这就是迈阿密，一位高调的热带先生。

出租车进入了城区，出现了楼宇商业区，街道色彩浓郁，红的房顶、黄的墙壁、绿的门窗、蓝的台阶，像是走进一张年画。交通变得拥挤，大家慢慢移动，有时干脆都停下来。

"市中心到了吗？"我伸头问何塞。

"到了，这里是著名的第八大街，古巴人最多的地方，你们应该去逛逛，尝尝哈瓦那咖啡，哈瓦那甘蔗酒，哈瓦那雪茄……"他语速快得像八哥，"知道雪茄吗？"他问，我们没有回答。

"想买雪茄吗？我有最好的哈瓦那雪茄，就在车上。"何塞继续说。

"不，不，"菲里普说，"我们就要去哈瓦那了。"

"我的雪茄比哈瓦那的好呢，好多了，正宗的哈瓦那雪茄。"何塞破绽百出地说。

"再好我们也去哈瓦那买。"我射子弹一样回了他一句。

"一样的东西，何苦跑到那边买呢，真是的！"何塞生气地嘀咕。

我们在市中心运行，路边的行人增多了，褐色皮肤的人最多，占了大半条街，他们应该都是前古巴人，或者叫古巴裔，穿彩色花纹衣裤。在全彩的大墙下，或在全彩的公园，外方内圆的古巴人在玩多米诺牌①，专注得像在搞选举，对身边的嘈杂不理不睬。

吸引我的不是这些古巴人，是他们身边的椰子树。椰子树鼓

---

① 多米诺牌是古巴的国粹，跟中国的麻将有些相似。

胀的果子下坠，像孕妇饱满的乳房，装满了甜美的诱惑。几个年轻的女孩，抱着脑壳大小的青皮椰子，忘情地吮吸。她们的模样与唱《哈瓦那》的卡米拉相像，蓬松的黑发，巧克力皮肤，浑圆的脸和腰肢，黑眼睛内陷。

我向她们招招手，她们眯眼笑笑，没耽误喝椰汁的动作。"哦，椰子啊。"我吟诗般吟了一句。何塞听了，突然打方向盘，车子靠到了路边，他快速蹦下车，蹦向卖椰子的人。他肥得像头猪，速度却像非洲羚羊，回来时手里捧着椰子，上面插着吸管，没征求意见，就把椰子硬塞给了我。

"拿去，你的了，钱算在车钱里。"何塞大方并精明地说。

"美国椰子不比古巴的差，对吗？"菲里普说，给了何塞一个陷阱。"不，不，椰子的种子是从古巴漂来的，它姓古不姓美！这是古巴椰子！"他一点儿没中计，强横地说。我们不再说话，轮流吸着椰子汁，椰子的清香在车内打转，与循环播放的《哈瓦那》混淆在一起。

在某个街口，司机何塞再次停车，指着左前方，那儿有个标牌，写着"Little Havana"。"看清了吗？看清了吗？那路牌，小哈瓦那路牌！"何塞神气活现，仿佛那个牌子是他立的。我们连连点头，表示确实看清了，他这才把车启动了起来。

我对何塞的喜欢又多了些。因为他给我买椰子、他喜欢那支歌，因为他是爱祖国的人，他为祖国骄傲、为自己是古巴人骄傲，而且一点儿都不想掩饰这一点。

人在他乡，谁不思念祖国呢？我突然想起了杭州，我离开杭州十年了。

情人节大餐

在 Regency 宾馆，我们与摩托团队友聚首，相比非洲骑行团，这个古巴团极小，只有九位团员，美国人四位、中国人一位、英国人两位、波多黎各人两位。

美国人比尔是领队，他来自"摩托发现"旅行社。晚上九点，比尔领我们出去过情人节。我们去的小饭店叫"小古巴"，店内柔情蜜意，粉红的贴纸、粉红的灯光、粉红的桌布，每个角落都有红色蜡烛、KISS 巧克力，空中飘浮着气球，它们一上一下跳动着。

我们坐下后，侍者端着盘子过来，女人拿到了果汁、红玫瑰、巧克力。男人拿到一杯红酒。我喝了一口果汁，它透明无色，像椰子汁，但比椰子汁清亮、香甜。

"请问，这是什么饮料?"我问服务员。

"白心番石榴。"对方答。

服务员看着我们说，番石榴分红心和白心，白心是人工种植的，红心是野生的，想吃更好的番石榴，请去古巴，古巴有世界上最好的番石榴。我们对他说，明天就去古巴。

真是巧了，服务员也叫何塞，比开出租车的"何塞"年轻，二十几岁，祖辈是古巴人，20 世纪 50 年代逃到了美国，他自己生长于美国，言行中尺没有古巴人的蛛丝马迹，除了外方内圆的脸。当然，这个小何塞对古巴餐饮了如指掌，他向我们复述菜单，几十种美食脱口而出。

我们点餐时，何塞动员我们吃龙虾，他说这里有世界上最好的龙虾——眼斑龙虾，加勒比海的特产。他抱来一只龙虾。龙虾大个子、草绿色，盔甲上有白色眼斑，相貌还不错，就是没有大螯，

眼斑龙虾

显得过于斯文,它遇到了北美龙虾,是不是会吃大亏呢?

我们全体点了眼斑龙虾,一方面是受服务员的蛊惑,一方面是可以白吃,晚餐由比尔买单,谁都知道,龙虾是最贵的。龙虾端上来了,一尺长、橘红色,身上浇着可可汁。服务员解释说,龙虾上浇可可汁,是地道的哈瓦那吃法。"龙虾从哈瓦那来?"我们惊讶地问。"迈阿密也叫小哈瓦那,你们知道吗?"小何塞混淆了概念。他的腔调,让我又想到了司机何塞。

我叉起一块龙虾肉,快快放进嘴巴,咀嚼时闭了眼。有位作家这样描述:"那人的脸皮不够用,看人时必须闭嘴,张嘴时必须闭眼。"哪个作家?契诃夫?莫泊桑?记不起来了,只记得当时看到这句子,我笑得差点儿背过气去。这句话用在小人身上不错,脸皮不够用,心思肯定也不够用。

我们虔诚地吃着龙虾,努力让龙虾消失,细心舔净了可可汁。这只龙虾美味,价钱也不低,五十美元一只,这个数字让比尔有些郁闷,镜片后面的眼睛跳出火焰,如同迈阿密燃烧的太阳。他付钱时一脸便秘的表情。后来，我们在古巴天天吃龙虾，几美元就能吃到，比尔付钱的速度可快了。这是后话。

情人节大餐结束，骑行团没有解散，大家一股脑儿跳上出租车，跑到了迈阿密海滩。海滩上聚集着小哈瓦那人，大多是古巴裔，一张张外方内圆的脸，他们正在过情人节，笑声、歌声、鼓声、吉他声、风琴声，不分你我地缠绕、上升，在空中打了个死结，空气便承载了沉甸甸的欢愉。

我们加入了小哈瓦那人的狂欢，在沙滩上拣啤酒喝，不知道是谁的，喝了再说。

喝了酒的我总是所向披靡，加入了圈圈舞的队列，一连收到了陌生男人送的十几支玫瑰。

指针跃过了十二点，情人节已经过去，新的一天来临，歌舞还没有消停，人们挥汗如雨，消耗着情人节大餐的热量。海滩外边，是黑成一团的佛罗里达海峡①，这片海峡的另一边就是古巴。那头的古巴人是不是也过情人节？是不是也在跳舞唱歌？是不是也在向小哈瓦那眺望？我想着这些无聊的问题，想不出一个所以然。

就在这时，有人开唱，依然是那首当红歌曲《哈瓦那》：

哈瓦那，欧、啦、啦

我的半颗心留在了哈瓦那

欧、啦、啦

---

① 佛罗里达海峡，Florida Strait，美国佛罗里达半岛与古巴岛之间的海峡，该海峡长约四百八十千米，宽约八十至二百四十千米。

情人节大餐

带我回家

带我回家

…………

小贴士

关于小哈瓦那

美国的迈阿密,为什么有这么多古巴人?迈阿密怎么就成了"小哈瓦那"?

这件事如果追根溯源下去,一直要追到1492年。

古巴原是单纯、清静的野岛,原住民被称为泰诺人,是来自南北美洲的漂族。他们漂到这个绿岛,白天狩猎,晚上住洞穴,与野兽搏击,会使用削尖的木头和骨头。他们从石器时代向陶器时期,向农业、手工业过渡后,有了自己的文明。

1492年,哥伦布发现了美洲、发现了古巴。

1511年,古巴成为西班牙殖民地。原住民沦为奴隶。岛上有了烟业、糖业、矿业。

1515年,首都哈瓦那建立。在之后长达三百多年的时间里,占巴是一条任人宰割的鳄鱼。

1898年,殖民者的末日终于降临,古巴人与美国人合力,把西班牙人赶出加勒比海,摆脱了欧洲近四百年的奴役。

1902年,古巴正式独立。

1933年,美国支持巴蒂斯塔·萨尔迪瓦革命,推翻了马查多政权,古巴成为美国亲密伙伴。美国出资出力出人,支持古巴建设。

二战后的古巴获得了繁荣，成了美国人的后花园。

1959年，美国支持菲德尔·卡斯特罗革命，推翻了独裁者巴蒂斯塔的政府。

1961年，发生了猪猡湾事件，逃亡到美国的古巴人反攻古巴，卡斯特罗因此与美国一刀两断，倒向了苏联，宣布古巴实行社会主义，成立古巴共产党。美国从此封锁、制裁古巴。

1961年，大量哈瓦那居民逃往美国，多数人是中产和上层阶级，美国对这些富人表示欢迎，安排他们住在迈阿密沿海地区，鼓励他们重起炉灶，发展产业。

1980年，卡斯特罗主动送十几万古巴人到迈阿密，这些人大多是穷人、罪犯。他们的涌入，导致迈哈密白人集体大逃跑，迈阿密白人从90%下降到10%。于是，迈阿密成了古巴人的天堂，他们在这里延续生命和文化。

五十几年过去了，美国与古巴老死不相往来，古巴人全靠海上偷渡实现"移民"。美国因此确立了"干鞋湿鞋"法则，偷渡者登上美国土地，算是"干鞋"，美国一概接受；海上被俘算是"湿鞋"，会被遣返。"干鞋留下湿鞋走"，此法则遭到美国百姓反对，特别是遭到迈阿密的古巴人反对，他们认为"干鞋""湿鞋"都应留下。

现在，迈阿密的古巴人数量，大大超出迈阿密原住人口，所以迈阿密被称为小古巴、小哈瓦那。

机场的返乡客 2

飞哈瓦那的航班,第二天早上八点半起飞。

当然,我们半夜一点就集合了,这是比尔的主意,或者说命令。我们刚从狂欢的海滩回到宾馆,还没洗掉脚上的泥沙,比尔打来了电话:"拿行李,去机场!"我们强烈反对,为什么提前七小时去机场,这简直是疯了。比尔不解释,反复说一句话:"拿行李,去机场!"

我们只好照办,倒不是怕比尔,是怕其他人走了,我们得自己租车去机场。纪律是束缚本性的枷锁,如果加入了社会活动,人不得不上这个枷锁。

大巴带我们出了宾馆,沿着空寂无人的大道奔跑,一次次从弧度很高的天桥"划"过,"划"过高空的那个瞬间,我尝到了做流星的滋味。队友们在打盹儿,有个叫斯坦的队友,发出了飞弹般的呼啸。菲里普也是,他呼呼大睡,闭着眼仿佛去了远方,只有我一个人醒着,看着天空,数天上的星星。

到了机场,大巴像螃蟹吐水泡一样,把我们一股脑儿吐了出去。我们拖着行李,耷拉着眼皮,萎靡不振进了航站楼,却被里面的喧闹声吓醒,我们瞪大眼睛,以为走错了地方。

机场大厅挤满了旅客,像极了繁荣昌盛的菜市场,大部分旅客棕色皮肤,有一张外方内圆的脸,大多是在美的前古巴人,他们肩扛手拖编织袋,扭动着身体。我非常为那些编织袋担心,它们鼓胀得像气球,仿佛踢一脚就会爆炸。还有一支部队,他们推着宽平的板车,就像一辆披靡的坦克,杀开了一条血路:板车上堆着巨大的纸箱,箱里是吊扇、排风扇、自行车、冰箱、电视机,电视机有五十五英寸的、一百英寸的、一百二十英寸的……我的天啊,他们带着这些东西,想把飞机挤破吗?

以上这些古怪的旅客,率领着他们的行李,意气风发挤向一个地方——行李打包处,那儿有专人为大家打包,打包后的行李好似一个个球,蓝色、红色、黄色、白色、鼓鼓囊囊、生机勃勃,仿佛浇上点儿水就会长出不同颜色的叶子。这是做什么呢?我们惊讶地看着,摸不清状况。

事实上,我们这些人一直被挡在外围,所有通道被堵。

"这些人在干什么呢?行李为什么要打包?"我们用尽全力嚷,不嚷不行,比尔听不见。

"为了去哈瓦那!和我们一样!"比尔嚷,也用尽了全身的力气。

"我们的行李也得打包吗?"我们继续嚷。

"不用!直接去托运中心!"比尔怒吼道,"机灵一点儿,跟紧我,冲啊!"他活像敢死队队长,或者说,就是个敢死队队长,他拖着行李冲在前面,那气势像要去炸掉点什么。骑行团有不少胖子,他们的肚子像八个月的孕妇,哪能机灵得了?他们转着笨重的身体,拖着笨重的行李,冲了几步就掉队了。比尔挤没了,队友挤没了,菲里普也挤没了,我处于单兵作战状态,于是我利用人矮、头尖、体积小的优势，唰唰唰钻过人缝，最先到达托运中心。

骑行团总算集合到一起，一个个丢盔弃甲的样子，都还没喘口气，比尔又下了命令："排队托运！"我们赶紧排队，前方有一大串人，被打包的行李像一个个彩色球，接成了彩色链条。

托运队伍缓慢移动，大家闲着没事，开始聊天。

有人问我们从哪里来，去古巴干什么，要待多久？我们告诉他们，我们来自不同国家和地区，一起去古巴骑摩托车，骑一个月，穿越整个古巴。那些人听了并不惊讶，他们说，古巴别的没有，老爷车和摩托车多得是，特别是圣地亚哥，摩托车像黄蜂一样多。

我们向他们提问，为什么带这么多行李，为什么把行李打包，

托运行李

为了好看还是为了牢固?

对我们的提问,他们一点儿都不回避。

这些古巴人——准确点儿说——这些"前古巴人",现在都是迈阿密的美国人,他们是返乡客,已经许久没回古巴了。奥巴马上台后,政策宽松了,古巴人返乡容易了,于是他们赶紧回家,生怕哪天政策变了。这就是迈阿密机场那么繁忙的原因。他们的编织袋中装满了日用品,拿去送给古巴亲戚。他们与亲戚很久没见面了,甚至从来没见过面,但他们知道有这样的亲戚,总想见一见。

有位青年说,他在美国出生,今天去古巴看爷爷奶奶,他为老人带了卫生纸、牙膏、肥皂,他们可以用上十年。有位女士说,她的亲戚都在哈瓦那,大大小小几十个,她带了白糖、肥皂、衣服、鞋子、袜子,人人都有份,给孩子们带的衣服鞋子,跨度从零岁到十五岁。有位男士带了一大箱白糖,他说古巴是产糖国,但是糖都销到了外国,古巴人吃白糖还要凭票。他还带了一台电视机,亲戚托他买的,古巴也买得到,但价格太贵。

"从美国过去,可以带一件免税电器,冰箱、电视都可以。"那人向我们介绍经验。

"你给人带手机吗?"我们问他。

"不带,古巴人用中国的华为。"他说。

"带这么多行李,一路上辛苦哟。"我们说。

"不辛苦,带过去有飞机,到了哈瓦那有人接机,全家团圆了,一起喝甘蔗酒!"他显得极为快活。

"甘蔗酒?"骑行团的男人一下子来了精神。

"对,甘蔗酒,到了哈瓦那你们一定要喝。"有好几个人同时说。

这些返乡的古巴人,说着他们的行李,说着哈瓦那、甘蔗酒,说着芝麻绿豆般的小事,眼睛发光,声音打战,神经质地咯咯笑,看得出来,他们归心似箭。

这时,有人提醒我们,快去把行李打个包,防止托运过程中被人偷东西。

我们听了直摇头,差点儿笑出声来。我坐过多次飞机,行李被人检查过,从没少过东西。我们无所谓的样子,让这些古巴人急了,他们一再督促我们去打包:"快去啊,现在还来得及!"他们说。

队伍排到了尽头,离登机时间只剩一个多小时,现在我们才知道,为什么要提前七个小时来机场。

我们这组人被叫到前台。工作人员是古巴人,他们忙碌得面容憔悴,声音嘶哑,还得保持应有的礼貌。一位女士向我们宣布:行李不管大小,随身还是托运,全部按重量付钱,一磅一美元。我们连连点头,听上去有些滑稽,但明码标价,没什么可反驳的,所幸人不按重量上机,否则骑行团的胖子会倾家荡产。

工作人员接着宣称:托运行李最好打个包,如果不打,安全自己负责,机场一律不负责。

"真有人拿东西?"比尔瞪大眼睛问,委婉地把"偷"改成"拿"。工作人员不回答,这样的问题没法回答,比尔提了个傻问题。

骑行团围成一圈,开紧急会议,权衡利弊后,大家同意打包,万一东西真的少了呢,比如少了骑行靴,得光脚骑摩托车。于是,比尔喊"向后转",再次充当开路先锋,男人们喊着号子,拖着行李,穿过了厚厚的人墙,到达行李打包处,这里有一台打包机,几

托运队伍

大卷塑料膜,颜色分红黄蓝白。操作工是个白人,戴眼镜,腰肢纤细,像是打工的学生。他汗如雨下,喘着粗气,累得快站不直了,双手却没停,一手拽塑料膜,一手拽行李袋,拧开机器,呼呼呼转十几圈,行李箱就成了塑料球,写上主人的名字,推开一只,再来一只。小伙子埋头苦干,转动行李时,他的细腰跟着转,我真担心他会变成一团麻花。我们的行李到了他眼前,他问我们包什么颜色,我们选了红色,红色免费,其他色要付十五美元,至于为什么,我们到了古巴才知道。

小伙子不再看我们,拖过我们的行李,机器飞转起来,行李被绑成了红彤彤的大球。

我们再去排队托运,前后的行李全是红彤彤的,蔚为壮观,张艺谋导演如果来此地,一定会有灵感,弄出个惊世大片。我们再次到达前台,称行李、按重量付钱,一磅一元钱。工作人员瞪着我们,似乎不敢相认:我们的行李变了模样,人也变了模样。我们戴着头盔、穿着骑行服,脚上是沉重的靴子。大家至少把十磅行李穿在了身上,这样省掉了很多钱。别以为骑摩托车的人粗犷,我们精明着呢。

开始登机了,我们及时穿越过道,挤上了飞机。我们无限感谢比尔,若不是他半夜行动,把我们像人质一样"劫持"到机场,我们很可能上不了这趟飞机。

登机后,因为行李超重,我们静坐两小时。直到一切妥当,飞机终于起飞。起飞的一瞬间,返乡客大声喊叫,那声音简直吓人。"他们叫什么呢?"我们问比尔,他懂一点儿西班牙语。"他们在叫,飞啦。"比尔比画着飞行动作。于是我们也跟着叫:"飞啦!"

飞行四十分钟座椅还没坐热,飞机开始下降,哈瓦那到了,机场叫何塞什么的,反正这是我第三次听到"何塞"这名字。那些返乡客再次喊叫,"他们在喊,到啦。"我肯定地说。"不不不,他们在喊,快下飞机、快拿行李。"比尔说着,朝我们喊,"快下飞机、快拿行李!"

机舱门还没开,所有人已站起。门一开,大家搅到了一块,谁也动弹不了,直到有人脱颖而出,机舱口才出现井喷现象。大家"喷"出了飞机,奔向了海关,奔向了行李大厅,人人都在奔跑,仿佛不这样,行李就会长翅膀飞掉。我用力地奔跑着,差点儿长出翅膀飞。出发前两个月,我天天抱着火鸡跑步,积攒了不少力气,现在可全用上了。

行李大厅没有转盘,行李都蹲在空地上,蓝包、白包、黄包分开堆放,有专人看管,有专人喊名字,它们能获得如此待遇,因为

即将登机的行李

主人付了十五美元。红包可惨了，主人没付钱，它们粘在一起，高得像阿尔卑斯山，长相一模一样，主人得自己找、自己拽。这下可乱了，红包的主人同时扑上去，像一群寻找粮食的老鼠，互相碰撞，露着尖牙，吱吱地叫个不停。两个男人打了起来，因为他们名字相同，拖住了同一只包，谁都不肯撒手。当然，我没看到故事的结尾，我忙得很，我和菲里普投入了战斗，混入了寻包人潮。菲里普壮如老牛，没人能撼动他，我却被人潮推开，一屁股坐到了地上，这个时候，个子矮占不到任何便宜。我坐在地上想：我的老天爷啊，干吗要省那十五美元呢，打个蓝黄或白包不好吗？

　　苦干一小时，我们找到了自己的红包，赶紧拆开来看，生怕同名同姓拿错了。

走出了机场，我们看到了蓝天，看到了棕榈树、椰子树、芭蕉树，看到一群接机的古巴人，他们棕色皮肤、脸形外方内圆，一个个瞪着眼睛，雷达般搜索出来的旅客。返乡客也一样，他们拖着编织袋，目光炯炯有神，寻找迎接自己的人，四目相接，双方发出惊喜的呼叫，拥抱到一起。

人被接走了，那些编织袋也被人们隆重地带走。这个场面挺感人。

一个月后，我们从圣地亚哥起飞，返回迈阿密机场，我再次看到机场的返乡客，他们还是那么亢奋，那么斗志昂扬，率领编织袋冲锋陷阵。蓝白黄红的行李包，依然触目惊心，然而，我的感受也发生了变化。经过一个月的古巴行，我对返乡客有了新的理解，也看懂了行李包的意义。如果有机会再来古巴，我也会带上这样的行李，拜访古巴朋友，比如导游一家及可爱的房东们，他们会笑着收下我的礼物，请我吃龙虾、喝甘蔗酒。

我想我会的，如果有机会，我一定会这样做。

美古分道扬镳，那都是政客的游戏，底层老百姓惺惺相惜，古巴人盼望美国客，美国人向往去古巴。特别是古巴裔美国人，他们总是想着返乡的事，返乡时总要带上大包小包，盛满精心挑选的礼物。起初我将之归结于贫富差距，归结于荣归故里；其实这事应归结于惆怅的心情，思乡的惆怅，离别的惆怅。就像我回杭州给亲人带维生素、果糖，完全是为了释放离别的惆怅。人生在世，除了亲人，别的都是外人；除了与亲人的离别，别的都不是离别；除了离别引发的惆怅，别的都不是惆怅。而我们总是惆怅，总是与亲人处于不同的轨道，各自奔波，又不知为了什么。我们要在一场奔波之后，才想回到原点，但一切已太晚，轨道已岔开，没了回头的时间和力量。

于是那些编织袋出现了，它们是化解惆怅的媒介、信号、象征、吉祥物。难怪返乡客怕把它们弄丢了，要五花大绑起来，下飞机时争先恐后，生怕行李有什么闪失。这些返乡的古巴人，已在迈阿密安身立命，就算不是富豪，至少温饱有余，买这么一袋东西，就算全丢了，根本要不了他们的命。但问题是，还有下次吗？

这就是意义所在。

事实上，我们去过古巴的第二年，美国政策变了，古巴裔美国人回乡又难了。

世事一直在变化，唯一不变的是变化。

我的半颗心留在了哈瓦那 3

老规矩

就这样到了哈瓦那。

古巴导游路易斯前来接机，他开来一辆面包车，送我们去哈瓦那国宾馆。

汽车到了宾馆大院，我们刚一下车，就被一群出租车司机团

哈瓦那街景

团围住,问我们要不要用车。长长一溜出租车停在国宾馆门前,打扮得花枝招展,它们全是二十世纪三四十年代的老爷车。骑行团的男人扔了行李,跑过去看老爷车。菲里普拖住我的手,像拖着万向轮行李箱,一直拖到了老爷车跟前,他激动得有点儿口吃:"林,我,我说过吧!我,我说过吧!亲爱的!亲爱的!"一声声"亲爱的",不知是唤我还是老爷车。至于他说过什么,他没说,他知道我知道,我也知道他知道我知道,读者您也知道吧,我在序言里写了!

就这样,首先欢迎我们的是宾馆的老爷车。

国宾馆有老爷车,国宾馆背后是大花园,大花园前方是加勒比海,大海在阳光下波光粼粼。大花园有几门老钢炮,炮口对准海那面的美国,仿佛随时会放它一炮。

看着大炮,美国人眺望祖国,画着十字。

傍晚,骑行团在大厅集合,领队比尔召开会议,宣布了几条老规矩:

第一,我们的旅行性质是"People to people",民间访问团,不可与政府、军队接触,只与普通古巴人打交道。第二,不可去政府或军队饭店吃饭、购物。第三,换钱务必去银行。第四,古巴有两种货币,一种叫CUC,外汇券,供外国游客使用;一种叫CUP,古巴比索,供当地人使用。CUC和CUP比价是1比25。第五,每天务必写日记,所有活动白纸黑字记下来,回美国时海关会抽查,就算这次没抽到,FBI(美国联邦调查局)日后也可能找你。

"天天记,天天记哈!"比尔叮嘱又叮嘱,发给每人一个本子,我们哪敢抗拒,抱住收好了,还信誓旦旦向比尔保证,日记一定写,吃喝拉撒都写下来。

这时,我向比尔提了个问题,我们住的宾馆属于私人吗?比尔答,国宾馆当然属于政府。我再问,那我们为什么敢住,坏了老规矩,不怕挨罚吗?比尔瞪着我,扶了扶眼镜,他的镜片一圈又一圈,像大树的年轮。比尔这样回我:"林,得了,得了,听路易斯安排。"

后来的日子,路易斯带我们住民宿,也带我们住政府酒店,他不慌不忙,比尔更是不慌不忙。将在外军令有所不受,比尔有胆量!队员也说一套做一套,谁也不写日记,忘了或故意忘了,乐得偷懒。只有坦尼亚不一样,她像个女狂人,每天挑灯夜战,写狂人日记,在哪吃饭在哪上厕所在哪捡杏仁,一字不漏。她写好拿给我们看,宽厚地说,你们可以抄的。我们差点儿笑破了肚皮。坦尼亚是昏了头,她不受美国海关管,她是英国人,从英国直来直去!

我也不受老规矩管,我是中国护照,所以我一路都在撕日记本,撕了用在厕所、沙滩、树林。旅行结束时,我的本子剩下空荡荡的硬壳封面,就像房子被搬空了,剩下势单力薄的大门。后来,"大门"也被我扔了。其实我带了好多餐巾纸,只是节约着用,省下来当礼物送人。纸、肥皂之类,在古巴属于高档礼品,你拿去送人,他们煮龙虾给你吃。当然,这是后话。关于纸,我有很多后话。

老城堡、老村庄

到哈瓦那的第二天,我们这些松松垮垮的游客,摇身一变成了"摩托鬼子"。

导游路易斯说，今天带我们看看城堡、逛逛乡间老村庄，这真是个好主意。我们都不想待在宾馆看大炮，尤其是美国人，那几门大炮对着美国，让他们的胸口疼痛。

大清早，我们离开了宾馆，摩托车一路纵队，沿海滨大道缓行。加勒比海在我们左侧，西瓜红似的朝霞斜斜躺进海水，铺出一片无人行走的广场，极有诱惑力，我真想跑过去游走一番。有人在海边散步、聊天、钓鱼。有人在拍海景，擎着大炮似的相机，一会儿倒退一会儿向前，争分夺秒，仿佛怕大海逃了去。一队人马在拍婚纱照，新郎新娘一会儿拥抱一会儿亲吻，摄影师跳蚤似的，跳前跳后、跳上跳下，我真担心他跳下海去。有人站在礁石上，面对大海，像假模假样的哲学家，这个人是我，只要摩托车停下，我就下车、上礁石、凝神。其实我啥也没想，我是在找龙虾，导游说，加勒比海的龙虾多得像沙子，可我只看到礁石上自己的影子，鬼鬼祟祟沉入水中。

龙虾没看到，我们看了不少老城堡，它们背靠城市、面向大海，有的是单身城堡，茕茕孑立，阴森可怕，人如果晚上进去，定会毛骨悚然、头发倒立；有的是数个碉堡的组合，像捆在一起的甘蔗，高低错落，极为阴森可怕，仿佛里面充满了五花八门的鬼魂，如果晚上去，不，不，谁也不会晚上去，至少我不会去。

但有一个必须瞻仰的城堡，名叫斯蒂略·德·洛雷斯·雷耶斯·德尔·莫罗城堡，导游教我们说名字时，我差点儿背过气去。后来我索性直接称之"莫罗堡""莫罗"，或干脆称"老莫"，导游听了我的创意，气得差点儿像炮仗一样崩上天。"老莫"的设计者是意大利人，建筑者是西班牙人，干活儿的是本地平民，1587年开始动工，建建停停，因为该死的海盗来来去去，来了就拆城堡、拆毛线

哈瓦那古建筑

哈瓦那街景

似的拆个精光。"老莫"修了好多年,折磨死好多人,才勉强建成,挡住了海盗的脚步。它是古巴很有名的反海盗城堡,古巴人敬之如神,这就是为什么我把它称为"老莫",导游会如此沮丧。

瞻仰了斯蒂略·德·洛雷斯·雷耶斯·德尔·莫罗城堡,我们又参观了几个城堡,比如拉卡巴尼亚堡、拉篷塔城堡、王子堡,都在加勒比海的礁石之上。今天天气好,这些城堡游客云集,人影绰绰,像一群找到栖息地的海鸥。

哈瓦那港口附近,是五百岁的拉富埃尔萨城堡①,它形状怪异,像拔地而起的怪兽,正用一百只眼睛巡视大海。1515年,西班牙人登陆古巴。1538年,他们鞭笞平民,逼迫当地人搬运巨石,垒起了拉富埃尔萨城堡。城堡高二十五米,围墙厚五米,打击海盗、抵抗炮弹,都是游刃有余。古巴独立战争时期,西班牙人把城堡改做监狱,关押、折磨、处死古巴人。原本对付海盗的城堡,成了古巴人的地狱。

有一天,一位古巴将军领军冲进城堡,吊死头领、俘虏士兵、解救囚犯,城堡不再属于西班牙人,古巴不再属于西班牙人,古巴宣告独立。这位将军名叫卡洛斯·曼努埃尔·德·塞斯佩德斯,天哪,我永远记不全这个名字,称他"老卡"吧。老卡被誉为"独立之父",以他命名的道路、广场,遍布全古巴,他的雕像处处扎根,就像处处扎根的古巴棕榈。

西班牙人建起城堡、创立了哈瓦那,以为把哈瓦那握在了手心,就像猫把老鼠握在了手心,哪里想到最后的结果。

---

① 1982年古城哈瓦那及其防御工事遗址被列入世界文化遗产名录,拉富埃尔萨城堡是其中最重要的组成部分之一,其年份之久远在古巴排第一,全美洲排第二。2010年,城堡改建成海事博物馆。

拉富埃尔萨城堡的塔顶，是西班牙人留下的一尊铜像：一位印第安少女，身穿长裙，手拿铜色长剑，她的名字是"哈瓦那"，是这座城市的象征和守护神。

拉富埃尔萨城堡外表古怪，内部也是奇形怪状，光线幽暗，石壁坚韧，漂浮着梦话般的回音。脚下坎坷，我们瞪大眼睛，还是处处碰壁，像一群章鱼，伸着手脚在石阶上摸索。我成功迷了路，有段时间前后没有人，着实有些惶恐，生怕邂逅一百个脑袋的幽灵。这样的电影看得太多，确实不是好事。

我终于出了古堡，登上了平台，与队友们会师。平台上趴着一排大炮，炮口对准了加勒比海。前方的加勒比海，海水分成蓝绿两个阵营，如蓝绿相间的猫眼，在这样的海色中，盘旋着一些岛屿。导游路易斯手指那些岛屿，告诉我们其中有金银岛，就是小说《金银岛》的原型。大家伸长脖子，找着金银岛。男人们说起了海盗，说起了金银财宝，说起了基督山伯爵，说起了红胡子、黄胡子、蓝胡子，这些"胡子"是加勒比海著名海盗，天知道男人们怎么都知道。我不禁在想，如果有机会当海盗，他们保不齐会接龙报名，扔了摩托车登上海盗船，去金银岛或什么岛，翻个底朝天。渴望钱财，为财富拼命，把生命和财富一视同仁，甚至把钱财看得高于生命，这是很多人的想法。人们拜神拜仙，只是把神仙当成摇钱树罢了，希望能摇下些什么。但这样的想法，谁也不会承认，谁也不肯直说，除了海盗。

海盗坏透了，坏得从不掩饰他们的动机。

下午，导游带我们沿墨西哥湾，去观赏哈瓦那乡村，摩托车如同肌肉发达的羚羊，一口气穿越了阿尔基萨、阿尔特米萨、巴塔瓦

古巴龙舌兰

诺、鲍塔、贝胡卡尔等二十个小县。

　　我喜欢那些老村庄。称它们为老村庄，倒不是因为岁数大，是因为村庄样式老旧。它们沿袭了殖民时期的风格，村中有哥特式教堂，有圆顶钟楼，有鹅卵石小路，有果园、菜园，就像油画上的欧洲乡村。村民的房屋破旧，基本上还是西班牙建筑遗留物，有罗马柱、半圆拱门、雕花木栏。每户人家都有小院，彰显了本地特色，里面有老爷车、牛车、马车、板车、鸡、羊、火鸡、驴子、香蕉树、椰子树，这些家族成员挤在同一块地皮上，相安无事、一团和气。每户院里都有晾衣绳，一头连着房子，一头连着椰子树或什么树，绳子系在蓝天下，衣物飞舞在阳光中，兴高采烈，普天同庆似的。

　　骑行团停下时，村民们过来围观，有咖啡色皮肤的，有黑色皮肤的，也有蓝眼睛白皮肤的西班牙后代，还有稀里糊涂的混血儿。路易斯拿出牙膏、肥皂、洗发水，送给腼腆的村民，我们也有样学样儿，拿出糖果、饼干、薯片、铅笔、小本子，送给同样腼腆的小孩子。小孩们喜欢铅笔、本子，对甜品倒是无所谓，他们还送我们甜品吃，如甘蔗水、香蕉片、番石榴片。

古巴孩子与非洲孩子大不一样，非洲孩子总是高呼着"Sweets（糖果）"，对我们围追堵截。

我送给老村庄的赞美大大多于城堡。城堡让我不太舒服，总不自觉地联想到《哈姆雷特》《断头女王》等杀戮故事，想到阴谋、幽灵、复仇诸如此类的恐怖场景。老村庄温柔可亲，令人精神放松，自由得就像空中飘荡的晾衣绳，惬意得像太阳下的爬行动物，比如龟、蜥蜴。

这是一种平庸的欢乐，或者说是"泥土"的生活哲学。

我们的星球充满泥土，人和泥土平起平坐，一样平庸，一样随遇而安，泥土很合人的胃口，人天生愿意平庸，享受平庸的好处。人往高处爬、争风吃醋，跌断了手脚，或弄丢了性命，实在是一时糊涂，忘了本，辜负了我们的星球。我们拥有一颗极好的星球。

小贴士

关于城堡与建筑史

公元前两万五千年，原始人住进了山洞，创作了岩画，山洞和岩画是人类最初的家和家装。

公元前一万六千年，人类用猛犸象的骨架、皮肤搭建帐篷，这是人类最早的"暖气"房。

公元前一万一千年，猛犸象突然消失，人们用枝干当支架、用兽皮做房顶，没有因为猛犸象的消失而挨冻，建筑材料有了实质性突破。

公元前八千年，人们从高山转移到平原，建造泥砖房，那是城市的雏形。

公元前一千二百年，潮湿地区出现了吊脚楼，这是人类建筑史上的一个聪明的壮举。

公元前五百年，古罗马建筑崛起，成为世界建筑的旗帜，从此贵族住进豪宅宫殿，平民住进社区村落，"家"的概念出现。

公元三世纪，欧洲皇室贵族间发生战争，他们建起城堡抵抗和作战。初级阶段，城堡的材料是泥土、树木，后来使用石头、金属，到了中世纪，城堡宫殿化、军营化、政治化、宗教化，成为权力象征，英雄和骑士脱颖而出，由此产生了宗教文学、英雄史诗、骑士文学、古堡文学等。

文艺复兴时期，欧洲趋于和平，他们把眼光看向世界，开启了大航海时代。欧洲人去了非洲、美洲，带去了殖民文化，其中包括欧洲建筑，被称为"殖民建筑"，古巴的老城堡正是它的产物。

这就是我们在哈瓦那看到老城堡、老村庄的根源所在。

新城区

路易斯要带我们瞻仰哈瓦那城区了，对此我们望穿了秋水，耐着性子等，总算等到了。

拉富埃尔萨城堡，是通往哈瓦那城区的入口，我们再次骑到城堡下，再次看到城堡顶上的雕像——永远的少女哈瓦那。

我们先穿过新城，再穿过老城，由新到旧，质地不同、气韵不同，如同走进时光倒流的隧道。

新城占据哈瓦那半壁江山，那里有大量美国人留下的建筑，豪宅、宾馆、电影院、度假村，它们体积庞大、颇显富态，但式样已不再时新，大多建于1959年之前——就是古巴革命之前，和当代建筑相比，属于老派大洋房，就如大腹便便、穿西装、戴着领结的老资本家。

新城有好几个广场，广场上竖立着多位名人的雕塑、画像，比如菲德尔·卡斯特罗、何塞·马蒂、东尼奥·马赛奥、马克西莫·戈麦斯、卡里斯托·加西亚、卡洛斯·曼努埃尔·德·塞斯佩德斯。其中，人民广场的切·格瓦拉①画像让人过目不忘，画像由金属条焊接而成，几十米高，悬挂于高墙，远远看去，格瓦拉如同横空出世的超人，画像上刻着他的名言："Hasta La Victoria！"意为"革命是不朽的"。格瓦拉是阿根廷人，只身跑到古巴，参加了古巴革命，与卡斯特罗并肩作战。他是医生、作家，却一意孤行做了游击队员、革命者；他骁勇善战，却落到被活捉、被乱枪打死，尸体不全的下场；他是无神论者，崇拜他的人却敬他为神。格瓦拉是古巴人心中了不起的英雄，他的画像出现在大街小巷，他的纪念馆出现在大小城市，频率高于卡斯特罗。

新城有个抢眼的建筑，它是古巴前市政厅，颜色、形状、装饰，完全复制了美国的白宫，只是比白宫低了几寸，毫无疑问，这是美国人的手笔。在"白宫"附近，我们靠边停车，骑行团的美国人瞪

---

① 切·格瓦拉，出生于阿根廷，古巴革命的核心人物之一，古巴共产党领导人之一。

圆了眼睛，表情亢奋，仿佛到了华盛顿。他们拿着手机，趴地上仰拍，不知道的人，以为他们在朝拜呢。"白宫"正在翻修，谢绝参观，许多地方蒙着布、绑着支架，像个即将做手术的人。尽管如此，"白宫"依然高人一头，熠熠生辉，以它为地标，你永远不会在哈瓦那迷路。

哈瓦那的新城，让人想起美国和古巴的蜜月期。那时的古巴财大气粗，经济超越西班牙的巴塞罗那，是加勒比海地区的"阔佬"；那时的古巴，是美国人的后花园，美国人驾快艇、开小飞机，运来了老爷车，在这里度假，抽哈瓦那雪茄，喝哈瓦那甘蔗酒，吃哈瓦那龙虾，与哈瓦那人结婚。直到1959年，古巴革命爆发，哈瓦那的有钱人跑路，美国资本家撤走，美国开始封锁古巴，一切都变了。

美国惩罚古巴，理直气壮；古巴选择社会主义，也是理直气壮。谁是谁非，我们旁人没说话权。任何历史性的变革，取决于历史必然，取决于当事人意愿，就像相机的镜头，长焦或广角，全是人的选择。美国有美国至上，古巴有古巴信仰。在繁荣和自由面前，古巴人选择了后者。正如裴多菲诗："生命诚可贵，爱情价更高，若为自由故，二者皆可抛。"

裴多菲的诗天衣无缝，掷地有声，诠释了古巴领袖，给了古巴人坚决服从的理由。

古巴虽然穷但是有了自由，穷日子比富日子快乐，这也是事实。我在城里看到过愁眉苦脸的有钱人，在沙漠也看到过载歌载舞的贫民，快乐、愁苦、惬意、失落，只是一种感觉。

哈瓦那建筑

老城区

穿过哈瓦那新城，摩托车进入了老城。

新城只有百余年历史，大多是美国人的创作。老城有五百岁高龄，主要是西班牙殖民者的作品。老城街道相对狭窄、曲折，颜色比新城鲜艳得多。彩色的老街、彩色的老墙、彩色的老爷车，如果拉开距离看，老城着实是一张重彩、老辣的古画，您定会迷失在这张古画之中。

当然，老城的布局是混乱的，没有东西南北的概念，可随意分割，行人的方向也就成散线状。

行人中大部分是游客，他们拿着手机，随心所欲地拍照——走在马路中间，仙鹤一样迈着方步，仙鹤一样转着脖子，穿马路时走走停停，摩托车的引擎也无法惊动他们。他们的心思全在景致上。

公交车、私家车不多，老爷车一次次闪过，还有来来回回的马车。拉车的马儿戴着眼罩，箭头似的笔直向前走，蹄子"嘚嘚"，听上去清脆悦耳。于是我们一次次停下，礼让车辆、行人。行人都挺有礼貌，对我们微笑致谢，如果是当地人，他们会说"饿拉"，意思是您好，或者说"哥拉屎饿死"，意思是谢谢。请原谅我写这样的谐音，这样好记——我发明的外文速记法。

路边常出现面包店，面包宽宽扁扁，码放得像金字塔，站着好多排队的人，他们手上有花花绿绿的纸，我猜那是面包票。古巴人买什么都凭票，就像二十世纪六七十年代的杭州人。街边的公交站，等车的人像杂乱无章的螃蟹，车来时缠在一起跑，车停时缠在一起上，上车后也缠在一起，如此纠缠，也没见谁掉了螃蟹腿。我看着笑，这场面我太熟了，杭州曾经也这样，当年我们称公交车为"橡皮车"，称自己是"橡皮泥"，挤车时胶着、挤压、摩擦、挣脱，上车后亲密无间。

老城的本地人，特别是中老年人，好多人戴大耳环，耳环看上去超重，穿着艳丽的服装，像是把花园穿在了身上。年轻人则不同，他们的穿着简洁帅气，男孩穿牛仔裤、耐克鞋、T恤衫，T恤上印着英文，比如大写的"USA"。女孩穿吊带长裙，或背心配紧身裤，线条毕露，时尚而性感。年轻人的服装，大多是美国货，这让我想起了机场的返乡客，也许这些年轻人的衣服就来自那些形形色色的行李包。

马路中间的隔离带，坐着写生的年轻人，他们席地而坐，纹丝不动，像一棵棵扎了根的花椰菜。如果我们正好停下，他们立即转向我们，眼皮一上一下，拿笔的手飞快划动，快得就像老鼠刨洞。我知道他们在画我，我真想要一张画。我穿骑行服的形象不好分辨出男女,可也挺英俊的,至少菲里普这样说。我们几次遇到了街头小乐队,他们三人一组,手持乐器,背靠背站立,哪怕没有观众,他们也是声情并茂,摇头晃脑,激动不已。

就在这时,导游路易斯举起手,示意我们看周围。周围出现了古老的建筑群,我们到了老城的心脏地带,老城概念、老城气息、老城影像,如同正午的阳光倾泻下来。

我掀起头盔的面罩,看清了那些老建筑。我瞪大了眼睛,屏住了呼吸,这样的反应,如同我第一次去欧洲,站在慕尼黑玛利亚广场,被眼前的宫殿、钟楼惊呆了一样。

是的,我们周围的古建筑,仿佛有人从欧洲直接搬来:尖削的哥特式屋顶,开放的穹隆外廊,浑厚的圆柱形楼阁,集尖顶、拱门、圆柱于一体的混合楼宇,以及那些细节,比如门上的木刻,窗侧的雕画,石墙的浮雕,镂空的扶栏,令人惊诧、怀疑、沉醉,继而心里充满了温情。我不能不感恩建筑艺术的先驱者,他们创造了神话,从古罗马的原始石窟,到帝国时的哥特式,再到文艺复兴的柱体创意及多元同辉,先驱者前赴后继、创造、嫁接、再创造,给了建筑恢宏的年轮,给了人类了不起的遗产,让后人沐浴着艺术光辉,在粗俗的世界得到细致的安慰。

普拉多大道上的主角是歌剧院,这个1838年的老古董,是标准的巴洛克风格,整体象牙色,雕墙、雕柱、雕塑,集合成庞大的主体。它头顶蓝天、背靠大海,远远看去,像是从另一个星球驶来的银灰色巨轮,周围移动的人流、车流,像是巨轮推送出的波涛、浪花。

导游路易斯说,很久以前,歌剧院常举办世界顶级音乐会,汇聚了欧美音乐家,1959年后,这样的盛会没有了,歌剧院入不敷

哈瓦那歌剧院

出,开开关关,近几年完全关了。如今它破损严重,急需维修。

　　我们想进去看看,但大门紧闭着,门周围拉着围栏,搭满了脚手架。野蛮的脚手架下,一个老人在拉小提琴,应该是《天鹅湖》,他拉得极为流畅,我走了过去,想给他一些小费。琴声停了,那老人挥动琴弓,向我们龇牙咧嘴,不许我们靠近。边上有人对我们说,他是个疯子,天天在这里拉琴。我向后退去,远远地看他,他白发如雪,目光狂乱,琴声却柔和美丽。这个拉琴老人,让我想到了毛姆的思特里克兰德①,他们活在自己的梦中,根本就不愿走出来。也许不走出来更好,活得越清醒,惆怅越多,思绪越混乱,就像寒冬里幸存的叶子,清醒而孤单,不如让风吹落,埋入温存之梦。

　　"歌剧院为什么还没修好?"我问路易斯。

　　"没钱,吃饭比开音乐会重要些。"路易斯回答得很率直。

　　听了路易斯的话,我向曾经辉煌的歌剧院行注目礼,祝愿她早日有音乐会,有大笔的收入。月亮和六便士,人类缺一不可,承认这些不需要虚伪。

　　我们经过了一些博物馆,美术博物馆、历史博物馆、革命博物馆、王子博物馆、拿破仑博物馆,和歌剧院一样,清一色是欧式建筑,款式有希腊式、罗马式、拜占庭式,虽然比不上卢浮宫、大英博物馆、乌菲齐美术馆及荷兰的凡·高博物馆,却也气质相似,工艺和细节大同小异,毕竟都出自欧洲设计师,有着相同的文化基因。

―――――――

　　① 思特里克兰德,毛姆《月亮和六便士》中的主角。

我们去了拿破仑博物馆①。博物馆在老城边缘,一侧是哈瓦那大学,建筑是希腊式的,体现了文艺复兴风格。它曾经是意大利名人费拉拉的居所,古巴革命后收归国有,做了拿破仑博物馆。馆内有拿破仑时代的绘画、雕塑、武器,有拿破仑个人用品,如怀表、战袍、床铺、牙齿、头发及他的死亡面具。见物如见人,我眼前浮现出圣赫勒拿岛,在那个可怕的地方,拿破仑终结了生命。拿破仑·波拿巴,一个倔强的科西嘉人,一个从士兵到元帅的英雄,一个披荆斩棘的大帝,却输掉了滑铁卢,输掉了生命。

我们还去了几个教堂,哈瓦那主教堂、圣母教堂、婚礼教堂。

我很愿意参观教堂,欧洲的四大教堂,我去过梵蒂冈的圣彼得大教堂、佛罗伦萨的圣母百花大教堂、意大利米兰的圣玛利亚大教堂。我去教堂并非朝拜,而是欣赏艺术,教堂凝聚了艺术家的智慧、劳动者的聪明,每一座教堂,更是凝聚了老百姓的血汗,堆积着老百姓的民脂民膏啊。

我们逗留在哈瓦那主教堂,它是老城教堂的标杆,结构、组合、装饰、祭坛、拱门、穹顶、尖塔、钟楼、大理石、唱诗台、彩色玻璃,神秘而空灵,让人眩晕不知身在何处。教堂里满是做礼拜的当地人,他们和蔼可亲,见了我们说"饿拉",送我们饮料和卡片,我们回答"哥拉屎饿死",虽语言不通,但能感觉他们都很和善。

我们还浏览了老城的居民楼,相当多的是百年老房,保留着旧日的痕迹,比如雕花的楼栏,银色的罗马柱,拱形的大门窗等,捕捉到了法国的古典主义、荷兰的乡村主义、西班牙的浪漫主义。

---

① 古巴拿破仑博物馆,建于20世纪60年代初,世界上五座最重要的拿破仑博物馆之一,拉丁美洲最完整的拿破仑博物馆,收藏近万件展品。

总之，欧洲元素也在居民区游走，与之碰面，仿佛读到了莎翁的十四行诗，如下：

　　　　我们要美丽的生命不断繁息，
　　　　能这样，美的玫瑰才永不消亡，
　　　　既然成熟的东西都不免要谢世，
　　　　优美的子孙就应当来承继芬芳；
　　　　但是你跟你明亮的眼睛结了亲，
　　　　把自身当柴烧，烧出了眼睛的光彩，
　　　　这就在丰收的地方造成了饥馑，
　　　　你是跟自己作对，教自己受害。
　　　　如今你是世界上鲜艳的珍品，
　　　　只有你能够替灿烂的春天开路，
　　　　你却在自己的花蕾里埋葬了自身，
　　　　温柔的怪物呵，用吝啬浪费了全部。
　　　　　可怜这世界吧，世界应得的东西
　　　　　别让你和坟墓吞吃到一无所遗！

哈瓦那老城，称之为小巴黎、小米兰、小巴塞罗那，也未尝不可。

当然，我诚实地说，我们也在老城看到一个真相：五百岁的哈瓦那老城，老了、破了，甚至可以说满目疮痍。

从1959年到今天，新城变成老城，老城变成破城，这件事一目了然。需要保养和维修的广场、城堡、宫殿、钟楼、民居楼，比比皆是，老城已不是当年的"她"，这个美人坯子，如今朝华褪尽、显尽沧桑。只要走近去看，就看到老建筑的裂缝，多得像补过的陶瓷。

古墙有缺口,浮雕有青苔,大理石有破洞,螺旋式楼梯有断裂点,雕花木有霉渍和糜烂,墙角有乱石,野草自由生长,危房们被五花大绑。所有的路横七竖八,路当中有马粪,教堂边有断墙,昔日的宫殿与简易棚放在一起,就像老爷与乞丐放在一起。

可以说,哈瓦那老城,是我见过的极雄壮、极恢宏又极寒酸可怜的老城。

哈瓦那老城破烂了,却没有消失。五百年间,老城经历了侵略、动荡、战争、苦难、革命、再革命,奇怪的是,没有一座建筑被糟蹋、被蹂躏、被毁灭。老城和她的老房子,一直站在原地,姿势不变,模样依旧,自信的容光透过城市的皱纹散发出来,你还能在皱纹里都认出她最初的清纯模样,她就像一座褪色的、残缺的、破败的却依然轮廓迷人的雕塑。这是个奇迹,创造奇迹的人是大街上随处可见的哈瓦那人。一代又一代的哈瓦那人,在漫长的五百年岁月里,没有推倒一座城墙,没有拆走一块城砖。

再牢固的城堡,再耀眼的奇珍异宝,如果有人去推、去毁灭,它一定会倒下,会支离破碎。因此,我真的想说这句话:我对哈瓦那老城充满敬意,敬老城,敬哈瓦那人,敬守住哈瓦那的平民,他们做着本分的事,守住了哈瓦那、世界的哈瓦那。

老城老了破了,那有什么关系,哪怕倒塌了也没关系,只要墙根还在,只要哈瓦那还在,只要人们把自己当救世主,在废墟建起人间天堂,只是时间问题。

好吧,亲爱的老城,老了的哈瓦那,美丽而尊贵的老城,安心躺在加勒比海吧,做一条安安静静的鳄鱼,不要长出触角,不要去触碰外面的世界。

老爷车

终于写到老爷车了！我的天，喊老车为"老爷"，真是舒服极了，这职称是咱中国人封的。欧美人称老车为"老东西、老伙计、老古董"，或者称"老姑娘"，许多男人用"She""Lover"称之。我家菲里普就是，他有五辆老爷车，一辆1929年的老福特，一辆1945年的老保时捷……它们曾经待在古董店，是一堆破烂的废铁，菲里普买回家，修修补补、捣鼓捣鼓，它们满血复活，咣咣当当会撒欢儿，也会说话了。于是菲里普把它们当女人养，称她们是"我的姑娘"，而我"敢怒不敢言"，不敢摸他的"姑娘"，怕摸坏了。我养鸡种菜，手粗糙着呢。

那么，什么样的车可称老车？似乎标准有三个出处，一个来自英国的《名人与老车》，经典老车被称为老车；一个来自英美老车俱乐部，限量的有威望的老车被称为老车；一个来自英美老车爱好者，只有英美老车被称为老车，这让德国人、法国人、比利时人、日本人火冒三丈。

我认为鉴定老车很简单，上了年纪的且健在的就是老车，就可以当"老爷"，就像童颜鹤发的老人都是老爷一样。按我这个逻辑，所有车都有机会成为老爷车，只要老骨头熬得住。

欧洲人推动了手工业，最早有了手工汽车；美国人发展了工业，最早实现汽车工业化，可以说，欧美是汽车发源地，是"老爷车"的老家。如今地球上，哪儿的老爷车最多呢？不是欧美，是澳大利亚和古巴。澳大利亚多，因为交通问题，老车难以浪迹天涯。古巴多，则因为美国。古巴曾是美国人的乐园，美国人周末往古巴跑，开着老爷车看山看水看美女。美国与古巴翻脸后，人走了，

老爷车

车留下了，光是哈瓦那就有数千辆老爷车。现在，许多人去古巴玩，说是去看海，其实是看老爷车，尤其是男人和车迷。比如我家菲里普，我前文提到，他买了一大箱老爷车车标，说要送给有老爷车的古巴人，其实是想借此机会接近那些"老姑娘"，别人的"姑娘"不能占为己有，看看总行吧。

美国人丢在哈瓦那的老车，有老雪佛兰（Chevrolet）、老福特（Ford）、老奥兹莫比尔（Oldsmobile）、老道奇（Dodge），老别克（Buick）、老庞蒂亚克（Pontiac）、老凯迪拉克（Cadillac）、老威利（Willy）、老林肯（Lincoln），等等。全是经典型美国老车，其中庞蒂亚克、道奇和威利，既经典又有威望，出征过二战，是老爷车中的"肌肉男"。我挺喜欢庞蒂亚克，不是因为它长相好看，因为它是反法西斯英雄。我喜欢英雄！

在美国上述这些老爷车，早已退出了江湖，被人当古董藏着掖着，或高价拍卖。老福特、老雪佛兰，一般拍到五万美元，拍到十万二十万也正常。那些"肌肉男"、限量版，拍到一百万以上，甚至五六百万，也不是没有先例。美国的老爷车既荣耀又养尊处优，偶尔活动一下老骨头，参加老车秀、圣诞游行。它们外出时警车开道，市民欢呼，记者追逐，第二天上报，待遇简直像总统。美国境内的老爷车，着实可以拍拍肚皮、打打饱嗝，说一声"呃，今天的天气……"

古巴呢？古巴的老车也称为老爷车，却是徒有虚名，没有老爷命。古巴的老车人老珠黄、骨质疏松，拿不到退休证，享受不了夕阳红，只能迈着老腿儿跑，身体好些的跑出租、跑运输或充当私家车，身体弱的运垃圾、泔水桶；快散架、快进临终医院的，充当杂物架、挡风墙之类。说古巴老车宝刀不老、雄风依在，其实只是被"雄风"了而已。原因很简单，长期受美国制裁，古巴经济捉襟见肘，穷人买不起车，富人买不到车，古巴人没几辆新车，老车必须上岗，"老爷爷"必须活着，活一天是一天，直到蹬腿咽气。

人比人气死人，车比车气死车。

话说我们到了哈瓦那，入住国宾馆，看到门前停满了老爷车，男人们激动了好一阵。

逗留哈瓦那的四天里，只要逮着机会，菲里普就去看老车，老车迷了他心窍，就像狐狸精婴宁迷了王子服的心窍。[①]菲里普神魂颠倒的样子，让我很是着急，我跟着他跑，一步不肯落下，不是怕他被"狐狸精"拐了，是怕他拐回了"狐狸精"。

---

① 源自聊斋故事《婴宁》。

老车外表是迷人的，它们大红大绿大花，像只花蝴蝶。许多车子下面亮着彩灯，上面挂着彩旗，身边两侧画着老革命、老英雄，比如卡斯特罗、切·格瓦拉、何塞·马蒂，他们身穿军装、手拿钢枪、目光炯炯，老爷车迎面扑来，老英雄也迎面扑来，气壮山河，色彩更是缤纷。温庭筠、韦庄词中，常有"画罗、画堂、画舫、画帘"之类，这个"画"字太妙了，可送给古巴老车，称之为"画轩""画辕"或"画爷"，未尝不可。

老爷车静止时何等妩媚、迷人，可一旦动起来，简直有点儿吓人，又打喷嚏又哆嗦，像得了哮喘病，还散发出浓烈的臭气，仿佛跑来了一头黄鼠狼，我得赶紧捂住鼻子。

我对车不懂，对老车更是不懂，我看车看表面，菲里普不一样，只要主人同意，他立刻打开引擎盖，脑袋伸进去、屁股撅起来。有时，他钻到车底下，两条长腿一会儿左一会儿右，像鱼尾一样摆动。我实在是困惑，他看什么呢？天下的汽车，不都一个发动机四个轮胎加一堆乱七八糟的线吗？

关于车，菲里普有一肚子学问，多得快漫出来了，却没人请他演讲，于是我成了他传道授业解惑的唯一对象，逃都逃不开。他拖住我、指点老爷车，告诉我那是什么车，哪一年的，多大功率。为什么会冒黑烟？因为烧的是柴油。为什么要烧柴油？因为汽油机换成了柴油机。为什么要换？因为汽油太贵，也可能发动机坏了，搞不到美国配件。柴油机从哪来呢？拆来的，拆老船、拆老拖拉机、拆老卡车、拆老宝马……"什么？宝马烧柴油？！"我认为逮着了老师的破绽。

"20世纪50年代，德国宝马全是柴油机，那时你还没出生呢！"菲老师得意非凡地说。其实那时他也没出生呢，当了老师，以为自己一千岁了。不过,老师学富五车、才高八斗,我也是承认的。

我的头伸到了引擎盖下,假模假样地看,啥也看不明白,却闻了一鼻子臭气,碰了一脸的灰。老爷车表面光鲜,体内生锈积垢,像一辈子没洗澡的人。我有些同情老爷车了,可怜它,年少时风度翩翩,喝着汽油,唱着劲歌,老了喝柴油、净放臭屁,因为形如枯槁,被刷嫩了掩盖真相。瞧这日子过的!但是没办法,古巴需要老爷车,老爷车必须出去奔命,喝柴油也得奔。老爷车不容易,古巴人也不容易。

老爷车喷烟、喘气、哆嗦,一次次从我身边经过,我不再逃跑,不再掩住鼻子了,怕羞辱了老车心。车是活的,人和车是伴侣关系,这个菲里普能证明,我也能证明。2009年我离开杭州,卖掉了

乘坐老爷车

我的宝来,虽然宝来不如宝马昂贵,却是我心尖上的宝贝,自从它跟了我,我撞过六次柱子,撞得它皮开肉绽,它却不离不弃,送我上班、接我下班,我却把它卖了,我是铁石心肠的负心人。幸亏卖给了好友,好友对宝来很好,减轻了我好多伤感。

我们一共坐了三次老爷车。

第一次,骑行团集体活动,坐老爷车逛老街。路易斯叫来老福特、老别克、老雪佛兰、老凯迪拉克,全是敞篷车,花里胡哨,就像跳着广场舞的老阿姨。路易斯请大家挑一辆,他话音没落,男人们冲了上去,像抢占高地的士兵。我们女人也瞎跑一气,上了车才发现不对头,老公老婆错位了,又一阵混乱,换车换老婆,才安顿下来。

我们的车是凯迪拉克,鲜绿色,大脑门、大屁股,座位宽大,大腹便便的,挺有"老爷"风度。可惜,这位老爷爷喝柴油过度,不断地冒烟、打嗝、放屁,还"砰砰砰"瞎抖,抖得我们说话全是颤音,唱歌剧似的,但这丝毫没有影响我们的情绪。我们一脸喜色,激动得像坐上了婚车,要去与人拜堂成亲。前车后车的队友积极合作,互拍照片、录视频,互比剪刀手,喊"Wow",车子并行时,我们手拉手,喊"欧拉!"

到了某个参观点,路易斯请大家下车,他要讲故事了。没人肯下车,不是不想听,是怕队友抢了自己的车,或自己老婆上了别人的车。路易斯摸着巨大的A字鼻,忍着火气说:"得了,走吧,坐老爷车吧。"我们对路易斯表示感谢,"哥拉屎饿死!"我们说。

原计划坐两小时车,我们足足坐了四小时,坐到天空漆黑才肯回营,所有人红光满面,仿佛去了一趟天堂,只有领队比尔脸黑黑的,车钱得他付。

再坐老爷车,属于小组行动,我们和英国夫妻派特里克、坦尼亚结伴,跑出去过老爷车瘾。

我们出了宾馆,走向一排老车,它们挂着"TAXI"招牌,车上坐着皮肤油亮、笑容殷勤的司机,全都戴着宽边古巴草帽。我们还没走近,几个司机同时开口,用英文问"坐车吗",我们问"多少钱",他们同时说"一小时四十美元",整整齐齐,一字不差。"太贵!"我们说。"一小时三十五。"他们说"不",还是整齐划一。我们继续摇头,他们发生了内乱,有的说三十,有的说二十五。我们不开口,他们的脸沉了下来,像快下雨的天空。四十美元是敲外国人竹杠,本地人只要二十五个比索,相当于一美元,司机们聪明,看见本地人就缩脑袋,像准备睡觉的猫;看见外国人,他们马上抬头,猫要捉老鼠了。

我们讨价还价,还到一小时二十美元,上了车。我和菲里普上了老雪佛兰,派特里克和坦尼亚上了老福特。老爷车老实巴交,带着我们海边飙车,海边有什么、夕阳如何美,我没太在意,我的心思全在老车身上。这辆1954年的雪佛兰,红得像条红狐狸,外观美得登峰造极,椅子却是破的,海绵有个大洞,要命的是弹簧也松了,我一屁股下去坐到了铁圈上,痛得反弹起来。司机喊:"别动,坐好!"我却不知往哪坐,菲里普伸手拉我,我坐到了他腿上。他忍着痛苦说,亲爱的,一个人屁股受苦,比两个人受苦好。这倒是真的,坐他身上可舒服了,我根本不想下来了。

车到海滨大道,速度上去了,车身"哐哐"作响,菲里普抱紧了我,怕我被晃下车去。我盯着车底板,那儿缝挺大,虽然人掉不下去,手机却很难说。我把手机抱在胸前,死死压住,什么都能掉,手机不行。如今这年头,手机就像士兵的枪,枪掉了就没法活了。

路边的游客看向我们,表情羡慕,他们背着小山似的行军包,走得眼珠儿翻白。本地人也看向我们,也是一脸羡慕,他们认定我们是有钱人,坐得起一小时四十美元的车,他们月工资不到三十美元。老天爷呀,这些人哪里知道,我真想马上跳车,和他们换换位置。菲里普呢,他脸上装笑,牙关一直咬紧,我快把他的腿压断了,后来他和我说,他几次想把我扔下海去。我后怕极了,我可不会游泳。

派特里克和坦尼亚的车在我们后面,跑得花枝乱颤,坦尼亚没坐在派特里克腿上,俩人紧紧拥抱,脸撞到一起时,顺便亲吻,显得团结友爱。我心里在冷笑,知道他们是假模假样。果然,等我们回到宾馆,刚下老爷车,坦尼亚冲着丈夫发火,说:"亲爱的,您选了辆什么车,您看看菲里普,他选的车多好,林坐他腿上看风景呢!亲爱的!"虽然发着火,还是口口声声"亲爱的",英国"绅婆"风范。

我不会抱怨,一句也不会,这没什么好抱怨,这就是老爷车,它们老了啊。我跟着菲里普骑摩托车,骑过阿尔卑斯山,骑过沙漠,摔过好几个跟斗,相比之下,坐老爷车算是享福了。

第三次坐老爷车,纯属偶然事件。

事情是这样的,菲里普要送人礼物了,他从行李箱摸出三个铝制老车标,造型有天鹅、飞机、少女,他生怕司机们哄抢,让我抱着老车标。"男人不会抢女人的东西。"他肯定地说。

铝制的玩意儿又冷又重,像抱了一堆秤砣,我真希望有人来抢,抢走了省心。

我们走到宾馆外,看到了老爷车,司机们以为来了生意,坐得笔挺,目光与我们对接。

"我们不坐车,我送你一个装饰品。"菲里普对一个司机说,他有一辆老别克。

"四十美元一小时!"那家伙大声说,没理睬那车标。

"不,我们不坐车。你要这个车标吗,美国带来的,古巴买不到。"菲里普说,手往车头比了比,似乎告诉他,这里应该有个车标。

"四十美元一小时!"司机还是喊价。

"全给你!"我也吆喝起来。我口气真诚,还有点儿恳求的意思,我抱不动了那堆秤砣了。

司机就是不要,坚持说"四十美元一小时"。我把车标塞到菲里普怀里,他赶紧抱住了。我们离开了老别克,司机不太高兴,改说西班牙语了,估计在骂我们。他也许认为,我们想白坐车,用几个破东西当交易,真是白日做梦、痴心妄想。

"我早就说过,"我说,"送车标不如送二十美元。"

"不,不,"菲里普说,"他不懂,这个车标五十美元买来的,五十乘二十五,多少个古巴比索?他卖掉能发大财呢,他真是不懂,不懂啊。"菲里普恨铁不成钢。

"怕是卖不掉吧,不如给他二十块钱。"我固执己见。

我们朝另一个方向走,寻找送礼的目标。我们进了小弄堂,那儿停着一些老车,保养得挺好,没有装车标,菲里普向车主人走去,问他们要不要车标,白送的,是礼物。那些人摇头,莫名其妙地看着菲里普,一脸警惕。总之,没人要车标。我挺理解他们,如果一个高大的男人，两目放光，举着金属疙瘩走向您，说这是礼物，硬要塞给您，您是什么反应呢？换了我拔腿就逃。

哈瓦那的二月，太阳下三四十摄氏度，我们身上冒汗、心里冒火，"礼物"原封不动。菲里普沮丧了，唉声叹气。按他原先的想法，古巴人见了车标会扑上来抢，现在却没人要，白送也不要。他想不通。

我想得通，换了我我也不要，给我二十美元不好吗？

走到一个垃圾场，那儿停着敞篷老车，车上有两只泔水桶。司机是个瘦高个，穿草绿色军服，戴黄色大草帽。他卸下泔水桶，脏水倒进更大的桶，空桶放回了车上，动作麻利，哼着小曲。我们走过去，菲里普打量那辆老车，轻声告诉我，这是一辆凯迪拉克，这车要是在美国，谁舍得运泔水桶，装修一下能卖几十万美元。

"欧拉！"我们向倒泔水的车夫喊。

"哈罗！"那人竟用英语回答，"你们是美国人？"

"是！"菲里普赶紧问，"您要不要这个？"菲里普递上一个车标。

"这车不是我的，我替人干活，我家有辆老福特，坏了。"那人用生硬的英文说。

"您要这个车标吗？装在您家的福特身上，可漂亮了。"菲里普用温柔的语气说。

车夫过来看了看车标，嘴巴啧啧几下，崇敬有加的样子，摇了摇头。他说没什么用，就算他的福特能跑，有没有车标也无所谓。菲里普听了彻底崩溃，脸看向了苍天。

我给了司机五美元，付拍照的小费，这是骑行团的纪律。车夫收下钱，结结巴巴地说："上车吧，上车，我载你们。"他要带我们兜风,报答五美元恩情。白坐车当然好,怕他改变主意,我们说了一句"哥拉屎饿死",一骨碌上了车。老凯迪拉克蓝光一闪,"啪啪"打火,"呼隆"一下动了,挡风玻璃颤抖,车门朝外翻,就像老母鸡的翅膀。我们和泔水桶撞到一起,闻到了酸臭味。但我快活极了,这辆车寒碜,但座椅的海绵不破,弹簧也不松,我不用坐在菲里普腿上。

司机带我们去了革命广场①,这里路易斯带我们来过了。也许哈瓦那人认为,革命广场人人必来,来几次都不算多。我们再次瞻仰了何塞·马蒂的纪念塔、古巴政府大楼、国家图书馆、切·格瓦拉的巨大头像。

绕场一周,车停了下来,我们和司机聊了会儿天。

我对司机说,我叫林,他叫菲里普,你叫什么来着。那瘦子咕噜了一下,似乎叫路易斯。古巴何塞多,路易斯也多。我说,这儿是革命广场,你最崇拜哪个英雄。他摘下大草帽,拉了一下绿军装,单手举拳,喊了一句"伟大的卡斯特罗!"我问他是不是当过兵,他说没有,他和许多古巴人一样,爱穿绿军装。我问他知道中国吗,"伟大的中国!"他又喊了一句,惹得我咯咯笑。

"我是中国人!"我说。

"伟大的中国人!"他笑着说,那神情分明告诉我,他早就知道我是中国人。

菲里普拿出一张纸片,写下了我们的电子信箱。路易斯收下,折好放进了口袋。他告诉我们,他是清洁工,他没电脑也没手

---

①革命广场曾叫公民广场,古巴革命胜利后改名。古巴人在这里集会,菲德尔·卡斯特罗常在这里阅兵,发表了成千上万次演讲。

机,等他有了一定和我们联系。

"我叔叔在美国迈阿密。"他说着解开军装,里面是白色T恤,印着红色的"USA"。他说这件衣服是叔叔带来的。叔叔还带来了电视机、冰箱,叔叔只要回来总带很多礼物,今年年初,叔叔死了,以后没人送礼物了。说到这里,路易斯目光悲哀,喃喃自语,后面的话我们听不懂了。

我又想到了迈阿密机场,那些带了一大堆行李的返乡客,可惜,再没人为他而来了。

"别难过,我是你的美国朋友。"菲里普拍拍他的肩膀。"我是你的中国朋友。"我说,伸手按了按老车喇叭,没按出声,喇叭破了。

路易斯张嘴笑了,激动地发动了车,说要带我们兜风。我以为他要带我们去新的地方,没想到他还是绕着革命广场转,一口气转了三圈,然后说,他要去运泔水桶了。我们挥手告别。

我们回到美国后,一直在等路易斯给我们发邮件,等到今天也没等到。我们依然抱有希望,虽然希望与渴求、理想一样,常常归于渺茫。

老餐厅:眼斑龙虾店

到达哈瓦那第一天的晚上,路易斯带我们去吃龙虾,餐厅叫"Langosta moteada",意思是"眼斑龙虾店",路易斯说,Langosta moteada是百年老店,有古巴最好的龙虾。

龙虾好不好,和餐厅老不老有什么关系呢。我在心里有力地反驳了他。

我要老实交代，我跑来古巴，多半是冲着龙虾，龙虾在我心中的地位比老城堡、老爷车更高一些。也可以说，我对龙虾的敬畏，和对哈瓦那老城的敬畏，完全是一码事。

20世纪80年代，我大学毕业，去了杭州日报社，开始时每月工资三四十块，后来涨到一百来块，那时一只龙虾卖千把块，吃一只龙虾会害得我倾家荡产。吃龙虾的都是"万元户"，他们吃了龙虾肉，那个精神气，那个满足劲，仿佛从此长生不老。我们穷人买蝲蛄吃，我们称蝲蛄为"小龙虾"，小龙虾除了个子小，色香味不比大龙虾差，我一口气能吃一脸盆。

当然，我也吃过龙虾，朋友中有"万元户"，他们摆宴席，有时请我去凑人头，明确向我宣告"今晚吃龙虾！"我打扮好，喜气洋洋去了，这是必须的，这可是去吃龙虾，不是吃蝲蛄。在这样的宴席，我果真吃到了龙虾，但没吃过瘾，情景是这样的：一只大龙虾被人砍了头、拆了壳、分了身，安顿在冰碴儿上，虾头端坐冰碴儿峰顶，像坐龙椅的国王，虾肉切成了薄片，薄得像保鲜膜，刀工好得令人敬仰。虾肉的薄片绕虾头一周，像簇拥国王的贵妃娘娘，姿色诱人，就是瘦了点。宴会开始了，转盘开始移动，我大气不敢出，盯着命比纸薄的龙虾肉，估算转盘的速度，说时迟那时快，伸出发抖的左手——我是左撇子——假装优雅地夹起一片虾肉，假装优雅地往嘴里送，舌头却让我穿帮，它卷住虾肉，以龙卷风般的速度送下咽喉，简直像个叫花子。转盘转了一圈，龙虾告罄，留下的冰碴儿像空旷的溜冰场，那只午门斩首的龙虾头，变成了龙虾泡饭，满满一大盆，照得出一桌人影，大家伸手抢，一碗又一碗，谁也不觉得丢脸，这可是龙虾泡饭，级别高着呢。

吃过龙虾，我幸福感强烈，剔牙动作嚣张，第二天却不敢炫富,怕惹人嫉妒。嫉妒是可怕的尖刀,杀人于无形之中。

话说回来,我们去 Langosta moteada,步行十分钟,到了一片老街区,老房子连成一片,全是独门独院,从一楼到顶楼,不是开餐馆就是开民宿。Langosta moteada 到了,我们穿过小花园,进了绿色小楼,轮流上电梯,因为电梯极小,很像我家鸡笼。挤进三个人就饱满,人不能转身,全都瘪着肚子。电梯内有好多张宣传画,我以为是小广告,定睛一看,竟是电影明星的黑白照,还没看清有谁,我们就出了电梯,向右转上了木走廊,走廊上也贴满了明星照片。我们进了餐馆,餐馆又旧又破,裂开的老横梁,裂开的老木柱,裂开的老墙板,拴上几头老牛,铺上点草,就是牛棚了。我们这伙人走进去,那间棚子不住地颤抖、摇晃。它总有一天会塌了,希望不是今天,我非常自私地想。

"牛棚"简陋破烂,来客却爆满,人和桌子挤成一团,我们踮起脚尖,像缝衣针一样穿过可怜的缝隙,才艰苦卓绝地到达目的地。桌子蹲在角落,没多少回旋的地方,我们调剂了老半天才安顿好,胖子坐外围,瘦子坐角落。空间逼仄,没有空调,人呼吸困难,像留在沙滩上的鱼。

墙上糊满了黑白照片,我总算看清了,有老明星的黑白剧照,也有明星们吃饭的场景,他们手捧大龙虾,笑容像绽放的浪花。"亨弗莱·鲍嘉、加里·格兰特、马龙·白兰度、克拉克·盖博、葛丽泰·嘉宝、玛丽莲·梦露、朱迪·嘉兰、英格丽·褒曼、凯瑟琳·赫本、费雯·丽……"我一边看照片,一边说出了明星的名字,说出他们演的电影,说出电影的原著。我告诉我的同桌,费雯·丽演的《飘》我看了五遍,玛格丽特·米切尔写的《飘》我读了十遍,有些句子会背了。

我的话引起了惊讶的啧啧声,同桌们要我背几句《飘》,我背了五句,其中一句是"明天又是新的一天"。队友们洗耳恭听,有些人敬佩,有些人不服气,特别是几个美国人,对美国明星和作家,我居然知道得比他们多,他们瞪着眼睛说:"你是个大怪物,一本书看十遍,看十遍干吗呢!"

我耸耸肩。他们如此惊讶,是不了解我成长的背景。我们这代中国人,少儿时期对外国文化处于无知状态,直到20世纪80年代,我们走进大学,打开的国门,突破了文学艺术的禁区,外国文化如新开的香槟酒,喷薄而出,酒花飞溅,酒香落入我们的心田,我们看到了另一个世界。

浏览了墙上的老明星照片,我问导游路易斯,这家老店名气大,因为老明星来这吃龙虾?他说,对的,老明星多次来这里,不过他们也去别的店,那些店也贴满了明星的照片,也成了百年名店,如今新开的龙虾店,也贴上了老明星照片,打扮成百年老店,生意好做许多。

我笑了。路易斯说了实话。偷梁换柱、借尸还魂、挂羊头卖狗肉,这些计谋用在做生意上,并不对,但生存总得想点儿办法,如果用在名利场、官场,那就十分下流了。

Langosta moteada有龙虾,也有牛排、羊排,我们全点了眼斑龙虾。由于我们身份特殊,是来自国外的"摩托鬼子",店主跑来给我们拍照,说要把我们挂在墙上,和明星们挂在一起。

我们听了十分欣慰,由此看来,百年之后我们也是名人了。

服务员来了,发放了配餐,每人一碟蔬菜沙拉、一碟红米黑豆饭、一碟炸香蕉片。随后,她发放龙虾,每人一只,每只五十厘米长、十厘米厚、两磅重。龙虾火红色,背部剖开,露出雪白的肉,上面淋了棕榈油、黑胡椒汁、白奶酪、巧克力汁。我们的餐桌，顿时被龙虾们占领，红彤彤一片，极为壮观。

我们向龙虾行注目礼，赞美了几句，迫不及待、刀叉齐下。我吞食着大龙虾，想到当年没龙虾吃的窘况，想到那张转动的餐桌，那盘切成薄片的龙虾，我的满足感、诗情画意，可以写十几页纸，也许一百页，我就不写了，以后再写吧，以后的二十几天，我们天天这样吃呢。

有一点还是要写，今天这只龙虾，加上所有配餐，总共十二美元，和我们在小哈瓦那吃的那只比，便宜得跟白送一样。比尔挺开心，付钱时声音洪亮，仿佛不是付钱，而是发了一笔横财。

还有一点也要写，我们走出百年老店时，摸着肚子，走得东倒西歪，吃龙虾吃撑了。

回宾馆路上，我想到了贴在墙上的明星们，我理解了他们的笑容。他们演电影时的笑容和吃龙虾时完全不同，怎么可能相同呢，前者是假笑、调笑，后者是傻笑、憨笑；前者是饰演，后者是真实。吃饭、睡觉、上厕所，诸如此类才是真实的生活。谁都一样。

那么就笑吧。我也是一路笑着回到宾馆。

老餐厅：五分钱酒店

吃过龙虾第二天，路易斯要带我们去"五分钱酒店"，他说这家店有正宗的海盗酒。

"什么是海盗酒？"我问路易斯。

他瞪了我一眼，似乎怪我孤陋寡闻。"五分钱酒店"创立于1942年，虽然够不上百年，也不年轻了。"五分钱酒店"调制的"莫吉托"，就是甘蔗鸡尾酒，配方来自海盗，因此叫海盗酒。①"五分钱酒店"名气大，不光因为海盗酒，也因为海明威。海明威住在哈瓦那时，几乎天天去"五分钱酒店"，喝一杯五分钱的"莫吉托"，他在酒店墙上留言："我的莫吉托在五分钱酒店。"海明威去世后，那堵墙成了客人的留言板。

"林，你喜欢海明威吗。"路易斯说。虽然是提问，但他不喜欢用升调。

"当然了。"我说。

"那就在留言墙上写点儿什么。"路易斯说。

"一定的。"我说。我对酒没什么兴趣，喝眼泪水那么一点儿，脸就红得像我家的火鸡，还咯咯地笑，其实没什么好笑的事。但我确实喜欢海明威，喜欢得要命。我对"五分钱酒店"有了向往，跟着男人们去了。

哈瓦那主教堂一边，有个小巷子，巷子正在施工，建筑物横七竖八。走进小巷，看到了一排彩色老屋，其中有一间蓝色的，挂有"La Bodeguita"字牌，意思是"五分钱酒店"。说实话，酒店外貌极平常，要不是那块牌子，谁也发现不了它。酒店里面却是别有洞天。

我们进了酒店，立刻动弹不得，周围全是人，人和人互相缠绕，人声如嗡嗡的蜂鸣，像是身处我家的蜂群中。我家有五千只蜜蜂。菲里普拉住我，侧着身子往里挤，我差点儿被挤得脑袋与脖子分家。到达吧台前，我们衣衫不整、胳膊腿疼痛，像被人打了

---

①用甘蔗酿成的酒，通称朗姆酒，也称甘蔗酒，通过发酵和蒸馏制成，属于蒸馏酒中的特殊白兰地。莫吉托，即鸡尾酒，用甘蔗酒调成，口感强烈，据说是旧时的海盗饮品。

一顿。吧台里贴着海明威的照片,调酒师正在忙活,他们快速地调酒,像充了电的机器人。我的眼睛骨碌碌直转,找到了路易斯说的"留言墙",那里挤着一堆人,遮挡了墙上的字,我挤了过去,还没到达墙前,就被人群推开了,推到了乐队前面,乐队对喧嚣声置若罔闻,他们专心演奏,显示了极高的心理素质,我听一会儿,又涌来一股人,把我冲到了墙角。

我的天啊,我感觉脑袋在增大。海明威喝酒时,这里肯定寂静无声,不然他如何静得下来,写《丧钟为谁而鸣》《老人与海》,怎么拿得到诺贝尔文学奖呢? 现在肯定不行,真的不行,还没写字就给吵死了。

路易斯弄到了桌子,把我们从人群里拖出去,命令我们坐下不许动,"谁要喝莫吉托。"他说,依然没用升调。男人女人都举手。"每人交五美元!"路易斯说。"不是五分钱吗?"我们齐声叫,一起看向了比尔。比尔坚定地说:"老规矩,旅行期间酒水自负!"

我们乖乖付了酒钱,每人拿到一杯"莫吉托",还有几碟子配餐:红米饭、黑豆饭、炸香蕉、猪腿肉、炸薯条。那杯"莫吉托",著名的鸡尾酒、海盗酒、海明威的最爱,绿色、透明、温柔,墨绿的薄荷叶,在杯中优雅地转着身子,杯口插着甘蔗条,看上去清凉甜美。我正好渴了,举起杯喝掉了半杯,立刻狂咳起来,食道和胃熊熊燃烧,像被燃烧弹打中了。我咳得差点儿死了,菲里普帮我拍背,嘴里不停地说:"哎,亲爱的,这是海盗酒,哪能这样喝!"他把他的甘蔗条送给我,把我的酒拿去喝了,速度比我快多了,居然没咳,他把自己那杯也喝了,还是没咳。

看来,我天生当不了海盗。

古巴酒

品尝古巴酒

菲里普又要了两杯"莫吉托",一杯交给了我,要我小心喝。我啜了几口,咳嗽强度减轻了,人轻飘飘起来,想飞到天花板上去,就像无人机一样,在人头顶上转来转去。这个念头一起,我就开始笑,笑得前仰后合。菲里普给我吃甘蔗,队友也给我吃甘蔗,他们说我醉了,其实我很清醒,我是唯一清醒的人,他们才醉了,他们都在说要去当海盗,真是把我笑死了,我要当无人机。

我离开了桌子,挤进了人群,总算到了留言墙前,我趴在留言墙上写字,写了好几行才罢手。

我不知道几时离开了"五分钱酒店",我只记得离开前还趴在墙上写留言。

回到宾馆,喝着绿茶,我努力回忆在墙上写了什么字,好像写了"海明威"和"无人机"什么的。我为什么要写"无人机"呢?这时,菲里普打开了手机,给我看一张照片,照片上我拿着甘蔗条,趴在墙上认真写字,哪有什么"无人机",我的天,我是怎么回事,我没醉啊!

总之,喝了"莫吉托",我对酒有了点儿兴趣,倒不是喜欢酒精味,是喜欢醉了的感觉。酒醉赐予我错觉、快乐、灵感、勇气,并产生尼采式思维,相比叔本华,尼采式思维充满了正能量。尼采说:"白昼的光,如何能够了解夜晚的层次呢?"说得多好,我喝了酒也在琢磨这事。

关于人生的层次,我认为人生大约有四层,一层是白天,包括了喜怒、三餐、白日梦;一层是睡梦,睡梦中无所不能、无所不是、无所不至;一层是书籍,人沉入书中,走进别人的世界、获得暂时的逃脱;最后一层是醉酒,相比前三层,它具有纯朴的率真、幽默的勇气、可爱的智慧。

我的人生主要是前三层,第四层偶尔体会一下,浅尝辄止罢了。

老餐厅:清凉天堂

我们又去了一家老餐厅。

那是一个午后,气温升到四十摄氏度,我们从郊外骑车回城,到达维达度区的科佩利亚公园。路易斯示意靠边停车,他说公园内有家老店,名叫"清凉天堂",你们去过这家老店后,会把龙虾、甘蔗酒、海明威全忘了。我们不信他的话,但正热得发疯,"清凉天堂"挺有诱惑力。

我们脱了骑行服,跟路易斯进了公园。公园里有个圆形建筑,一层大、一层小,顶部有一圈彩色柱子,像一只插了蜡烛的双层蛋糕。排队的人脸上挂着汗珠儿,却极为开心,大人说笑小孩儿蹦。

路易斯让我们也排队,他说这个"清凉天堂",节假日得排几小时,今天排半小时够了。

我对路易斯说,如果去"清凉天堂"吃蛋糕,我就不去了,我不喜欢蛋糕,我宁可到树下乘凉。"你怎么知道吃蛋糕。"他说,还是没用升调。至于吃什么,他闭口不说。

排队四十分钟,我们进了"清凉天堂"。"清凉天堂"里面摆满桌椅,人们围坐在一起,个个捧着冰激凌碗,大声说话,笑容无拘无束,仿佛在表演天堂喜剧。队伍走向了柜台,柜台里排列着冰桶,冰桶里盛着彩色的厚冰,营业员们手拿铲子,铲雪似的铲着冰,一铲就是一大坨,装进船形塑料碗,交给目光急切的顾客。

我的天，这家老店是冰激凌屋，吃冰的地方！我立刻有了进天堂的清凉感。

路易斯大声说："你们多吃几碗，今天我请客。"比尔可高兴了，他不用付钱了，他大声说："我要五碗！"我们也大声嚷嚷，不大声不行，这儿比"五分钱酒店"还吵呢。

我要了三碗冰激凌，可乐味、香草味、巧克力味，每碗堆得像雪峰，峰顶插着腰果、奇异果、巧克力饼。三碗冰激凌，每碗只要五美分，我强烈建议，这家老店应改成"五分钱冰激凌屋"。

我们吃冰激凌时，路易斯履行导游职责，讲解了"清凉天堂"的由来。

1958年古巴革命后，美国封锁了古巴，哈瓦那物资匮乏，人均工资低于三十美元，什么都凭票。卡斯特罗下达命令，要建一座世界上最大的冰激凌屋，供应最多最好的冰激凌，古巴人哪怕吃不上饭，也要吃得上冰激凌！1966年，哈瓦那人兴建了科佩利亚公园，公园里造了冰激凌屋。它模仿巴西利亚大教堂，被称为冰激凌教堂，建筑如同双层蛋糕，被称为庆生冰激凌屋。冰激凌口味有三十种，比美国还多四种，可六百人同时享受美食，规模超越美国。只要五美分一碗，所以古巴人吃得起，这个店也被称为"清凉天堂"。苏联解体之后，古巴奶油、奶粉供应量断崖式减少，政府减少了居民的奶油票证，依然保证了冰激凌屋营业，冰激凌品种减少到七八种，还是五分钱一碗，还是每碗三大坨，还是那么清凉甜美。游客、本地人奔赴冰激凌屋，吃冰激凌、谈恋爱、搞聚会、庆生、庆婚、庆喜，平均日客流量三万。

"日子苦了，冰激凌还在，我们的天堂还在。"路易斯说。

我干掉了三大碗冰激凌，体内如同遭遇了暴风雪，冷风飕飕、寒气凛冽,好过瘾、好舒适、好满足,脑中跳出了柳永的词:"云树绕堤沙,怒涛卷霜雪,天堑无涯。"

路易斯没说错,"清凉天堂"以及三碗冰激凌,果真让我忘了龙虾、鸡尾酒、海明威,至少忘了好几个小时。

哈瓦那的四天极短,快要离开时,我回顾了所见所闻,老城堡、老城区、老爷车、老餐厅,这些哈瓦那的老标签,凝聚了哈瓦那精神,是哈瓦那生命的象征。我想到了卡米拉·卡贝洛的《哈瓦那》,最初听歌没什么触动,听多了也没什么想法,直到我要离开哈瓦那了,再想到这首歌,心情变得异样。此时,我的心情就像歌里所唱:"我的半颗心留在了哈瓦那。"

是的,我的半颗心留在了哈瓦那。

4 我的哈瓦那朋友

路易斯

我们在古巴交了几个朋友,第一个当然是路易斯,这个朋友陪伴了我们整个旅途。

那天,我们降落在哈瓦那,机场名叫何塞·马蒂,走出机场,看见了哈瓦那的蓝天,看见了第一个古巴人——导游路易斯。路易斯五十出头,脑袋棱角分明,眼睛乌黑,皮肤深咖啡色,个子不太高,身体可结实了,像稳扎稳打的椰子树。

那天,路易斯过来和大家握手、问好。轮到我了,他打量着我说,中国人。我说,是,中国人。他说,第一次骑摩托车。我说,不,骑过阿尔卑斯山、非洲沙漠。他再说,累了吧。我说,不累。他一直在问我话,却不用升调,就像美国人说中文,不用降调。我伸出手,他没有接,张开双臂给了我一个拥抱,在我脸颊上"啄啄"两下,菲里普吓了一跳,我也吓了一跳。后来才知道,古巴亲友见面,总是"啄啄"两下,没第三下。路易斯"啄"了我,是把我当了亲友,我是中国人,古巴人喜欢中国人。

毫无疑问,在哈瓦那,路易斯就是长官、领路人、保护人,领队

路易斯

比尔的地位一落千丈,他成了路易斯的助手、骑行团的钱袋子,如此而已。

在哈瓦那那几天,路易斯给了我特别待遇,因为他喜欢中国人。

有一次,我们经过中国领事馆,路易斯命令停止前进,他把中领事馆指给我看。我看到了五星红旗,双眼湿润,像看到了亲爱的老妈妈。此后,路易斯带我们去了唐人街,唐人街的牌坊、步行街、黄皮肤黑眼睛的中国人以及万花筒似的中国菜,让我心花怒放、蠢蠢欲动,磨蹭着不肯离开。路易斯见状,宣布去中国餐厅吃饭。我们进了中国餐厅,路易斯把点菜的光荣任务,交给了骑行团唯一的中国人。我兢兢业业,为团队点了北京烤鸭,大家卷着面皮、吞着烤鸭,差点儿把盘子给吞下去。店老板是福建人,对我们挺客气,送了免费的甜品。我和店老板聊了几句,我告诉他,美国的中国餐厅，老板大多是福建人，他不无骄傲地说，国外的中国餐厅，老板大多都是福建人呢。

路易斯带我们去了第九号大街，这里有一堵赤色的石碑，二十多米高，刻着西班牙碑文。

路易斯说，1847年3月3日，第一批中国人来到哈瓦那，共二百零六人，他们创建的华人世界，繁荣而辉煌，共有四十四个街区，区内有餐厅、洗衣店、银行、药房、剧院、华文报社。十九世纪中期，古巴爆发独立战争，华人也加入了，与争取独立的古巴人并肩作战，许多人献出了生命。这堵石碑就是为他们所建，每年春天，孩子们会来这里，纪念友好的中国人，纪念牺牲的英雄。

路易斯为我们读了碑文："在古巴的中国人，没有一个是逃兵，没有一个是叛徒。"

听了这个故事，我跳下摩托车，在石碑下站了一会儿。亲爱的读者，如果您去哈瓦那，也可去看看他们，和他们说说话，他们永远回不去祖国了，一定很高兴见到您。

我感谢了路易斯，感谢他带我看中国元素，为我讲中国人的故事，这些对于我很重要。我是中国人，流着中国人的血，越是漂泊，越是思念祖国。

为了显示公平，某一天傍晚，路易斯带我们去了海滨，观看美国领事馆办公楼。

骑行团的美国人极为兴奋，快步向前，说要进领事馆喝杯咖啡。但他们止步了，看着领事馆，表情有些沮丧。在我们面前，是一幢银色的大楼，模样敦实、周正，比周边民房高出一大截，像是香蕉林中的棕榈树。可惜的是，它没什么生命活力，楼前有一排旗杆，没挂一面旗，像可怜的光棍汉；楼房有上百个窗口，没亮一盏灯,像一只只失明的眸子;院子里种着花草,缺少打理,草儿没精打采,花儿们敷衍了事地开着。大楼的保安站在黄昏的光线下,拉出一条孤单的影子。

美国领事馆的右方是加勒比海,它波光活跃、浪涛激昂,高调、强势,越发衬托出美国领事馆的寂静、无力、萧条。

1959年,古巴革命后,美古断交,美国关闭了古巴领事馆,对古巴全面制裁、禁运。2009年,奥巴马出任美国总统,他着手修复美古关系。2015年美古外交关系恢复,哈瓦那领事馆建成,美国官员又出现在哈瓦那。2017年,意外的事情发生,入驻两年的美国官员,一个个得了怪病,有人头脑发晕、视力模糊;有人难以入眠,出现幻听;有人精神抑郁,恍恍惚惚,中了魔似的。开始,美国人怀疑遭受了恐怖袭击,如次声波、有毒化学物。美国、联合国、古巴,三方进行了调查,查了好几个月,没查出原因,病人却越来越多,症状也越来越严重,一个个跑回了美国,美国领事馆因此关闭,办事处移到了墨西哥。古巴人办美国签证得飞墨西哥,而去墨西哥也得签证,这双重麻烦,让古巴人哭笑不得。

恐怖袭击的可能性排除了,但美国人一直没回领事馆,他们怕了这里。到底是什么原因,导致了这种魔幻、离奇、令人不解的疾病? 有人猜测,美国领事馆闹鬼了,鬼是唯一的解释。于是,美国人越发不敢回来了。没有人见过鬼,但人人怕鬼,这就是人的软肋。①

"你们还想进去喝咖啡吗。"故事说到这,路易斯亲切地问了

---

① 2022年5月3日,美国驻古巴领事馆恢复签证业务,这是美国领事馆自2017年9月因"哈瓦那综合征",停止在哈瓦那提供领事服务后签发的第一批签证。

一句，还是不用升调。

几个美国人频频摇头，全部调转了屁股，说还是回宾馆吧，宾馆也有咖啡的。

离开哈瓦那前一天，路易斯请我们去他家做客。

路易斯的家在一条老街，我们坐着马车去，马儿"嘚嘚"，带我们进了老街。老街里清一色的老房子，都是殖民时代的遗留物，每家都有雕花铁栏，铁栏中有独立小院，小院中有三层小楼，小楼有尖顶阁楼、雕花门窗、罗马柱走廊。天井里有组合式桌椅，周边种了果树、草花，植物的藤花伸向邻居，与邻居的藤花结合，不分你我地纠缠在一起。

小楼全是白色基调，巴塞罗那风格，显得十分可爱。但仔细打量，就看到了衰败，它们与哈瓦那所有老建筑一样，年久失修，高贵而不精致，优雅而不完美，有的已成了危房，歪着身子，仿佛来一阵风就会倒地不起。有的小楼用木头勉强支撑，仿佛踢一脚就会土崩瓦解。有的小楼倒塌了一半，留下几根罗马柱，像忠心耿耿的老狗，坚守着没了主人的老屋。

路易斯的家在小街中部，也有天井、花园、小楼，外表也破旧，内部装修还不错，砌着大理石，有红木家具、雕花木楼梯，一楼是客厅、厨房，二楼三楼做了民宿，共有八间客房，客房简洁，设施齐备。路易斯一家人住地下室，那儿有些潮湿，但整洁温馨。

路易斯有一间"SHOP"，他的工作间堆放着摩托车、汽车，数量多得让人惊讶，且全是古董车，很多"百岁老人"，当然，路易斯称它们为"姑娘"，这种称呼，似乎全世界通行。

路易斯的"SHOP"，像蜂蜜一样黏住了骑行团的男人，他们围着古董车转，再也不肯离开。有人对路易斯说，他不住宾馆了，他要住这间"SHOP"，白天骑车，晚上陪这些"姑娘"，闻着她们的香气入睡，真是太美了。说这话的不是别人，是我家菲里普，他见到迷人的"老姑娘"，就把身边的老婆抛弃了。

路易斯家有个露台，放着欧式长桌，桌上摆着水果、糕点。在这里我们见到了他的妻儿，妻子是混血儿，欧洲人的五官，加勒比海人的皮肤，比路易斯小二十五岁，小巧玲珑，像是路易斯的女儿。他们有一双儿女，都是漂亮娃娃。他的妻儿走过来，凑近我们的脸，"啄啄"了两下，表示欢迎。

"路易斯，你妻子好年轻，你真有福气。"男人们说，话中有话。

路易斯有些得意地说："我不算什么，菲德尔·卡斯特罗的妈妈比他爸爸小三十五岁呢！"说完，路易斯放声大笑。我第一次听他这样笑。

这天的晚餐吃烤乳猪，厨师是外面请来的。小猪被烤了十八个小时，烤成了金黄色，趴在绿色的棕榈叶上，冒着热气。它的脑袋还在肩上，被打扮了一番，脑门扣着小草帽，嘴巴含着一支雪茄，眼皮贴了长睫毛，眼睛半睁半闭。我们切割、撕裂，小猪成了碎片，连尾巴也不见了。

吃完烤乳猪，有人点着了雪茄，就是小猪嘴上那支，大家轮流抽，你一口，我一口，我也抽了一口，这是我平生第一口雪茄，就像第一口甘蔗酒，差点儿把我咳死。

路易斯拿来一盒雪茄，每人送了一支。

"这是哈瓦那雪茄，我专门招待客人的。"路易斯说。

"哥拉屎饿死！"大家表示了感谢。

聊天时，我问路易斯，这里的房子都是古董，可惜又破又旧，为什么不修一修呢？修好了，这儿就有欧洲风情了。路易斯听了，还是一句老实话："吃饭比修房重要。"

"你是国际导游，钱应该比普通人多吧？"我问。

"比别人多，"路易斯说，"我有小费，林，你会给我小费吗。"他说，或者问。

"会会，当然会！"我点头。后来旅行结束时，大家给他小费，别人给了一百美元，我给了两百美元。我说话算数，"数量"也超群，路易斯极为感激。当然那是后话。

路易斯的烤乳猪、雪茄及他的大实话，增加了我对他的好感。作为导游，他细心、周全、有责任心，同时不失自我，他不对客人点头哈腰、阿谀奉承，他说英语没升调，哪怕是提问，也是掷地有声的降调，这恰恰是他自我的表现。我喜欢这样的导游，或者说，我喜欢这样的朋友。

以后的日子，我们之间还有许多故事，以后会讲给你们听。

摩托车商人麦克

麦克，我们的另一位朋友。麦克是古巴人，又不是古巴人，确切地说，他是奥地利人，做了古巴人的上门女婿，成了半个古巴人。

到达哈瓦那第一天，我们去快餐店吃点心，每人吃了一个古巴三明治，这顿饭由麦克请。麦克自我介绍说，他是摩托车供应商，他向我们出租GS800宝马摩托车。麦克白皮肤、蓝眼睛，高鼻梁上架着方眼镜，体格瘦长，言行儒雅，像个大学教授，不像摩托车供应商。

车商麦克

那天吃完三明治，麦克把骑行团带到了停车场，向骑手们发放摩托车、钥匙、导航仪。麦克像中国人一样抱拳作揖，反复念叨："拜托大家，可别弄伤了摩托车，这是今年的新款……"我心想，摩托车弄伤了，人一定伤得更重，他怎么不说"别弄伤了人"呢，心肠不太好。

再次见到麦克，在"五分钱酒店"，不是集体去那次，是我和菲里普偷偷去的一次，理由简单，第一次我醉了，拿着甘蔗写留言，这一次我要纠正错误。

再次走进酒店，情景一如既往，喧闹而混乱，我就不复述了。我们运气还不错，正好有人离席，得到了一张空桌子。服务员走过来，菲里普要了两杯"莫吉托"。酒端上来了，杯口插着甘蔗条，菲里普喝酒，我嚼着甘蔗，眼睛看向留言墙，墙上全是人脸。

这时有人喊我们。"林，菲里普！"那人拨开人群，披荆斩棘似的像向我们扑来。

正是麦克，摩托车供应商。在这里见到他，我们很惊讶，麦克却波澜不惊，问我们来了几次。我们说这是第二次。"第二次？！"这下轮到麦克吃惊了。他说两次太少，离开哈瓦那前，至少来十次，"不然，你们会后悔。"他肯定地说。菲里普频频点头，这句话说到他心坎上了。

我把椅子让给了麦克，和菲里普坐在一起。"麦克，听说你是奥地利人？"我问他。

麦克为自己点了一杯"莫吉托"，把甘蔗条送给我，讲了他的故事。

他是奥地利人，二十岁考取哈瓦那大学①，攻读哲学和历史。他选择来古巴读书，是因为对加勒比海历史有兴趣，也因为古巴学费便宜。

麦克读书期间，在哈瓦那老城租了一间房，白天上学，晚上睡觉。房东有四个女儿，最大的十三岁，她叫依达密斯，当时读中学，是个美丽的黑眼睛姑娘。

麦克学到第四年，考虑回欧洲读硕士。就在这时，他收到了依达密斯的情书。

依达密斯在情书中说，她一直爱着他，十三岁就爱上了他，她每天都从窗口窥视他。有一天突然下雨了，她帮他收了晒在外面的衣服，叠得整整齐齐，吻了好几遍，才敲门交给了他。他谢了她，请她在屋里坐了坐，送她一块奥地利巧克力，那块巧克力有莫扎特头像。她真希望他吻她，但他没有，他又匆匆出门了。他送她的巧克力，她一直不舍得吃，后来被太阳晒化掉了，她哭了好久，留下了糖纸。她渐渐长大了，对他的爱，像火焰一样越烧越旺。现在，她十七岁了，考上了哈瓦那大学，她要与他做校友了，天天能看到他了，她是多么幸福，多么希望他也爱着她。"亲爱的，

① 哈瓦那大学，缩写：UH，中文简称哈大，建成于1721年，是古巴最老的大学，二十五个专业，有六千多名世界各地的留学生。

如果您不爱我,请告诉我,但不要残酷无情地消失。"她在情书结尾这样写,那儿有一滴泪,洇湿了秀丽的字迹。

麦克大吃一惊,他开始回忆,他发现自己也在偷偷爱她。那时她还是个小女孩,他爱上了她的声音和容貌,她长大后越发标致,身体丰满,眼睛明亮。每当她迎面走来,他心跳得像放爆竹一样。他假装没看到她,假装在沉思,然后偷偷看她的背影。他不敢表达,怕房东把他赶出去。

收到依达密斯的情书,麦克开始与她约会,进入了热恋。他放弃了回家计划,留在哈瓦那大学攻读硕士,毕业后向依达密斯求了婚。

"就这样,我成了哈瓦那女婿。"麦克微笑着说,"我们相爱如初,有了一儿一女。"

我们与麦克碰杯,赞美他的爱情。我想到了茨威格的《一个陌生女人的来信》。我问麦克,喜欢茨威格吗?他说喜欢,茨威格是天才作家。我对他说,《一个陌生女人的来信》,我读过好几遍,每读一遍都唏嘘不已,他和依达密斯的故事,和这个故事太相像,但结局不同,依达密斯心想事成,他抱得美人归。麦克咧嘴一笑,他说自己没读过这本书,但读过茨威格的《月色朦胧》,他更像书中那个傻里傻气的少年。我读过《月色朦胧》,也喜欢这本书。我对麦克有了好感,他是个本性男人。

聊了几句茨威格,菲里普问麦克,他是哲学、历史双料硕士,为什么做了车商呢?

麦克说,古巴有两件好事,一是看病免费,一是读书免费,包括大学都免费,因此大学生满天飞,博士生多如牛毛,难以找到称心工作。前几年,古巴和委内瑞拉关系好,博士生去委内瑞拉工作,可以当医生或当教师,近年情况有变,委内瑞拉不景气,博士们回来了,就业竞争更为激烈。他曾在大学担任历史系教授,月收入三四十美元,后来他离开了,因为收入低,也因为没时间写作,他想写一本关于古巴的历史小说。他有个好朋友,在德国做摩托车租赁生意,于是他向朋友租了一批摩托车,航运到哈瓦那,做起了租赁业务,收入比当教授好很多,人也自由了,有时间采访写作。他的妻子依达密斯是医生,收入也不高,最近换了个工作,去涉外餐厅当服务员,收入比当医生高,工作也轻松。

"喏,她就在你们住的宾馆工作。"麦克说。

"是吗,我想认识她,她长什么样?"我问。

"那个最美丽的女人就是!"麦克极风趣地说。

麦克打听我们的情况,菲里普津津乐道,告诉他我们如何网恋,如何在杭州结婚,如何在美国生活。麦克听得很认真,蓝色眼睛闪烁出泪光。他擦了擦镜片说,我们一样,都是跨国婚姻,都找到了自己的爱,故事都和神话一样美。菲里普说到了摩托车旅行,他告诉麦克,我们夫妻同行,骑越了阿尔卑斯山,骑越了非洲沙漠,我们在沙漠上摔过三个跟斗,最后一次,摔得摩托车变形,人差点儿丢了命。

麦克不笑了,眼睛瞪着菲里普,合掌说:"拜托、拜托,这次别摔,摩托车摔坏,我可惨了!"他还是担心他的摩托车,我这回没生气,反倒笑了,对菲里普说,听见没,不许飙车了,不要害麦克。

"我努力,有时候,也是命中注定啊。"菲里普摊摊手说。

"可别这样说,求求你,你得对林的生命负责!"麦克连声说,终于有人关心我的性命了。

麦克叫来服务员,要了三杯"莫吉托",一人一杯,他说他请客,大家一口干掉,从此就是好朋友。我说我不行,我一喝就醉。"林,你是作家啊,喝下这一杯,你会超过海明威的。"麦克说。

我说了声"哥拉屎饿死",吞下一杯"莫吉托"。海明威常来"五分钱酒店",喝了无数杯"莫吉托",写出惊世之作,拿到了诺贝尔文学奖;马尔克斯①也到过"五分钱酒店",也拿到了诺贝尔文学奖,我必须学会喝"莫吉托",万一哪天拿到了诺贝尔文学奖,我一定再来哈瓦那,再来"五分钱酒店",在留言墙上签字,在读者脸上签字,像海明威那样……

一杯"莫吉托"下肚后,我发表了以上的雄论。菲里普听了狂笑,麦克没有笑,他严肃庄重地说:"林,我等不了,你现在就在我脸上写字!"

结果就是,我什么也没写就出了酒店,是菲里普背我出门的。

第三次见到麦克,是在古巴某一个省,那是骑行的第二周,队友阿丹·尼格里奥尼摔了跟头,他自己没事,他的妻子米莉摔得不轻,摩托车也摔得不轻,他们必须提前回家。麦克接到消息,连夜开上卡车、拉着拖车,从哈瓦那赶了过来。麦克脸色难看,不想说话,看着摩托车发呆,他得把倒霉的夫妻俩送上飞机,然后把摩托车送去修理。他离开前看了我一眼,说了一句话,我这辈子也不会忘记。麦克说:"林,我很高兴,摔伤的不是你,你这么瘦,哪里撑得住。"

天哪,我听了想哭,麦克对我多好。当然,他这句话不能让米莉知道。

---

① 加夫列尔·加西亚·马尔克斯,哥伦比亚文学家,1982年诺贝尔文学奖得主。

几年后，我和他在脸书上碰到，他告诉我，他是三个孩子的爸爸了，他的历史小说完成了，全家搬到了奥地利，他经营农庄、继续写小说。我告诉他，我们也经营农庄，农庄很小，我出版了一本书，书名是《半寸农庄》，这本书得了一个大奖。麦克可兴奋了，立刻说要来看我，要我在他脸上签字。

海明威

在哈瓦那的最后一天，我终于看望了我的秘密情人——海明威。

我妈妈叫贺惠姬，她一直在大学图书馆工作，如林学院图书馆、教育学院图书馆、杭州大学图书馆、浙江大学图书馆。我妈妈知识渊博，才华横溢，我没她那么聪明，只是近水楼台先得月，从小泡在图书馆，看了许多书。我家不富裕，但看书这件事，我比同龄人富足得多。我不到八岁，读完了所有童话小说、民间故事，不到十二岁，读完了《牛氓》《静静的顿河》《青春之歌》《复活》等，它们都是"禁书"，我是偷出来读的，囫囵吞枣，却其乐无穷。

少女时代，我还读了《丧钟为谁而鸣》《太阳照常升起》《永别了，武器》《老人与海》，这些书充满力量，充满激情，作者是海明威。从此，我迷上了海明威的书，迷上了海明威，可以这么说，海明威参与了我整个少女时代，他是我情人一般的秘密朋友，是我成长的灵魂伴侣，是我为人处事的榜样。

那天上午，骑行团去了"瞭望山庄"①。山庄坐落于山坡，周围

①瞭望山庄，海明威在哈瓦那的居所，他在这里住了二十二年，现为博物馆，保存了两万多件物品。

是千亩林地,坡上有一幢白色小楼,小楼被花木拥抱,就像被花木拥抱的白色蝴蝶。这儿就是海明威的家。

我滑下摩托车,快速摘头盔、脱骑行服,换上干净的运动装。是的,我得干干净净、漂漂亮亮,去见我少女时代的情人;我要轻手轻脚、轻声轻气和我的老朋友聊一聊。

上了山坡,走进山庄,游客的吵闹声,像某种电影特效,哄的一下迎面袭来,我吓得后退一步,差点儿捂起了耳朵。我简直要发疯。在这个神圣的房子,人们高声叫喊,肆无忌惮,进进出出,撞来撞去,抢占地盘拍照,拍了照掉头就走。他们是来看海明威的,还是来拍照的,我真是无法理解。当然,我不是谴责他们,他们怎么做,是他们的自由。再说,我不也来了吗,我不也是其中一分子吗?

我通过人群的缝隙,慢慢移动,静静看望我的老朋友,我的海明威。

我看了他的藏书、动物标本、钓鱼竿、网球拍、打字机,看了他的衣帽间、收藏间、卫生间。我注意到了海明威的便条,它们几乎无处不在,卫生间也有。我微微一笑。我了解海明威,他身边带着纸和笔,灵感突现,他写下来贴好,哪怕是坐在马桶上。我到处寻找猫咪,他喜欢养猫,但我没找到一只猫。我找到了他的拳击场、斗鸡场、游泳池,那些地方现在成了花园。从左侧窗口望出去,是他喜欢散步的小路,路还是原来的样子,曲折向前,铺着落叶落花,只是不见了主人。

我看到了一张照片,海明威身穿军服,脸庞英俊,表情神圣,眼睛看着天空。

照片的正前方,有一排木架,排列着几把枪,猎枪、冲锋枪、步

海明威故居

枪、手枪。我知道,枪是海明威不肯撒手的东西,枪是他生命的一部分,哪怕你砍掉他的双手、挖掉他的双眼,他也会用牙咬住枪托,用思想瞄准敌人,用舌头扣动扳机。他是个战士。

我长久站立,盯着那几把枪,我不知道,他是用哪把枪结束了自己的生命。

我说,亲爱的海明威,我来了,我来看您了。您不认识我,我们是两个时空的人,但我认识您,我敬爱您,您是了不起的神枪手,您杀死过狮子;您是了不起的拳击手,您总想打倒对方,哪怕您被人打倒了,也会站起来朝人补上一拳;您是了不起的士兵,您从不后退,被称为打不死的海明威。您的一生,有过那么多可怕的事,坠机,被玻璃砸伤,被烈火燃烧,被鲨鱼啃咬,被子弹射穿,您身上有一大堆乱七八糟的伤疤……您差不多死过一百回,一次次站了起来,您就是《老人与海》中的老桑地亚哥,不管处境如何不利,您从不放弃,扯住马林鱼,把刀口插入鲨鱼的脑袋,不顾一切和死神搏斗……您说:"人可以被摧毁,不可以被打倒。"

有一天,您拿枪瞄准了自己,一枪解决了自己。您揪着自己的头发,一把将自己扔出了这个世界,那一年您才六十一岁。为了什么呢?

海明威不回答,眼睛依然盯着天空,仿佛答案在天空某个地方。

很多年来,对于海明威的自杀,人们有过多种猜测,有人说,因为他忍受不了疾病,他得了肾炎、肝病、糖尿病;有人说,因为他接受不了残疾,他一只眼失明、一只耳失聪、一条大腿没了知觉,脊梁弯曲麻木;有人说,因为他脑子坏了,他抑郁、暴躁、失忆,去医院接受过电击治疗。还有一种猜测,是我最认同的,因为他无法写作,他一行字也写不成,捉不住飞舞的文字、思绪,如同捉不住天上的星星,捉不住狂奔的野马,所以他不想活了。

"他不能写作,他伤心地哭泣……"他的妻子玛丽·维尔许在回忆录中这样写。

是的,我了解海明威,他不会被病痛打倒,不会被残疾打倒,他是打不倒的人,他只能被一件事打倒,就是不能写作。写作是他的信仰,文字是他的上帝,不能写作,相当于信仰崩溃,神灵消失,这让他怎么活?他说,人可以被摧毁,不可以被打倒,于是,他向自己开了一枪,摧毁了这个再也不能写作的窝囊废,就像在战场上,他亲自摧毁敌人的碉堡一样,不犹豫,不留情,而且他赢了。还有什么比死亡更永恒的呢?

我的海明威,我永远追不上您的步伐,但我理解您。我也热爱写作,是微不足道的小作者,我和您有一致的地方。我也信仰写作,我的神灵也是文字,我可以远离一切,却无法离开文字的天堂。我可以看淡一切、放下一切,却放不下写作,除非我死了。这种事别人无法理解,哪怕是至亲,但您能理解,就像我理解您,我的老朋友。

离开海明威的房子,我们去了一个塔楼。塔楼五六米高,是海明威写作的地方,他像猫头鹰一样端坐在塔楼,日夜颠倒,为我们写了《老人与海》。

上塔楼有个窄小的木梯,它摇摇晃晃,一次只能走一人。木梯边有棵果树,结满了椭圆形的青色果子,树下站着瘸腿的老人,他负责看守木梯、维持秩序,排队的人一多,他就伸手拦人。我和菲里普过去时,他放过了菲里普,把我拦了下来。

我看着老人,服从了他的指挥。"哥拉屎饿死。"老人用西班牙

送作者葫芦果的老人

语谢我。"哥拉屎饿死。"我说。

"请问，这是什么树？"我指了指那棵树，老人说了个单词，我完全不懂，他做了个摇铃的动作，正好导游路易斯过来，他在我手心写上了"GÜIRA"，并告诉我，此树叫葫芦树①，果子叫GÜIRA，也叫葫芦果，晒干了当乐器，也称摇铃。我立刻想起来了，在哈瓦那街头表演的那些小乐队，总有一人手握葫芦果，边唱边摇，种子沙沙作响，像是秋虫在歌唱。

离开海明威的塔楼时，我给了瘸腿老人三美元，他保护我们的安全，我应该谢他。于是，在我们离开瞭望山庄时，有了一个小小的插曲。我跨上摩托车，菲里普发动了引擎，摩托车正要移动，那个看楼梯的老人跑来了。他一瘸一拐，边跑边寻找，终于在戴

---

① 葫芦树，Calabash Tree，原产于古巴等南美洲国家，树能长到十米高，果子坚硬酸甜，晒干后可制作碗、咖啡杯，也可当装饰和乐器，这种乐器称为"沙槌"，同摇铃、瓜器，是古巴三大民乐之一。

头盔的怪物中找到了我,塞给我一只青色的葫芦果。老人说了一句话,路易斯帮我翻译,他说:"那棵树是海明威种的,快七十年了,年年结果,您拿一个回去做纪念,您以后再也不会来了。"

老人说完,马上回头,一瘸一拐,走向那个小塔楼,他得继续看守楼梯。

我握着那只葫芦果,"啄啄"地亲吻了两下,心里非常满足,仿佛亲吻了我的海明威。

桑地亚哥

离开瞭望山庄,下一个目标是柯希玛尔渔村,《老人与海》中渔村的原型。

但我们没有去渔村,而是去了渔村边上的商业步行街,这里有个小饭店,名叫"LA TERRAZA DE COJIMAR",意思是露台饭店,是《老人与海》中小饭店的原型。海明威穿过柯希玛尔渔村到海滩,在那儿钓鱼或开船出海。日落归来时,他一定去露台饭店,吃饭、喝酒、抽雪茄,与渔夫们聊天。柯希玛尔渔村、露台饭店、渔夫,给了海明威灵感和激情,因此有了《老人与海》。

露台饭店、五分钱酒店,皆因海明威出名,如今都成了著名景点,游客趋之若鹜。我们到达露台饭店时,正是午餐高峰,排了两小时队,才得到一张桌子。

我们坐下的地方,挂着海明威的照片,还挂着一幅水粉画,画上有山坡、渔村、海滩、小船、海水、海平线,印着一行字:"The old man and sea",这是《老人与海》最原始的封面。就是这本书,让海明威获得了"那个东西"。"那个东西"就是诺贝尔文学奖,海明威是这样称它的，"那个东西，我并没想要。"他说，"那东西却来了。"

吃完饭我们出去逛街，露台饭店周围排列着纪念品店，我对这样的店毫无兴趣。纪念品店是诱惑你花钱、满足你虚荣、增加抽屉垃圾的地方，没别的意义。我想找条小路，去柯希玛尔渔村，看渔村、海滩、船、海，欣赏《老人与海》的"封面"，这是有意义的。

我和菲里普寻找小路。路不好找，小街的背面全是沼泽。

这时，走过来一个男人，三十几岁的瘦高个，衣服沾满了颜料，头发蓬乱，形象邋遢，像个无家可归的流浪汉。他面带笑容，用英文问我们是否需要帮忙。菲里普说，我们想去渔村，到海边走走，不知从哪过去。那男人笑了，问我们是不是想找《老人与海》封面现场。我吃惊地看着他，他解释说，来这里的人，如果喜欢海明威，都想去看一看，他常带人去看。

"是吗，我们想看的。"我连忙说。

"去我家吧，那是我的店，二楼的阳台看得很远。"那人指了指对面的小店。

我又吃惊地看着他，原来他是个小老板。

我们跟他去了小店，他的店铺不足十平方米，商品却有几尺厚，书画、首饰、国旗、玩具、老爷车模型、老城模型、童装童鞋，它们挤在一起，很友好的样子。墙壁也满员了，挂着几排水粉画，不是印刷品，是出于画家真笔，笔法老辣、极有功力，绘画的内容与哈瓦那有关，老城区、老爷车、老教堂、老城堡、老街道。

我专心看画，那男人轻描淡写地说，都是他画的，他是画家，名叫桑地亚哥。

作者和画家桑地亚哥

作者和桑地亚哥的家人

我们跟桑地亚哥上楼，木楼梯又窄又陡，黑咕隆咚，我啥也看不清，手脚并用爬到了楼上。进去先是厨房，那儿坐着一老一小，老人是桑地亚哥的母亲，孩子是他小女儿，她们正在吃午饭。老人极为慈祥，向我们问好，请我们品尝小鱼干。小女孩有些害羞，躲进了奶奶怀里。

画室靠近街道，外面是游人的嘈杂声，里面也是乱七八糟，桌上、地上堆满了纸、笔、颜料。装裱好的画一律靠墙，它们站得笔直，像准备报数的士兵。大画挂在墙上，画的全是海明威，其中有一幅占了半边墙，吸引了我们的目光。海明威趴在小方桌上，身子倾斜，一只手写字，一只手捏雪茄，他的背后是窗，海风吹进，吹起了薄薄的窗帘，看见了大海及刚刚升起的太阳。看着这幅画，我想到了海明威的《太阳照常升起》。

"这幅画真好，您一定能卖掉。"我称赞。

"海明威的画都不出售，"桑地亚哥说，"我要留给我的孩子们。"

他给我们看了一张小画，画上是三个女孩，她们穿着白裙，在海滩上奔跑。桑地亚哥说，这是他的三个女儿，大女儿爱跳舞，进了哈瓦那艺术学院，二女儿喜欢画画，准备报考美院，小女儿才七岁，也喜欢跳舞。他的妻子也是画家，上午出去写生了。

"Wow……"我和菲里普惊呼，好厉害，桑地亚哥一家人都是艺术家。

"桑地亚哥，您的画棒极了，我想买这幅。"我指着三个哈瓦那女孩。

"不不不，这幅也不卖，楼上的画都不卖，都留给女儿们，是她们的嫁妆。"桑地亚哥抱歉地说，"这条街许多人卖画，你们可以多

渔村艺术

看看，他们比我强。"

"Wow……"我和菲里普又惊叹，"哈瓦那有那么多画家？"

"哈瓦那有两样东西多，画家和医生。"桑地亚哥笑着说。

"啥？不是龙虾和鸡尾酒吗？"菲里普瞪大眼睛问，桑地亚哥嘿嘿地笑。

我们去了阳台，一平方米大小，应该称站台，我们挤在了一起。这里视野广阔，放眼看去，有了彩色的渔村、淡绿的草坡、金色的海滩、蓝色的海水、银色的小船。《老人与海》的封面，我终于看到了，那么普通，那么真切，那么美。

再往前看，就是加勒比海，海面翻滚着波涛，一道道白浪，像一道道大海的目光，犀利而坚定。那个叫桑地亚哥的老人，就在这片海域，与鲨鱼搏斗了七十二个小时，他凶猛得像只狮子，他用尽了心机，试尽了全部凶器，一心一意想要鲨鱼的命，结果两败俱伤，马林鱼被分了尸，桑地亚哥得到了一副尸骨。桑地亚哥这个人物，寄托了海明威的硬汉思想，就是不后退、不认输、不妥协，宁可死也不能被打败。这样的硬汉思想，最终让海明威举起枪，对准了自己，让自己与"敌人"同归于尽。

一点儿不错，海明威就是桑地亚哥。或者说，桑地亚哥就是海明威。

下楼后，我们在桑地亚哥店里买了一大堆东西，桑地亚哥不再是陌生人，他是我们的朋友。相处虽短，我们不会忘记他，他喜欢海明威，他画海明威，他带我们看《老人与海》的"封面"，他与我们之间，有一根共同的纽带，那就是海明威。

我们的骑行从哈瓦那开始

第十一根手指

蓝色的烟雾

很早很早以前,西班牙人航海,发现了古巴。西班牙人惊讶地看到,古巴人有一根长长的手指,那根手指冒着蓝烟。他们认为,那是古巴人的第十一根手指。

古巴人把"第十一根手指"塞进嘴里啃,"手指"越啃越短,越啃越亮,越啃越有香气,香气散发开来,散发到西班牙人脸上,温柔缠绵,如同热烈缠绵的吻……西班牙人吓坏了,认为遇到了妖怪,同时也十分好奇,他们战战兢兢,接近古巴人,大着胆子品尝了"第十一根手指",那一瞬间,发生了一件可怕的事:他们头脑眩晕、身子发软,动弹不得,思想也飘飘悠悠,仿佛被"第十一根手指"的妖气降伏了!

西班牙人回国时,带上古巴人的"第十一根手指",他们请国人品尝,还给它起了一个名字:雪茄。雪茄蓝色的烟雾,温柔、惬意、甜美,迷倒了所有的男人,他们和古巴人一样,也长出了"第十一根手指"。有一天,西班牙人带着枪炮登上古巴,强迫古巴人种烟草、晒烟草、发酵烟草,大规模生产雪茄。从此,古巴人向入侵

雪茄

者敬献雪茄,在自己的土地上做了奴隶,而西班牙人抽着古巴雪茄,把雪茄卖到世界各地,赚得盆满钵满,富得像掉进油桶的老鼠。

结果就是,自从世界有了雪茄,抽雪茄的人们再也过不了没有雪茄的日子。

没有雪茄,抽雪茄的诗人没有激情,拜伦在一首诗中写:"请给我一根雪茄,我别无他求,我得和雪茄恋爱,把自己丢进曼妙之中。"没有雪茄,抽雪茄的画家没有灵感。浙江有个王梦白,代表作《玉堂富贵》,同时代的齐白石对他甘拜下风。而王梦白是个"茄客",他作画一手握笔,一手握雪茄,您仔细看他的画,也许能看到雪茄的幽魂,在画面上不断涌现,云卷云舒一般。马克·吐温性格随和,是虔诚的基督徒,他却有这样的言论:"天堂如果没有雪茄,我是坚决不去的,不,不去!"海明威的铁杆朋友——卡洛斯·富恩特——雪茄制造商,他拥有好几个雪茄厂,海明威抽着卡洛斯的雪茄,为我们写了《老人与海》《丧钟为谁而鸣》。海明威去世后,卡洛斯痛哭流涕,设计了"海明威雪茄",这支雪茄像一支铅笔,人们握住这支"笔",只会想到那个人,那个在雪茄蓝色烟雾中疯狂写作的海明威。

独一无二的"海明威雪茄",属于独一无二的海明威。

雪茄的石榴裙下面,还有许多世界政要。比如丘吉尔,伦敦遭到轰炸时,他下达的第一道命令是保护雪茄。丘吉尔活了九十岁，一生抽了二十五万支雪茄！美国总统肯尼迪，他制裁古巴之前，抢先为自己收藏了上千支雪茄，他可以不要古巴，却不能失去古巴雪茄。阿根廷人切·格瓦拉，他参加了古巴革命，为古巴人流血牺牲，是古巴人的英雄，人们到处张贴他的画像，画像上的切·格瓦拉总是一顶帽、一支枪、一根雪茄。古巴领袖卡斯特罗，他对雪茄的热爱，排在了所有嗜好的第一位。雪茄是他生命的引擎，他的敌人利用了这点，在他的雪茄里下毒，在他的雪茄收藏处安放炸药，在他享受雪茄时，枪口瞄准了他……诸如此类的暗杀，发生了几百次，竟从没有得手，他手上的雪茄，那缭绕的蓝色烟雾，仿佛长着眼睛和耳朵，眼观六路，耳听八方，稳稳妥妥保护了古巴奇人卡斯特罗。

古巴人的"第十一根手指"，有形有味有光影，是真实的有血有肉的存在，它的故事和传说，难以归于和平晴朗的童话或神话，难以归于"卡夫卡式"怪诞或任何空灵哲学。而雪茄本性难得感性、难得幽默、难得浪漫、难得情绪化，它一直在挣脱躯壳，妄图进行某种健全的表达，因此把它的故事归结于巴尔扎克式喜剧，倒也未尝不可。

烟草地

有一天，摩托团骑到了比那德里奥省，钻进了比尼亚莱斯山谷。

比尼亚莱斯山谷铺着红泥土，红土之上繁衍着绿色烟草。红土是兴奋的红，像太阳刚升起时的健康脸色。烟草是矜持的绿，如同矜持的湖面，泛着绿色的涟漪。红土和烟草相依为命，像一对分不开的恋人，古巴有一款雪茄，名叫"罗密欧和朱丽叶"，灵感就来自红土和烟草。

如同水中鱼儿，我们穿梭于烟草地，常常遇到本地的烟农。他们在太阳下干活，黝黑的皮肤闪烁着水光，那是汗水对太阳的反射。我们很少停下来，不想打扰汗流浃背的劳动者。

但是有一回，我们经过烟草地时，几个烟农在路边的工棚休息，看到摩托车队，他们一起站了起来，向我们频频招手，嘴里说着什么，我听懂了一句"饿拉"，意思是你好。

导游路易斯请我们停车，他说，烟农请我们参观烟草地，品尝他们的雪茄。

我们把头盔挂摩托车上，快步走向烟草地，像一群好奇的小学生，围着烟草转。近距离看烟草，比在摩托车上看更高大、肥硕，它们个子与我一般高，烟叶仰面朝天，仿佛在晒日光浴，光照中的烟叶脉络，就像明亮的乡间溪流，几路纵队向同一方向延伸，似乎能看到晶莹饱满的叶绿素，在"溪流"中平稳流淌，健康而具有张力，这是雪茄的前生吗？

烟草地上，一群男人在收割烟叶，身体一上一下，如一上一下的船桨，他们头戴宽边草帽、身穿草绿色军服，像一群军人，这样的装束，似乎是古巴男人的时装，到处能见。

男人们割烟叶时，挥动长长的砍刀，一刀下去，却没砍倒整棵烟草，只是削下一两片叶子，平放在田间。女人们跟在后头，她们身穿白裤子，头缠白布条，露出半张汗湿的脸，眼睛像火镰一样放光，她们弯腰拾起烟叶，拾到一定数量，用玉米叶搓的绳子捆住，把它们两边分开，搭到木架子上，远远看去，这些烟叶活像两腿分开、骑着扫帚的绿色精灵。

两头黄牛在烟叶中航行，两只脑袋拴在一起，鼻子上穿着铁环,它们瘦骨嶙峋,一副逼上梁山的表情。它们并驾齐驱,拖着三角形犁刀,清除烟草地的杂草。赶牛的是年轻白人,面孔清秀,鼻子笔挺,蓝眼睛蓝得透明,头发却是黑的,应该是混血儿。他身穿绿军衣,头戴有红五星的军帽,下身却是短裤衩、破雨靴,这个打扮十分有趣,害得我想笑又不敢笑。

"Hi!"我向青年打招呼,他回了西班牙语"Hola",给了我一个大笑脸,却没停下来。他向牛喊了一句,两头牛得令调转屁股,拉着犁刀往回走。

烟草茂密无缝,毕竟不是树木,挡不住任性的阳光,我被太阳晒得脑袋发胀,眼睛睁不开,只好蹲下身子,藏在烟叶的阴影中,获得片刻清凉。这时,眼前冒出一个老人,他见我猫在烟叶下,吓了一大跳,定了定神,摘下自己的草帽,一下子扣在我头上,他的举动也把我吓一跳。

种植烟叶

为了感谢老人，我从摩托车上拿了一瓶碳酸饮料给他。我还把路易斯叫过来，我想和老人说说话。路易斯不太情愿，他知道我总问些他不想回答的问题。

我问老人，您在干什么呢？老人说，他正在掐新叶，一棵烟草只能留二十几片叶，一株烟草从小到大，要掐掉两千多片新叶，花头也要掐掉，不能让烟草开花，开了花叶子就不长了。

"不让烟草开花，哪来的种子呢？"我迷惑不解。

"政府会把种子发给我们，免费的。"老人说。

"种子是政府的，种出来的烟叶归谁呢？"我还是很好奇。

"部分归政府，部分归合作社，我们能分到粮票。"他说。

"自己收种子，自己种烟草，那不是更好，烟叶全归你们了。"我聪明地说，队友们也频频点头，认为这个主意好极了。

"不行，这是违法的，"老人说，"烟农只负责种烟草。"

老人告诉我们，种在露天的烟草，是今后做雪茄的主要材料，称为"茄心"，这些叶子熟一片割一片，割完一株烟草，至少得花四十天，割烟草时，按底层、中层、上层顺序，发酵时也要分开，不同层次的烟叶，做不同口感的雪茄。那些种在大棚的烟叶，太阳晒得少，水喝得多，叶子漂亮、光滑，它们包在"茄心"外面，称作"烟衣"，从一粒种子到一支雪茄，播种、选苗、种植、掐叶、除草、施肥、收割，全靠烟农亲自动手，至少动手四千次。

大家一齐叫了一声，"上帝啊！"

我们离开烟草地，走向路边的小凉棚。棚子很小，棚顶是宽厚的棕榈叶。凉棚里除了休息的烟农，还有一个老妇，她喳喳叫着招呼我们，慷慨地请我们坐下，但凉棚里却没有凳子，我们一屁股坐在了泥地上。老妇拿来一只木盒，盒里躺着长短不一的小棍

种烟叶的老人

子，横七竖八，像一群随便找地方睡觉的小混混。这些雪茄没有商标，价格倒是便宜，二十五美分一支，但我们翻遍口袋，谁也没有二十五美分。为了不让老妇失望，大家合起伙来，花了十美元，买了一大堆小雪茄。老妇可高兴了，她殷勤地递上火，点了一支雪茄，男人们你一口我一口轮流吸着雪茄，我也吸了一口，这是我人生第二口雪茄，第一口在路易斯家吸的。

男人们抽着雪茄，评论纷纷，说雪茄色香味差，不是真正的雪茄，可能是用落叶卷的，雪茄没有抽完，他们就把它掐灭扔了。我们离开烟草地时，把买下的雪茄送给了烟农。烟农们像得了宝，对我们说"哥拉屎饿死"，点着了火，手上长出了第十一根手指。他们抽着雪茄，表情陶醉、享受，动作极优雅，就像电影上的绅士，缓缓地吐出蓝色的烟圈。

后来我才知道，烟农平时不抽二十五美分的雪茄，他们嫌太贵，抽五美分一支的。我的天，很难想象，五美分的雪茄长成什么样。有的烟农五美分也不抽，还是嫌贵，他们从烟草地拣些黄叶，晒干了、搓圆了、点着了，对着他们的烟草田，抽不花钱的雪茄。

我真没想到，种烟草的抽不起雪茄，哪怕五美分一支？当然，地球上这样的情况并不少见，养蚕的穿不起绫罗绸缎，种菜的吃不起山珍海味，造房的住不起高楼大厦，总是有人卖苦力，甚至卖血、卖命，换来简单的一日三餐。

人到这个时候确实需要雪茄、甘蔗酒，哪怕不是正宗的，也能舒缓精神和情绪，甚至感到幸福。

"雪茄农庄"的卷烟工

我们离开烟草地时,路过一些老牌雪茄厂,工厂深居山谷,背靠青山,面对烟草繁盛的红土地。在工厂附近有小村庄,村里住着种烟草的人,卷烟工也来自小村庄。这样的雪茄厂,被称为"雪茄农庄"。与城里的雪茄厂相比,"雪茄农庄"与世隔绝,刺激了外界的想象力、好奇心,加上这里的雪茄名声在外,销量超群,农庄本身成为旅游景点,游人如织,很多人去古巴,就是为了去"雪茄农庄",买"山中雪茄",回家炫耀炫耀。雪茄属于炫富品,这是毫无疑问的。

对于来访游客,"雪茄农庄"是守株待兔的姿势,有专人接待,有专人做饭,哪怕人们没有预约,他们一样欢迎,只差敲锣打鼓了。

我们骑行团就是这样,几次没有预约,几次跑进了"雪茄农庄"。

有一家"雪茄农庄",名叫亚历杭德罗·罗瓦伊纳农庄,名字很长,当然古巴人的名字虽然很长,但比东欧人短一些。亚历杭德罗·罗瓦伊纳农庄,创建于1845年,雪茄品牌叫"特罗瓦伊纳·柯西巴",简称柯西巴,名字是卡斯特罗取的,他热爱"柯西巴",或者说他只抽"柯西巴"。于是,您就知道了,奔着亚历杭德罗·罗瓦伊纳农庄的游客,就是奔着"柯西巴"而去的。

那天,我们奔向了亚历杭德罗·罗瓦伊纳农庄,庄主HIRSHI亲自接待。HIRSHI戴宽边帽、穿白衬衣,脸型外方内圆,典型的古巴绅士。他举止文雅,递给每人一杯鸡尾酒,算是接风洗尘。

HIRSHI带我们参观卷烟车间。一百来个卷烟女工,聚拢在

骑行队学习卷烟

通风良好的工棚,工棚中央坐着戴老花镜的老头,他前面有一支麦克风,老头在大声读报。

HIRSHI告诉我们,为卷烟女工读报、读书、读杂志,甚至表演口技,是亚历杭德罗·罗瓦伊纳农庄上百年的传统,为了确保女工心情好,卷出完美的雪茄。

我们站在工棚外围,观看女工们操作。她们面前放着小桌子,桌上有发酵好的烟叶,它们平坦、深褐色,桌上还有雪茄工具,剪子、刀子、模子。剪子剪烟叶毛边,刀子切烟叶边角,模子又重又大,负责给雪茄定型。女工们卷雪茄时不在桌上,是在两条大腿上,一条大腿放烟叶,一条大腿充当卷烟平台,几张叶子相叠,摊在腿上,朝一个方向卷,卷出棕红色的棍子,粗糙而无光泽,它就是"茄心"。把"茄心"放进模子定型,时间需要半小时。这时,女工动手卷另一支。半小时后，她们取出模子里的"茄心"，它们变得结实、均匀、无褶皱，女工把"茄心"放回大腿上，取一张面容姣好的烟叶，这就是"茄衣"，她们屏住了呼吸，神情虔诚，手指温柔似水，仿佛在给婴儿捆"蜡烛包"，半点儿疏忽都不敢。"茄心"穿上了衣服，头脚封口，贴上标签，女工把它托在手上，就像托起穿戴整齐的婴儿，深情地凝视一番，小心翼翼放入小木盒。一支名牌雪茄就此诞生，它皮肤红润、体格强壮、闻上去有奇香、摸上去有肉感，外表和内涵兼具，继承了养育过它的红土地的优点。但从这一刻起，它不再属于红土地，不再属于缔造它的烟农、卷烟女工，只属于上流社会，只属于有钱人，它就像英国王室成员，有来头、有爵位、有特权、有荣耀、有品位、有高高在上的理由。是的，它不再是草民。

一个女工，每天卷二百支雪茄，这可是大数目。前文我已写过，一支雪茄从种子、烟草到雪茄，被人们的手触摸了四千次，现在看来，女工的手是倒数第二个，最后一只手，是买走雪茄的手。

看着卷烟女工，我们提了一些问题，她们明明有桌子，为什么要在腿上卷？时间久了会不会得颈椎病？汗水影响雪茄质量吗？女工一个月收入多少？

女工代表告诉我们，用大腿卷雪茄，肉贴肉、手感好、卷得快、卷得均匀。卷雪茄必须低头，一天低十小时，女工人人有颈椎病。为了不让汗水污染雪茄，女工腿上垫着毛巾，哪怕是四十摄氏度的高温，毛巾也不会拿掉，夏天时，所有人腿上都会长痱子，有人甚至皮肤糜烂、发炎。

"好雪茄，必须用女工的腿卷出来。"女工代表说。

一位女工撩开腿上的毛巾，裸露的大腿红肿，布满疹子，疹子红红白白黑黑，红的是新鲜疹子，黑的是结痂疹子，白的是起脓头疹子。我表示了同情，女工却没有表情，她拉好遮盖的毛巾，继续卷雪茄，在她的大腿上。

这事网上有过热议，人们津津乐道。有人说，雪茄之所以令男人销魂，是因为古巴女人的大腿。如果他们和我一样，来到现场，看到流汗、长疹子、红肿的大腿，他们会有何感想呢？还会有色情的念头吗？

雪茄买卖

我们每到一个雪茄农庄，工作人员都热情招待，并趁机兜售雪茄。他们兜售雪茄不遗余力，但不会强买强卖，而是有一套合情合理、循序渐进、从容不迫的程序。

首先，我们会吃到一桌好东西，土鸡肉、土猪肉、烤龙虾、番石榴汁、高山咖啡，还有"三驾马车"。"三驾马车"是香蕉片、红米饭、黑米饭，贯穿了我们在古巴时所有的餐桌。我们骑车骑累了，正在想吃喝的事，眼前跳出这样一桌饭桌，简直像爱丽丝梦游仙境一样美妙。

吃饱喝足，主人兜售雪茄的程序开启。

我们被带向了山谷，主人请我们看红土地、看烟草，有时还有烟花看。烟花淡红色、喇叭形，缀满枝头，香气浓郁。开花的烟草不多，有时一个农庄只有一株，专门用来向游客展示。许多人向主人建议，何不开辟一片烟草地，让烟花开成花海，还可收门票。农庄主人总是摇头，他们的说法惊人的一致："烟草开花就没雪茄了，让烟草开花是违法行为。"

离开烟草地，我们被带进了烟叶发酵棚，四面通风的大棚，架了一屋子木棍，木棍上挂着烟叶，烟叶们翻卷折转，活像女人的裙子花边。刚上架的烟叶是鲜绿色，上架几天的是黄绿色，上架多日的是金黄色，金黄是成熟色，即将入住发酵桶。发酵桶在烟叶架下方，一排白色的橡木桶，蒙着一层黄色的麻袋布，里面睡着发酵的烟叶，发酵时间长短，决定了雪茄的身价。发酵一到五年，做普通的雪茄，十到三十美元一支；发酵六到十年，做名牌雪茄，四十到八十美元一支；发酵十五到二十年，做极品雪茄，五百到一千美元一支，这支雪茄供有钱人享用，比如马斯克、比尔·盖茨、巴菲特……

我的天，一千美元一支的雪茄！然后烧成烟、变成灰？世上有无师自通的事，也有永远学不会、想不通的事。

离开烟叶发酵棚，主人带我们去工棚，观看女工卷雪茄。

完成以上铺垫、渲染、教育，我们才被带进了雪茄陈列馆，这是销售程序的最后一道。雪茄陈列馆清静、干净，是雪茄农庄唯一有空调的地方，凉风习习，吸干了我们的汗水。一组红木橱柜，放着大大小小的木盒，木盒里躺着睡美人，美人就是雪茄娘娘。火候到了，主人把门一关，他们拿出了雪茄棍，棍子呈咖啡色，有长有短、有粗有细，有多种口味，辣味、甜味、烧烤味、水果味、奶油味、可可味、香水味，看上去挺馋人。

我们的意念，或者说意念中的我们，被主人看得一清二楚，机不可失，他们点燃了样品，请大伙儿轮番品尝。我们围成一圈，像围住猎物的狮子，你一口我一口，抢着瓜分猎物。陈列馆烟雾缭绕，我总是大声咳嗽，捂住鼻子想逃出去，但门口站着两个彪形大汉，朝我怪怪地笑，我不敢轻举妄动，我觉得他们像《狂人日记》里那些吃人的人，早就预谋好了。

男人们合伙抽完雪茄，排队、掏钱、数钱、扔钱，他们急切的样子，仿佛不把钱用出去就没法活了。主人极为配合，收钱的速度就像吸尘器，仿佛这样才对得起顾客。

总之，每到一个雪茄农庄，男人们就买下一堆雪茄，事后谁也不反悔，一方面是出于面子，仿佛不买几支算不得男人；一方面是山里的雪茄比城里便宜，也是事实。

举个例子吧，有一天，我们被请进了普列托农庄，一个世袭的半私营农庄，负责人叫普列托，完成吃饭、参观程序后，普列托带我们进雪茄陈列室，请我们看"卡斯特罗雪茄"，他开导我们说，"卡斯特罗雪茄是古巴第一雪茄，名气最大，质量最好，抽过这支雪茄，您才算是来过古巴，抽过这支雪茄，您算是做过了神仙，'卡斯特罗'专供法国人，全古巴没有专卖店，您想要'卡斯特罗'，只能在农庄买，价格便宜，贴商标的一支八十美元，不贴商标的一支十美元。如果您不想在这里买，那只能去巴黎买，一支二百美元，价格贵得像大地。"普列托说到这，指了指地下。我差点儿笑出来，中国人把高价称"天价"，他称为"地价"。不过想想也对，地价比天价贵多了，天价其实并不存在。

男人们是精明的，不想被普列托忽悠，他们打开手机查询，发现古巴真的买不到"卡斯特罗雪茄"，法国巴黎能买到，一支"卡斯特罗雪茄"果然要二百美元。

男人们放弃疑虑，坚决要买农庄的"卡斯特罗雪茄"。他们问普列托，贴商标和不贴商标，为什么价格相差那么大？普列托没正面回答，只说"雪茄是一样的"。有人再问，既然雪茄一样，为什么要区分贴不贴商标？普列托不愿开口了，他摸了摸胡子，顺便摸了眼睛,他胡子很多,一直长到眼角。

大家不再提"为什么",许多问题永远拿不到答案。男人们排队、掏钱、数钱、扔钱,仿佛扔出的不是钱,是一堆卫生纸,毫不心疼。

队友迈克是美国富翁,他出手最大方,一口气买下五十支"卡斯特罗雪茄",全是贴了商标的,每支八十美元,你算算那要多少钱。我们红着眼睛,咽着酸水,夸他太有钱,夸他是铁杆"茄佬"。迈克轻描淡写地说,他不吸雪茄,从来不吸,雪茄是送给女友的,哄她高兴罢了。我们一听,越发仰慕了。富人就是富人,哄人也哄得那么任性。

菲里普是"茄佬",但不是富人,没有女友可哄,老婆更不用哄,他咬咬牙买了二十支"卡斯特罗雪茄",没贴商标,每支十美元。十美元比八十美元便宜得多,他老婆还是心痛如绞,这笔钱将被活活烧死,买龙虾吃不好吗,买汉堡也行。

总之,普列托的营销成功了。成功的营销者,懂得寻找潜在顾客,懂得灌输心灵鸡汤,他们会向你暗示人生苦短、过好眼下、及时行乐,同时施加压力,让你有"时不再来"的焦虑,有"机不可失"的激情,甚至对营销者感恩戴德,因为他们,你获得了人生珍品。这样的营销者,现实中无处不在,网络上比比皆是,后者更有高效率,他们不需要场地,直接在网上叫卖,什么都卖、卖实物、卖医药、卖培训,有的单干、有的团干,一层层砍剥,最后一刀砍在消费者头上。他们懂一点儿经济学、逻辑学、心理学,但懂得不多,刚够感化对手、成功卖掉产品。他们屡屡成功,不是多高明,是消费者过于心慈手软,也过于慷慨。富人绝非慷慨之人,慷慨者往往是钱不多的善良人。善良人容易被蛊惑,倾囊而出后,还为对方寻找理由，这是消费者的软肋，也是营销者的成功之处，他们会抓住机会，发动新一轮攻势。

当然，"买卖"是一出"愿者上钩、愿打愿挨"的大戏，所有人都是戏中人，只是不停地转换角色，真正获利者，是那个操控舞台的人。

尽管如此，我还是想说，如果您去了古巴，要买上等的雪茄，最好去山里的雪茄农庄，那里环境好、烟草好、雪茄好，相对便宜。当然，肯定会有人带您去，这事不用我操心。还有，请准备好足够的现金，当然，这事也不用我操心，花钱是愿打愿挨的事。

有一件事，我得提醒一下，从古巴带雪茄有数量限制，每个国家标准不同，美国的标准是每人二百支，所以您得提前查询一下，可别买多了，赔了夫人折了兵。

偷烟叶的人

这是真实的故事，为了不给主人公造成麻烦，我隐去了姓名和地点。纪实文学重在真实，但保护隐私也在真实之列，符合基本原则，也符合作者良心。

那天，我们在某农庄参观，买了一堆M牌雪茄，导游宣布自由活动两小时。我拉着菲里普跑向烟草地，想利用这段时间，看看烟草，和烟草们合影，这样的机会可不多。我们在烟草地骑行时，大部分时候一晃而过，骑手们乐于骑行、疯狂骑行，对景物没多大兴趣。我对此十分懊恼。

男人和女人的情怀往往大相径庭，奇怪的是男女却是人类最好的组合。

我们在烟草地拍照,突然,烟叶中闪出一个少年,十六岁左右,豆芽菜体型,眉清目秀。少年慢慢走向我们,静静观看我们拍照,过了一会儿,他开口了。

"我,我可以帮你们拍合影吗?"声音怯生生的,英文倒是不错。

我把手机交给他,抓了菲里普站到一起,菲里普不喜欢拍照,但从不抗拒老婆的抓捕。少年左一下、右一下为我们拍,拍得挺不错,横平竖直、人物居中、对焦清楚。我谢了少年,要付他五美元小费。少年摆摆手,不要我的钱,轻声问一句"要不要雪茄"。菲里普说不要,我们刚买了M牌雪茄。

"农庄的贵,我家的便宜,东西是一样的。"少年音量放小,贴近了我们,仿佛怕人听见。原来他是个雪茄小贩!这样的人我们见多了。我们朝他看,不点头不摇头,只是看着。

少年从我们脸上看到了不信任,也许还看到了鄙夷,他更为结巴地说:"真的,真的,我姐,她会卷雪茄,她是农庄的卷烟工,我家就在下面。"他指着坡下,那有一片烟草地,中间有小村庄,村庄里有彩色房子,房子方方正正,线条简单,就像儿童的蜡笔画。

看着小村庄,我动心了,想跟少年走,不是为了买雪茄,是想看看那些屋子。菲里普明白我的心思,我一个表情他就明白了,他拉起我的手,跟着少年往坡下走。高低不平的山路,看上去不长,却走了十几分钟,我们才进了村庄。村中心有几家小店,卖甘蔗酒、卖咖啡、卖雪茄。卖雪茄的人向我们迎来,捧着雪茄盒子。我们摇着头,继续跟着少年走。

少年的家也是小木屋,屋顶黄色,墙面蓝色,走廊红色,远看像只花蝴蝶,近看是个破烂,低矮、倾斜,油漆剥落,门窗发了霉,墙脚长着青苔。小院里的景致不错,有香蕉树、芒果树、椰子树,院中间停着一辆马车,边上站着一匹瘦马,马的表情有些痴呆。

木屋边上,搭出了一个棕榈棚,棚里坐着一个姑娘,她正在卷雪茄,看到我们,她放下刀片,用西班牙语向我们打招呼。她是典型的古巴女孩,黑头发、黑眼睛、圆满的脸,散发着少女的光泽。

少年打开一只盒子,里面躺着一支雪茄。"你做的?"菲里普问那女孩。女孩点头,为了证实,她又开始干活,从模子里取出一支"茄心",拉开花裙子一角,裸露出一段大腿,放上一片"烟衣",开始为"茄心"穿衣,"茄心"轻轻翻卷,完全听从女孩的指挥。

一根咖啡色雪茄,被女孩托在手上,她骄傲地笑着。那是一支漂亮的雪茄,除了没有商标,与M牌雪茄完全一样,形状、粗细、光泽、香气,如出一辙。

"多少钱一支?"菲里普嗅着雪茄问。

在烟叶地放飞

"三美元。"少年代姐姐说。

"这么便宜？烟叶是真的吗？"我有些怀疑了。

"最好的烟叶，和厂里的一模一样，就是用来做M牌雪茄的。"少年脱口而出。

"哦，烟叶是从工厂买来的？"菲里普问。

少年知道说漏了嘴，突然涨红了脸，羞怯地笑了笑，对我们承认，不是买的，是姐姐带回来的，她每天只带一片，积蓄一周做一支M牌雪茄，三美元卖给外国人，他们买得起。

"每个人都把烟叶拿回家，厂长的家属也拿。"少年为姐姐争辩。

"你们还有别的雪茄吗？"菲里普问。

"有，用差的烟草做，二十五美分一支，卖给当地的烟农。"少年打开一只盒子，里面有一堆粗糙的小棍子，我认识它们，我们在烟草地买过，也是二十五美分一支，男人们嫌差，全送给了烟农。

菲里普掏出十美元，买下两支M牌雪茄，多给了女孩四美元。他想多买几支，女孩只有两支，她得继续"拿"烟叶，积攒一周做出新的。

我们买了他们的雪茄，还多给了钱，两姐弟笑容灿烂。他们摘了几只香蕉给我们吃，还带我们看那头瘦马。它简直太瘦了，身体可以当搓衣板了。

少年告诉我们，他们的父母都是烟农，现在还在烟草地干活，他是高中生，明年要上大学了，他准备学医。姐姐也是高中生，她不想上大学，她要留在卷烟厂挣钱。

"姐姐一个月挣多少？"我问。"工资十五美元，加上自己做雪茄卖，差不多有三四十块。"少年说。工资十五块，我心里嘀咕，这

比脸大的烟叶

么低的工资,换了我也要偷烟叶,不,拿烟叶。

他们带我们走到烟草地,烟农们正在忙碌,他们的脸皮又黑又粗,夕阳中呈现出朱红色,就像他们脚下的红土地。我们看到了少年的父母,父亲赶着两头牛,在给烟草地除草;母亲和一群女人一起,弯腰摘掉烟草的新叶。我还看到一样东西,一株开花的烟草!整个烟草地,只有这株烟草,不顾一切地开花了,一串粉红色的小花,从下往上蹿,蹿到了高高的枝头,花朵向天空昂起,就像有人突然在绿色的烟草地竖起一面粉红色的旗帜,突兀、鲜明、勇气十足。

"哇,这不是烟花吗?"我指着那花。

"是,是烟花。"少年回答我,走过去一把掐断了烟花,递到我手上。

"哎,你怎么把它折了。"我用责备的口气说。

"烟花是不许开放的,"少年笑着说,"我不折,别人也会折掉。"

"留一枝不行吗。"我咕哝着,看着手上的烟花,花脸像极了牵牛花,香气让我想起了茉莉花。多好的一串花,她如果活着,会结出花籽。烟草不许开花结籽的,烟花必须死。这是烟花的宿命。

告别了姐弟俩,我们按老路返回,回了几次头,都看到姐弟俩在向我们摇手。最后一次回头,他们融入了那片烟草地,和父母在一起了。

"我们不该买他们的雪茄,烟叶是偷来的,他们是偷烟草的人。"我对菲里普说。

"偷?他们父母是烟农,烟草是他们种的,自己的烟草,怎么算是偷。"菲里普极有逻辑性地说。

"总之,这事我们对谁也别说。"我叮嘱他。

"什么事？"他眨巴着眼睛问我，把两支雪茄藏进了口袋。

后来，我们回到美国，有一次散步，菲里普抽着雪茄，正是蓝调时刻，雪茄的剪影清晰纤长，宛如菲里普的第十一根手指。菲里普说，这支雪茄是那个女孩做的。

"烟叶是偷来的。"我说。

"怎么算偷！"菲里普说。

"他们这家人会种烟草，会做雪茄，开个雪茄厂，就不用偷烟叶了，赚的钱也多。"我说。

"我们也种烟草、做雪茄吧。"菲里普兴致勃勃地说。

我记得他说过要种甘蔗、做甘蔗酒，现在改行了。我说，你种烟草、做雪茄，辛辛苦苦的，雪茄被一把火烧掉，有什么意义呢？他反问我，你每天吃三顿饭，吃这个吃那个，最后都在马桶里冲掉，有什么意义呢？

菲里普的问题我还真答不上来。仔细想想，人生没几件事有大的意义，人在无意义的生命中寻找意义，认为有意义，假装有意义，结果真是无意义。不过，雪茄是有意义的，这根人类的"第十一根手指"，让人暂时忘记很多事情没有意义这件事，就像甘蔗酒一样。

当然，甘蔗酒和雪茄的意义对我不大，我既不酗酒又不抽雪茄。

甘蔗煮酒论英雄

甘蔗树

"甘蔗煮酒论英雄"。写下这个标题,我离开电脑,为自己调了一杯甘蔗鸡尾酒。

在哈瓦那的"五分钱酒店",我初次尝到了"莫吉托",甘蔗鸡尾酒。后来,我向古巴蔗农学习,学会了调制鸡尾酒。鸡尾酒的调制过程,是安排层次的过程,从底层到上层。鸡尾酒的底层,放入捣烂的薄荷叶;鸡尾酒第二层,放入冷硬的冰块;第三层是冒泡的苏打水;第四层是酸酸的柠檬汁;第五层是甜腻的蜂蜜;第六层是甘蔗酒。第七层,扔进一张薄荷叶。

七层酒,好似七层人生,可以写一本《浮生七记》。

其实,鸡尾酒还有第八层,那条插在杯口的甘蔗,它翘首向天,没有自由却向往自由。

我手边没有甘蔗,就插了一片橙子,权当橙色"乌托邦"。

到此为止,一杯甘蔗鸡尾酒调好,我端着酒杯,慢慢啜,品咂着滋味,与横冲直撞的酒力斗智斗勇,就像与野马斗智斗勇一般。这杯鸡尾酒,酒放多了些,我的舌尖经受了恐怖袭击。

说实话，我不是酒徒，几乎不喝酒，要不是因为古巴，我也许永远不会挑战"莫吉托"。

我转动着酒杯，杯中有银色、绿色、琥珀色。琥珀色是甘蔗酒本色，古巴的甘蔗酒大多是这个颜色。我的思绪又返回了古巴，又看到了甘蔗田和密密的甘蔗树。

五百年前，古巴有了甘蔗，他们把甘蔗称为树，因为它们像树一样高，像树一样成林。甘蔗树用仁慈的糖水，哺育了古巴人。甘蔗是古巴人生命的依托、精神的图腾。我在古巴听到一句谚语："Sin azucar no hay pais..."意思是"有糖就有国"，言下之意，没有糖就没国。

这真是一句十分严厉的谚语。

走进甘蔗地

从哈瓦那出发,我们向东骑行,甘蔗田、玉米田、芭蕉田、木瓜田、烟草田,它们轮番上场,就像轮番上场的模特,服装不同姿态不同,你来我往神采奕奕。但不同于T台上模特们做作的表演,古巴的田野是实在的,那份来自大自然的美令人赏心悦目。

进入圣斯皮里图斯省,情形有了变化,放眼看去只有甘蔗田。这是一场甘蔗田的舞台秀。

无边无际的甘蔗田,按年龄分组,小苗分在"幼儿田"。小苗们刚刚破土,娇小、稚嫩、队列整齐,就像手拉手春游的小朋友。每株小苗有三片嫩叶,向天空翻翘着,逆光下叶片明亮、轮廓清晰,低下身子能看到上面的细水珠、细茸毛,如同稚嫩的青草。难以想象,这一株"草"会长成甘蔗树,长成甘蔗林,长成糖之国的缔造者。

长高了的甘蔗,被分配在"青壮年田",它们告别了少儿期,进入荷尔蒙旺盛的成熟期。甘蔗的绿色极有重量,它们的身材日渐长高,腰身日渐浑圆,紫色或青色的皮层下,充盈着带甜味的汁水,汁水不断丰盈,就像不断丰盈的情愫。颀长而坚挺的甘蔗叶,向着太阳全力舒展,获得需要的营养,一气呵成变成了甘蔗林。这片成熟的甘蔗林,如同墨绿色帷幕,从天这边拉到天那边,幕布一层层厚实又神秘,观众的目光无法穿透,谁都猜不透幕后哪个角色出场,是哈姆雷特还是罗密欧和朱丽叶?只有风吹起时,层层幕布才会微微摇曳,传来窸窣的纱裙声、窸窣的脚步声,仿佛好戏就要开始,我们期盼的主角就要登场。我们瞪大眼睛、凝视静听,风却骤然收势,帷幕垂落恢复了密不可宣的沉默。

老了的甘蔗,全部归于"老年田",它们是甘蔗舞台的灵魂人物。它们走过浪漫的青年,走过奋发的中年,来到硬朗的老年,它们的发型变了,不再是舒展的直发,而是弯曲的卷发,风拂过老甘蔗林,沙沙作响,如同老人用沙哑的嗓音,正在找人说话。人一老话可多了,老甘蔗也一样。它的衣服款式也变了,不再是绿军衣,换上了斑驳的迷彩服,看上去像身经百战的猎人。它的体形也变了,不再像以前那么挺拔,而是向前弯曲,就像手放在背后走路的老爷爷。它也不再强壮了,仿佛用尽了洪荒之力,颤颤巍巍。然而,谁都敬仰老甘蔗,谁都巴结它、有求于它,因为谁都知道,它是被糖水压弯了腰,到了最好的年华,它体液浓密,感情深厚,阅历丰富,从内到外甜美成熟,像一杯精心调制的鸡尾酒。

老甘蔗要向世界谢幕了。收割的人来了,老火车也来了,它被送到某个糖厂,被放进机器压榨,贡献出毕生的糖水。人们用糖水酿酒,用糖水榨出红糖、白糖、糖浆、糖晶。它的遗体只剩一堆粉身碎骨的渣滓,被运回了甘蔗地。重新躺在出生地,它像一条体贴的被子,盖住了留下的老根。没过多久,老根抽出新苗,这是老甘蔗的转世灵童。小甘蔗长成甘蔗树,收割后又留下老根,老根再发芽生长。割了再长,长了再割,四五次后,老根才元气耗尽,寿终正寝。

这时,蔗农切开做种的老甘蔗,排列在甘蔗田,铺上新的泥土,开始培育新的甘蔗。

甘蔗从泥土中来,回到泥土中去,长了割、割了长,永远是自己最熟悉的日常,这样的轮回令人羡慕,如果真有轮回,变成一棵甘蔗树也是不错。我想。

古巴地处热带雨林,甘蔗住在无遮挡的平原,现在是早春,正

甘蔗运输车

午的气温高达四十摄氏度。我们在甘蔗田穿行,和甘蔗一起,接受太阳的热情款待,甘蔗树闪烁出含有糖水的光泽,我们闪烁出人类的光泽,本质上,我们与甘蔗没什么不同。在甘蔗田里,常出现干活的蔗农,他们头戴宽边草帽,身穿绿军衣,各司其职——除草、收割、播种,高温下没人离开,仿佛被钉在了田里,没人能把他们撬走。

我们停车休息时,找一片无人的甘蔗林,躲进夫"方便",然后集体躺在甘蔗树下。导游路易斯会折断一枝甘蔗,用他的铁齿钢牙啃掉青皮,一截一截扔向我们,如同向小狗扔骨头。我们扑上去抢,谁也不介意上面的口水,叼起秆子就嚼,口水加糖水的滋味,具有荒诞的美感,可写一篇卡夫卡式妙文。

有时运气好,我们会遇到卖甘蔗汁的蔗农,他们挂了"Guarapo Frio"小牌,意思是"甜水铺",路边搭个小棚,棚子的顶盖是棕榈叶,棚里堆着青色或紫色的老甘蔗,边上有一台手动压榨机,蔗农砍掉甘蔗的根和头,把它塞进了机器,"嗖嗖"地摇手柄。甘蔗从一头挤出来,只剩薄薄一片,另一头有个水槽,水槽上有个水龙头,一拧,绿色糖水流了出来。一杯半磅重,一美元一杯,我一口气喝完才换口气,就像完成了一次潜泳,然后再喝一杯。我每次能喝三杯。奇怪的是,如此暴饮,我不需要上厕所,甘蔗水仿佛蒸发了一样。

每次喝到甘蔗水,我们像因犯遇赦一样高兴,在太阳下骑行,是甘蔗救了我们的命。

我们的队友胖子迈克从来不喝,他说怕胖。他认为这一杯东西下去,他会胖得跟热气球一样,其实他体重三百磅,已经像只热气球了。

甘蔗酒

经过甘蔗林,就会经过家庭酒厂。从2008年开始,古巴政策放松,允许开家庭旅馆、家庭饭店、家庭企业、家庭酒厂,有点像中国20世纪的80年代。

我们几次走进家庭酒厂,看他们做甘蔗酒。男人负责砍甘蔗、切碎甘蔗,女人负责熬糖,她们把碎甘蔗放进锅里,煮成糖蜜后滤去杂质,放进容器蒸馏,蒸馏时糖蜜结成糖块,看上去像猪肉冻。接下来稀释糖蜜,这是力气活儿,得由男人操作。一百毫升水加十克糖,便达到发酵要求,男人在糖水中添加酵母,一坛坛密封,发酵二十四小时,酒精含量达到五至六度,相当于葡萄酒的度数,想要浓香型甘蔗酒,得连续发酵十天,进行再次蒸馏,获得八十六度的初馏酒,可在木桶贮存几年,这就是琥珀色的甘蔗酒。想要淡香型酒,发酵期得短,蒸馏时间要长,能获得九十五度以上的初馏酒,贮存后几年后,就是淡黄色的高度甘蔗酒,也叫三步倒,喝一口三步内倒,这事我不敢尝试,我相信我半步内倒。

关于甘蔗酒的酿制,我的描述粗糙而肤浅,请原谅,我是个彻头彻尾的酒盲。

顺便说一下,每次参观家庭酒厂,主人会请我们喝甘蔗酒的试品,酒有浓有淡、有新有陈,我好奇地品尝一点儿,引发出惊天动地的咳嗽,差点儿把心脏咳掉。我还会笑个不停,我沾一点点酒就醉,醉了就嬉皮笑脸。男人们对酒则是来者不拒,一脸的贪婪,不过路易斯不许他们喝,只可沾沾嘴唇,怕他们骑车时滚进甘蔗地。男人们表面服从,心里却恨不得他消失。主人心里有数,趁机卖酒,两年陈的五块一瓶,五年陈的十五块一瓶,十五年陈的三十块一瓶。男人们花了钱、买了酒、藏到车上,这才重新开心起来,骑车时一路高歌。男人有时就像天真难缠的孩子。

白天,我们在甘蔗林奔跑。晚上,我们住蔗农家。大多蔗农家里没空调没热水,有时连床单也没有,我们只好躺在光溜溜的木板上。蜥蜴和老鼠倒不少,它们也许偷吃了甘蔗酒,一晚上跑个不停,吱吱地说着酒话。

住宿条件确实不好,但这些人家有甘蔗地,也有制酒作坊,我们吃晚饭时,甘蔗汁管饱,甘蔗酒管饱,大龙虾也管饱,龙虾由主人去海边采购,一只两美元,卖给我们四美元,便宜得跟拣的一样。蔗农说,龙虾不算好东西,甘蔗酒才是,于是开坛请酒,男人们大口喝酒,把龙虾冷落到一边,我是很节约的女士,实在看不下去,于是我干掉了自己的龙虾,再去消灭他们的龙虾。

有一次,我们住在叫桑亚的蔗农家。桑亚是典型的古巴人,壮实得像海边的礁石,他会种甘蔗也会酿酒,他请我们观看甘蔗地,请我们喝甘蔗汁和甘蔗酒。桑亚说,他的甘蔗是古巴最好的甘蔗,他的甘蔗酒是地球上最好的甘蔗酒。他告诉我们,最好的甘蔗酒是海盗发明的,他祖父的祖父是海盗,是做海盗酒的好手,他的酿酒技术传承于祖父的祖父,他的酒是百分之百的海盗酒,想喝这样的海盗酒,独此一家,错过不再有了。

路易斯翻译给我们听,我们被他祖父的祖父搞晕,也被他的论调搞晕,他到底在夸祖父的祖父、夸甘蔗酒,还是在夸海盗呢?"不信吗,你们可以去问!"桑亚红着脖子说,做着海盗的动作。海盗的动作啥样的?喝酒的样子呗。我们张口结舌,这事让我们上哪去问?!

桑亚的逻辑推理,他的海盗论,让大家对他的酒肃然起敬,抢着品尝海盗酒。

那天晚上,我们待在闷热的房间,涂满了驱蚊水。实在无法入睡,于是跑到院子里,坐在木板凳上聊天,周边是甘蔗地,能闻到甜水的气味,甘蔗们已静静入睡,纹丝不动。天上是洁身自好的星星,星光为甘蔗盖了一层荧光粉似的披肩。我们坐在星光下,面对甘蔗地喝甘蔗酒,男人们喝烈酒,女人们喝低度甜酒,女主人则为我们调甘蔗鸡尾酒。本文开头,我展示的鸡尾酒手艺,就是那天晚上学的。

那天,我们一直坐到深夜,借着酒力聊天,话题不离开甘蔗酒。男人们说，回家要种甘蔗，家里的地都种上，借用桑亚的配方，酿出天下无双的海盗酒。英国人坦尼亚诗兴大发，念了英国诗人威廉·詹姆斯的诗："甘蔗酒啊，男人用它俘虏了女人啊，融化了女人的冰心啊……"她念完大笑，笑得像猫头鹰叫唤，我敲着杯子为她伴奏。

路易斯也参与了，他伸开左掌，问我们看到几根手指头。我们凑近去数，月光下数出了四根，问他还有一根跑哪儿去了。路易斯说，小时候家里做甘蔗酒，他负责砍甘蔗，有一回砍掉了一根指头。

"哎呀，可怜的路易斯，你把手指泡酒了吗？"男人们醉醺醺地嚷。

"甘蔗酒最早叫火酒、太阳酒、海盗酒，后来改叫甘蔗酒，也有人叫它海盗的私生子，这么多名字，你们觉得哪个最好。"路易斯瞪着眼睛说或者问。

"海盗的私生子！"我们异口同声地说。

"哈哈……"路易斯放声大笑，大声喊来桑亚，对桑亚说："喂，你这海盗的私生子！"桑亚冲过来争辩："我不是，我的祖父才是！"

酒是什么？酒是阀门，阀门一打开，人就放浪形骸、一览无余。酒是哲学，寻欢作乐的哲学，活好当下的哲学。酒是自由通道，在这个通道中，没有假正经、伪君子。酒也是艺术，生活的艺术，由此培育了无数文人墨客，比如李白。"我醉君复乐，陶然共忘机。"我是不会喝酒的人，但突然发现，我这辈子欣赏的男人、记忆深刻的男人，几乎都是酒鬼。

糖博物馆

我们到了维亚克拉拉省,古巴的甘蔗大省,骑行在甘蔗田,与甘蔗树并肩奔跑。

有一天,我们奔跑在甘蔗田,看到了收割甘蔗的场面。

左边的甘蔗田,一群男女分工合作。男人们光着上身,站成一字形,手拿砍刀,一上一下砍甘蔗。甘蔗瑟瑟发抖,头一歪躺倒,男人们没有止步,继续挥刀斩向甘蔗,他们皮肤晶莹,那是汗水对太阳的反光。女人们头包白布,几乎看不见脸,她们剥掉甘蔗叶,将甘蔗砍成小段,装进箩筐,倒进大卡车。大卡车装满了甘蔗,头重脚轻、小脚女人似的向火车移动。火车等在远处,像一条长长的破折号。

小路右边的甘蔗田,情景完全不同,几辆收割机正在收甘蔗,收割机向后倒车,屁股上转动着旋转刀片,刀片咬断甘蔗,咀嚼成若干小段,从管道推向车头,甘蔗从管口喷涌而出,就像水库开闸放水似的,带着轰鸣声倾泻到卡车里。这样的收割方法,我并不陌生,美国农民也是这样收玉米的。

人工收割辛苦、缓慢、效率差,为什么不让机器承包了呢?因为人工便宜、机器过于昂贵?我们问路易斯。路易斯的答案出乎我们的猜想。他说古巴不缺机器,中国朋友送了很多,但机器好几吨重,容易压死甘蔗根,根死了就没下一代了,机器收割的甘蔗杂质也多,卖给糖厂会扣钱,蔗农收入降低,他们宁愿辛苦些,自己用手砍,保证收入,也为保护甘蔗根活着,一枚甘蔗根能发芽四五次。

“所以,大部分甘蔗人工收割。”路易斯说。

"那为什么还要用机器呢？"我指着收割机问。

"为了提高速度，甘蔗留地里太久，会减少糖分，影响下一季，影响蔗农收入。"路易斯说。

真没想到，甘蔗收割这事，无论人工还是机器，都难以做到两全其美。

我和菲里普走向火车，那是一辆老货车，拖儿带女似的拖着一溜车厢，远远看去，只见野草不见铁轨，仿佛火车是自己走过来的。走近了，看清了铁轨和车轮，也看清了车厢。火车确实老了，生出了铁锈红，露出了斑驳色，车厢里塞满了甘蔗，感觉再多塞一根，车厢的肚皮就会炸开。菲里普说，这是1920年的蒸汽机车，美国生产的。菲里普有这个本事，不管什么机车，看一眼就能说出生辰八字。

菲里普贴近车厢，抽出一根甘蔗，咬掉了甘蔗皮，献给了他妻子。我咬下白嫩的甘蔗肉，先往他嘴里喂，你一口我一口，啃得津津有味。一边的队友吹起了口哨。我们是令人妒忌的恩爱夫妻，从口哨声可以证实。

"跟着火车跑，跑到头是糖博物馆①，想去吗。"路易斯说，或者问。所有人举手。

老火车装满了老甘蔗，一声长鸣，开始移动。骑手们发动了摩托车，火车司机探出头来，向我们做驱赶的手势，路易斯不理睬，带着骑手团，紧紧跟随，但从不超过去。

跟着老火车，到了雷梅迪奥斯小镇，火车突然不见了。我们

---

① 博物馆名为 MUSEO ACROINOUSTRIA AZUCARERA（阿克罗伊斯特里亚糖业博物馆），也是古巴著名糖厂。

糖博物馆

一抬头，看到了博物馆标志。

我们走向了博物馆，门卫拦住了我们，他说今天不是参观日。路易斯亮出了导游证，请他通融一下。门卫打了电话，出来一个女人，小麦色皮肤，体型丰满，有一对好看的黑眼睛。她是博物馆工作人员，名叫梅塞德斯。梅塞德斯说，糖博物馆有生产任务，参观得预约。但她还是收留了我们，一方面看在我们是外国人的分儿上，一方面她和路易斯熟。

梅塞德斯带我们去接待室，屋里有电动榨汁机，甘蔗放进去，按一下开关，流出来绿色的糖水，每人一杯。喝了甘蔗汁，我们去了博物馆，那里摆着早期的制糖工具，砍甘蔗的刀、拉甘蔗的车、榨甘蔗的磨、拉磨的石头牛、炼甘蔗糖的石锅。

博物馆有面橱窗，贴着甘蔗园奴隶的图片，他们皮包骨头，有

糖工厂

的在砍甘蔗,有的在拉甘蔗,有的在熬糖浆,有的在挨打。打人的是西班牙人,举着粗壮的鞭子,被打的全是黑奴。奴隶中有南美人,也有中国人。有一张图片,几个黄种人穿着破裤、光着上身,坐在甘蔗地里发呆,图片文字称他们为"CHINO",中国人的意思。我心里隐隐作痛。

我们到了生产车间,一台庞大的制糖机,宛如一艘巨轮,占据了整个厂区,我们看它得仰面朝天。这个大家伙是制糖流水线,工序如下:开动机器,放入甘蔗棍,切割机把甘蔗切碎,碎得像小沙粒,传送到搅拌机搅成糨糊,用过滤机去除杂质,顺便把糖水送往加热罐,加热罐为糖水进行高温脱水,糖水浓缩为糖浆,运送到制糖罐,糖浆在真空状态下蒸煮、干燥、起粒、结晶,成为白糖、红糖。

我们去了样品间,这里有一堆白糖,洁白如雪。我伸手蘸了一点儿,轻轻放进嘴里,糖粒儿像核弹爆炸一般,把甜味发射到每一个味蕾。糖是世界上最好的东西,它减轻疼痛,减轻饥饿感,安慰苦涩的心,给人正能量和信心,给人临时而真实的幸福感,不信您可以观察一下,那些吃糖、吃甜食的人,哪个会哭丧着脸?全是笑逐颜开的。

看着积雪般的白糖,我想到了甘蔗田、甘蔗树、蔗农,想到蔗农身上的汗水。一枝甘蔗,从破土而出到收割,年积温需要五千至八千度,无霜日需要三百三十天,平均湿度需要百分之六十,年降水需要一千毫升,日照时间需要一千一百小时……甘蔗不容易,蔗农不容易,每一粒白糖都不容易。

我想,每一粒白糖,就是蔗农的一粒汗珠吧。懂了这些,我再不敢浪费白糖了。我可以不吃糖,但没有权利浪费它。

结束了参观,梅塞德斯做了总结性演讲。梅塞德斯说,古巴15世纪有了甘蔗园,16世纪有了制糖厂,为了获得更多利益,殖民者用甘蔗糖、甘蔗酒与海盗做交易,让海盗去非洲盗运人口。从此古巴就有了奴隶。奴隶种甘蔗、收甘蔗、熬甘蔗糖,受庄园主凌

菲里普站在蒸汽机身上

辱,很多人死在甘蔗地上。古巴的制糖史,就是黑暗的奴隶史,充满了奴隶的血泪。十九世纪末,古巴人民打响了独立战争的枪声,大家并肩作战,推翻了西班牙人四百年的统治,获得自由和独立。1959年,菲德尔·卡斯特罗推翻了独裁政府,把美国人赶出了古巴,古巴获得真正的解放和自由……

梅塞德斯照本宣科,从甘蔗讲到痛打美国佬,忘了她对面站着什么人。我是事不关己的表情,美国人脸上挂不住了,有的摸大鼻子,有的擦眼镜片,有的东张西望,有的面孔红红,像是发烧了。梅塞德斯演讲完了,纽约人斯坦开口了,斯坦快八十岁了,是个退役海军军官,他一脸怒气地说:"对不起,小姐,我补充一下,古巴打赢独立战争,得到了美国人的帮助,美国出兵古巴,流血牺牲,为古巴赶走了西班牙人。这是历史、是真相!"德州人迈克说:"博物馆的蒸汽机车,全是美国人送的。"脾气温和的领队比尔,愤愤不平开了口:"我查了,这个糖工厂、博物馆,也是美国人造的。"

寂静,寂静,我等着看好戏,等着梅塞德斯发飙,等着鸡飞狗跳。没想到,梅塞德斯笑了,领我们进了小卖部,请我们喝番石榴汁、炸香蕉、小蛋糕,还端来了甘蔗酒,每人一小杯。

吃了甜食,喝了甘蔗酒,美国人还有什么气呢,把痛打美国佬的故事忘了。

大家喝了酒,抢着买甘蔗酒、白糖。我本文开头写到的甘蔗酒,就是在这里买的。我还买了一袋白糖、一袋红糖,小心翼翼带回了家,放到今天还没舍得吃。古巴专家说,古巴糖是世界上最好的糖,含有丰富的普利醇,普利醇能降胆固醇。我胆固醇偏高,我决定,等哪天胆固醇过高,我就动用古巴糖,把胆固醇气焰压下去。我平时不信专家的话,不过,古巴专家的话我信,因为白糖便

作者开动了蒸气机车

宜,他们何必说假话呢?得不到什么利益。

梅塞德斯走了,路易斯带着我们走后门,溜到了博物馆后院。这里是一片荒草地,草丛里埋着锈迹斑斑的铁轨,像一条死了很久的蛇。我们顺着铁轨向前看,前方是一望无边的甘蔗田。这时,一列火车开了过来,老铁轨颤动起来,死蛇突然活了,火车喷着黑烟,呼哧呼哧奔向我们。我们认出来了,它是我们的朋友,我们参观时,它又出去干活了,它属于糖博物馆。

火车停下,那司机伸出脑袋,频频向我们招手,路易斯喊了声"上去吧,家伙们",自己领先跑起来,跳上了火车头,和火车司机拥抱,"啄啄"两下,原来他们是老友!看来,让我们跟着火车跑,把我们带进博物馆,全在路易斯的计划中,他只是秘而不宣。

我们紧随其后,挤上了火车头,大家头碰头、脸对脸,看上去很要好,不这样不行,火车头地方小、家当却多,我们抬头、吸肚、踮脚,才勉强保住自己的位置。火车司机挤了进来,正好站在我面前,他是个蓝眼睛白人,被煤烟灰熏得像黑白照片。他讲解了蒸汽机头的结构,机头有驾驶员、烧煤员、煤炉、火箱、烟箱、灰箱、锅炉、锅水、汽室、汽缸、活塞、十字头、摇杆、连杆、阀动装置、配气装置、推动装置……实话告诉您,我啥也没听懂,不是路易斯翻译得不好,就算他说中文,哪怕说杭州话,我也是不懂,我是个机械盲,上车只是因为好玩。实际并不怎么好玩,小小的空间,十来个人围着锅炉烤火,所有地方都烫手,弄不好就烫掉皮毛。

火车司机见我满脸是汗,告诉我火车开起来就凉快了,我连忙点头,希望他赶紧开起来,还待着干什么呢。他对我说:"你来开。"他捉了我一只手,放到某个把柄上,命令我转,我用力转,没有转起来,他帮着我转,转起来了。老火车抽搐一下,叹了一口气，"哐"的一声向前移动，队友们欢呼起来。司机让我握住另一只把柄，命令我拉，我用了吃奶的劲，把汽笛拉响了，"呜——"吓得我捂住了耳朵，同伴们号叫起来，瞧他们激动得，仿佛是上了宇宙飞船，要去太空了。

老火车向前移动一百来米，咳嗽几声停下了。跑来了糖厂的工人，他们跳上车卸甘蔗。我们离开了火车头，我得意洋洋，这一百来米是我开过来的，汽笛也是我拉的。队友们妒忌得不行，不停地问我，怎么开动蒸汽机，怎么拉响汽笛，我想了想，实在想不起来，含含糊糊回答："就那么弄了弄！"

到底怎么弄了弄，我真的描述不出来，反正我把蒸汽机车开起来了，当了两分钟火车司机，拉着几十节车厢，车厢里全是甘蔗呢。这事必须吹下牛。

甘蔗地跑出来的英雄

奥尔金省有个比兰镇，这里有著名的甘蔗田，有著名的英雄。著名的甘蔗田，指卡斯特罗家的甘蔗田。著名的英雄，就是菲德尔·卡斯特罗[①]。

我们骑到了比兰镇，没做片刻停留，直接去了卡斯特罗家，或者说，去了卡斯特罗的甘蔗田。

我们钻进了甘蔗林，甘蔗们指向天空，仿佛要给我们指一条

---

① 菲德尔·亚历杭德罗·卡斯特罗·鲁斯（Fidel Alejandro Castro Ruz），1926年8月13日生于古巴奥尔金省比兰镇，古巴政治家、军事家、革命家、共产党、社会主义古巴、古巴革命武装力量的主要缔造者。2016年11月25日去世，享年九十岁。

卡斯特罗故居

天路。如果有一条天路，那可太好了，因为脚下的路太糟了，冗长细小蛇形，坑坑洼洼，摩托车做着跳跃的动作，一旦没跳过就得过泥坑，溅起橙色的泥水，让我想到非洲骑牛粪路那段光辉历程。队友迈克翻了车，他身体庞大，压死了几根甘蔗。倒霉的甘蔗！

　　骑行二十公里，小路突然消失，前面出现一个庄园，庄园里有一组别墅，别墅周围有草地、花园、菜地、玉米地，一群老白羊在吃草，一只老母鸡带着小鸡，公鸡们站在高处，发出号角般的啼叫。庄园外围全是甘蔗田，紧紧围住庄园，让庄园与外界隔绝，偏僻如地球的边缘，静谧如神秘的洞穴，美丽如天堂的幻象。这个地方如果没有导游，普通人是很难找到的。

　　这里就是卡斯特罗的老家，他出生、成长的地方。

　　摩托车停在甘蔗田边，我们脱了骑行服，一起走向门岗，先接受安检，再购买门票。

女解说员过来了,她和路易斯很熟,亲了路易斯两口,带我们参观。我们经过了杧果树、椰子树、葫芦树,走进一间平屋,门上挂着"卡斯特罗小学"字牌。女导游说,小学由卡斯特罗的父亲创建,他请来最好的老师,让他的孩子在这里读完小学,卡斯特罗成为古巴领导后,小学向平民开放,卡斯特罗去世后,小学关闭,成了纪念馆。小教室是木结构,课桌课椅齐全,仿佛正等着孩子们来上课。墙上挂着卡斯特罗兄妹的照片,童年的卡斯特罗,漂亮可爱、天真无邪。

我们去了一幢吊脚楼,楼底部是圆形斗鸡场,楼侧面停着老爷车,我们顺边上的木楼梯,进了卡斯特罗的家。他家通透而敞亮,地板和家具完好,都是上好的木头,但布置简单,起居室放着几把长枪,卧室挂着军衣,没有名贵的装饰物,只有卫生间装饰过,彩色的抽水马桶,考究的蓝瓷砖,雪白的大浴缸,上档次的毛巾架,欧洲名画,男女分厕,显示了这家人的富裕和情调。

卡斯特罗的父亲叫安赫尔,是个西班牙士兵。西班牙统治古巴时期,他来到古巴服役,退伍后留在了古巴,成为甘蔗园的劳工,他勤劳肯干、头脑聪明,不久被提升为工头,积累了一些钱财,娶妻成家,生了一堆子女。后来,安赫尔来到比兰镇,买下一千多亩甘蔗地,自己当了庄园主,与小自己三十五岁的女佣生下了菲德尔·卡斯特罗。那是1926年8月13日。菲德尔十五岁时,父亲与前妻离婚,与他的母亲正式结婚,卡斯特罗得到了承认,获得了卡斯特罗姓氏。年少时,菲德尔崇尚英雄,他读到了希腊英雄"亚历杭德罗"的故事,自作主张,把自己的名字改成了菲德尔·亚历杭德罗·卡斯特罗。他共有四个姐妹、两个兄弟,弟弟是劳尔·卡斯特罗,卡斯特罗去世后,劳尔继任古巴领导人。菲德尔读完"卡斯特罗小学"，去过教会学校、天主教学校，高中毕业，他前往哈瓦那大学，获得法学博士。

卡斯特罗从小聪明好学，性格叛逆，同情黑奴，他与奴隶一起吃住、收甘蔗，他领导家奴起义，反抗亲生父亲，与父亲多次发生冲突。卡斯特罗身上的血性，在"卡家"甘蔗园练就，他崇拜何塞·马蒂、玻利瓦尔、圣马丁等拉美英雄，他的理想和抱负，就像甘蔗地的甘蔗，蓬勃生长，终于成了古巴奇人、举世瞩目的奇人。

卡斯特罗受过有神论的熏陶，有一天他突然转向，成为百分之百无神论者，发动了古巴革命，信仰了共产主义，创立了社会主义古巴，成为第一任共产党总书记。他的开篇与结局，初心与最终理想，看上去背道而驰，令人惊讶。卡斯特罗对自己选择的人生路，从没有动摇，他是战斗员、改革者、革命家，他被人暗杀过六

卡斯特罗教室

百三十八次。卡斯特罗诙谐地说，如果奥运会有被暗杀次数项目，他绝对是冠军。

对于卡斯特罗，恨他的人咬牙切齿，爱他的人爱到骨髓。您到了古巴就会看到，到处有他的图片和语录，他总是身穿绿军装，站在巨幅图片上。我们向人们提起卡斯特罗，人们会举起拳头说："伟大的卡斯特罗！"中国人中欣赏他的人也不少，聊起他的履历、故事，都是津津有味。

傍晚时分，我们离开了卡斯特罗家，骑行在"卡家"的甘蔗田。甘蔗田大而茂密，分成不同区块，每个区块都有劳动者，有的种甘蔗，有的收甘蔗，有的拉甘蔗。隔着头盔，我向他们注视，不禁在想，在他们心中，卡斯特罗是怎样一个人呢？或者说，他们对卡斯特罗抱有怎样的感激呢？我很想知道，又不得而知。有一点是肯定的，他们正在照顾"卡家"甘蔗田，甘蔗田有卡斯特罗的影子，他们不会忘记卡斯特罗，并为此而骄傲。

从人的角度，卡斯特罗绝非完人，符合"人无完人"逻辑；从英雄的角度，我认为他符合标准，他是从甘蔗地跑出来的大英雄。甘蔗不是树，是禾本科，一株草罢了。但甘蔗能煮糖酿酒，能缔造英雄，着实是一般小草无法比拟的"仙草"，这件事，卡斯特罗演绎出来了。

7

古巴之色香味

肥沃的色香味之地

古巴的英文是Cuba，西语也是Cuba，这名字来自泰诺人的"Coabana"，意思是"肥沃的色香味之地"。我喜欢这个名称，太喜欢了，喜欢得满口生津，胃袋咕咕乱叫。我甚至觉得，把"古巴"改成"色香味国"，岂不更美，别人问我去哪了，我说去了"色香味国"，会不会把人馋死？

于是毫不犹豫，我用"色香味"三字，做了这一篇的标题，看着标题，先把自己馋了个半死。

"肥沃的色香味之地"的色香味，就像国王的宴席，名目繁多，令人眼花缭乱，我已写了一些，比如甘蔗、甘蔗酒、雪茄、龙虾，还有很多呢，全写出来，可写一部《舌尖上的古巴》。

所以，我得重新走进"肥沃的色香味之地"，回忆"色香味"之细节，精选、浓缩、思考，向读者奉献一盘"色香味"拼盘。那么，写些什么、从哪里开始写？我陷入沉思。

许多人认为我是写作快手，其实不然，近几年我越写越慢，思考时间比写作时间多得多，以前写一本书几个月，现在写一本书一年两年。有一本书我想了十年，还是不敢下笔。写作时，为了一段话、一句话，我常彻夜难眠、嘴角起泡，看着电脑发呆，干脆离开了电脑，一字不写，去树林里打枪。对于我个人来说，写作是这样的事：越写越熟练，越熟练越不敢写。因为写作消耗时间，我得对时间负责，不敢白白消耗，辜负时间的慷慨支付。写作为了有人读，不敢用一堆方块字凑数，辜负读者的目光。写作也得对灵魂负责，言不由衷，自欺欺人，灵魂会痛苦。灵魂痛苦，还不如不写。

不写，是作者的最高境界。我还没完全到达这个境界，但我会达到的，一定会。

好吧，话说回来，关于"肥沃的色香味之地"的色香味，我进行了认真思考。我闭上眼睛，支颐静听，听到一种哨音，它从我头顶掠过，带着力量、情绪、韵律。是的，这是风吹过棕榈树时大王棕吹出的口哨声。

那就从大王棕写起。

大王棕

古巴之色香味，按气势和魅力，排名第一的应该是棕榈树。

古巴是小岛国，生长着两千八百种不同棕榈，棕榈树人高马大，充当了绿色古巴的脊梁骨，奠定了"色香味国"的基调。而在两千八百种棕榈中，大王棕被推为老大，当选为古巴国树，人们称它国王、大王。

大王棕平均身高四十米，许多超过一百米，也有两百多米的，它们两头细中间粗，活像一根通天的绿色大棒槌。绿色棒槌拔地而起，一头扎进天空，莽撞如不速之客，真不知道云天们怎么想。

您想看清大王棕，老老实实后退吧，抬头仰望，就像仰望日月星辰。您想拍摄大王棕全貌，那更得后退了，或跪倒在它脚下，像跪倒在国王脚下的臣民，手机倒过来，广角镜头，往上移、再往上移。您会头晕眼花，当心一头栽倒在地。

仰望大王棕时，您心中会涌起奇文共赏之感。大王棕着实是一篇具有雄性美的奇文，通篇大绿大美大威风、大王气概，咀嚼有味，过目难忘，直入心底。

不用担心，您会看清大王棕的，您一定会。古巴的大王棕，多得像一盘放好的围棋，令初学者目不暇接，失去方向感。从海滨到城市，从城市到绿野，从绿野到山林，从山脚到山头，大王棕先生银灰色的身影，几乎无处不在。您会发现，大王棕身材不错，头发更是帅气，它一头飘逸的长发，梳理成菊花样发型，只要有风拜访，大王棕就开始甩头发，就像喜欢甩头发的男演员，同时双手插进裤袋，吹起了口哨。

我就在这种情况下听到了大王棕的口哨音，哨音言简意赅，诉说着大王棕先生的快意。

大王棕被人们追捧，因为它帅气、浪漫、色相迷人，也因为它的实用、实在，它可不是中看不中用的花花公子，不是言之无物的空想主义者。

大王棕开花时，释放出一串串精致的白花，如同精致的白金项链，把大王棕的脖子团团围住。蝴蝶和蜜蜂纷至沓来，小嘴儿抹得香香的。绿蜂鸟也闻讯而来，它们与花朵约会，谈一场花与鸟的恋爱。古巴是绿蜂鸟的老家，它们在岛上住了一百万年，如果您在家门口看到蜂鸟，它一定是古巴移民，拿出待客的礼仪，请它们喝点儿糖水吧。我在中国没见过蜂鸟，住到美国乡下，倒与它们成了邻居,我们在露台上挂糖水瓶,蜂鸟一定会来。我们感谢蜂鸟,蜂鸟感谢糖水,人和鸟心神合一。

大王棕结果子了,果子们抱成一团,像抱成一团的鸟巢,起初是翠绿色,慢慢变成鹅黄,接着是柠檬黄,成熟了是酒红色,这个过程是渐变的,像圣诞节的彩灯,一盏一盏亮起来,不知不觉把大王棕装点好了、点亮了、唱圣诞快乐歌了。大王棕果子熟了,当地人跑来采摘,果子可以喂牛喂马喂驴,动物们太需要营养,它们既干农活又当脚夫,瘦得跟线儿似的。羊和猪也能捞上几口,它们吃果子的速度简直像秋风卷落叶,古巴的猪肉羊肉好吃,没有腥气,肉味香浓,因为吃了大王棕果子。

大王棕果子的主要用途是榨油,它像雪茄、甘蔗酒一样,挺身而出为古巴换取外汇。①

有一回,我们在某餐厅吃饭,餐厅服务员拿来了大王棕油,那是我第一次看到它。大王棕油干净透明,就像婴儿的眼泪,闻上去有婴儿奶香。服务员教我们吃法,面包蘸着吃,色拉拌着吃,也可以直接喝,就像喝橄榄油。他告诉我们,大王棕油是好油,赶得上橄榄油、核桃油、牛油果油,超过了大豆油、花生油、瓜子油,绝对不堵塞血管,可以美容、治病、降胆固醇。

"多吃些,回家查一查,胆固醇降了。"服务员口气肯定,似乎我们注定胆固醇高。

这个服务员真是乌鸦嘴。从古巴回来后体检,胆固醇升高了,家庭医生发出了严厉警告,她的声音如同海啸一般。"再高上

---

① 棕榈油,又称棕油、棕皮油,热带木本植物油,是目前世界上生产量、消费量和国际贸易量最大的植物油,与豆油、菜油并称为"世界三大植物油"。

去,我得给您用药!"她说。

这是咋回事?我喝了不少大王棕油,胆固醇应该偏低才是!

"亲爱的,你是古巴龙虾吃多了。"菲里普帮我分析。我哑口无言,这事我无法抵赖或否认。

大王棕油没降低我的胆固醇,我依然喜欢它,它有核桃的香气,樱桃的甜味,色泽更是漂亮,像是做了美颜。

大王棕之好,还体现在棕衣上。大王棕出生时,身上包着淡黄色棕衣,就像人类婴儿的蜡烛包。大王棕长个子了,棕衣也跟着长,越长越厚,越长越挺括,毛茸茸如上等毛料。大王棕个子比天还高了,棕衣不合身了,就开始脱衣服,一层一层脱,扔到自己的脚下。当地人把棕衣拣回家,织篮子、编橱柜、编席子,烤乳猪时也垫上几层,叶之香渗入肉体,肉之香引来亲友,大家围在一起吃烤肉、喝甘蔗酒、抽雪茄。某一天，我们就是这样度过的，烤着火，吃掉一只小乳猪，包裹乳猪的棕衣，我们也舔了一遍。实话告诉您，我真想把棕衣吃进肚里。

大王棕多的地方，棕衣堆积如山，它们被海风吹干、脱水，牢固得像油毛毡，可以派上大用场了，用于修房顶、补窗户、搭凉棚。我们骑摩托车时，遇到过好多棕衣盖的小棚，它们站在路边，顶住了正午的阳光，为劳动者提供阴凉。我们曾被请入小棚，席地而坐，抽雪茄、喝甘蔗水。棕衣棚子简单得要命，但在这个时刻，比住在五星级宾馆还舒服一点儿。

大王棕的树干呢？它挺拔、圆浑、坚硬、颀长，被委以重任，人们用它造房子、打家具、做电线杆。导游路易斯讲了一个故事，猪猡湾事件发生时，听说美国飞机要来轰炸，古巴人上了山岗，剪掉大王棕的头发，让大王棕光着膀子守山头。美国飞机来了，飞行员看到满山的无头大王棕，以为是新式导弹，吓得赶紧掉头，再没敢回来。

大王棕打退美国人的故事流传到了今天，导游路易斯至少说了十遍，是真是假，我懒得考证，但我相信一件事，大王棕被封为国树、尊为大王，这事假不了。

遍地的大王棕归谁？归国家！古巴大王棕和古巴耕牛一样，有姓名有编号，被实名制保护起来，伤害大王棕和耕牛的人，轻者罚款，重者坐牢，毫不手软。您到了古巴，可别对大王棕先生不敬，也别老想着吃耕牛肉，否则会吃不了兜着走。这事不难理解，您要是到了我的家乡杭州，动了桂花树一根汗毛、动了西湖荷花一根汗毛，您也会被罚，这件事有关纪律。

当然，违反纪律的人，我们身边有，有时，我们自己也难逃干系。

我们是自由人，同时是社会人，社会人没有绝对的自由，社会人得遵守纪律、规则、法律，以此产生约定俗成的道德观。

"孤独或庸俗。"叔本华说。

椰子树传奇

绿的叶、金的果、丝滑的奶，椰子树是"色香味"的集大成者。

椰子树与棕榈树同族，是棕榈家的精英，是古巴第二国树。古巴有六千公里海岸线，海滩上除了沙子就是椰子树，从上往下看，起伏的椰子树组成了曲线，如同一条被风吹起的绿色丝巾，绿得养眼。

我们入住海边民宿时，民宿总是靠着沙滩，沙滩上肯定有椰子树，树上坠着金黄色果子。我穿上泳衣，碰一碰海水，裹上毛巾，坐在椰子树下看海或抬头数椰子树的叶片，不厌其烦地数。它们大致二十片到三十片，每片长度两米到三米，像一双双伸向天空的大手，手背朝下手心朝上，仿佛想接住阳光，掂掂阳光的重量。有时，我也伸开手臂，学椰子树叶的模样，很不优美，不知道的人以为我在伸懒腰呢。每天清早，我急急忙忙起床，蓬头垢面跑出去，拍椰子树和云霞的倒影，树与光重叠，被海水轻轻托起，像一幅用蒙板制作的照片，虚实间给人想象，引诱人向前纵身一跳。

在我看来，海滩上若无椰子树，是件十分扫兴的事，阳光若无椰子树参与，也是平淡无奇。

我对椰子树的敬仰，不局限于它的外表，而是它的历史。椰

爬椰子树

子树五岁开始结果，十岁进入孕期，一口气生产五十年，能结一万多个果，然后开始享受老年。椰子树妈妈有一大群孩子，孩子大了就离开，它被风吹落，被海水浸泡，任海风推送，飘上千公里，登上某个陌生的海滩。它精疲力竭、千疮百孔，看上去没了生命体征，但它还活着，它心窝处有一枚小小的胚芽，是妈妈送给它的礼物。有一天，小胚芽钻出了椰壳，长出几片小叶，手拉手围在一起，像一只漂亮的小毽子。起初，小苗和椰壳长在一起，吸着椰奶壮大，那只充当奶妈的椰壳，一点点萎缩，化成泥土，护住了小椰子树的根心。以后，小椰子树独自谋生，面对大海，迎接太阳，晚上裹在月光中睡觉，耳朵听着涛声。它成年了，结果了，果子熟了，呈金黄色、三角形，微微向下坠，丰满、鼓胀，装满了馥郁的奶水，宛如人类母亲的乳房。最后，果子跌入海水，满世界飘荡，就像它的妈妈。

椰子树实现了家族兴旺、子孙遍天下，这样的功德，以艰苦的飘荡换取。一代又一代，椰子飘荡着，寻找生根的地方。有一支歌叫《飘摇》，"我飘啊飘，你摇啊摇，无根的野草，当梦醒了，天晴了，如何再飘渺"。第一次听人唱《飘摇》，我还很年轻，我哭了。后来又听到一次，大提琴独奏的《飘摇》，我再次哭了。《飘摇》是一首老歌，容易被人遗忘，我却记住了它。沉浮、挣扎、飘摇，不知今在何处，不知明去何方，椰子是这样，我又何尝不是呢。

结局是好的，椰子飘摇后扎了根，我飘摇后着陆于一片新世界。

因为我们都不畏惧于飘摇。因为阳光总在飘摇后。

椰子树是长寿树，大部分能活八十年，有的活一百年，也有的活一百二十年，寿命不输给大王棕，不输给我们人类。可以这样说，我们今天看到的小椰子树，都比我们活得长，会看到我们死后的世界。我极想找一棵椰子树,向它寄托些许思想,当我离开世界后,也许会通过椰子树的灵魂感知。

在古巴一个月,我们一路走一路吃椰子。

公路边的椰子树,有几十米的高个子,也有三四米的矮个子。椰子树下,坐着卖椰子的人,他们砍下椰子脑袋,整整齐齐排在路边,摩托车还没靠近,卖椰子的人就一跃而起,一边拦车,一边挥着砍刀,阵势挺吓人。我们停下车,卖椰子的就砍开了椰子,插上一根吸管,送到我们嘴边,不征求意见,非吃不可。我们从不拒绝,脸埋在椰子上面,吸一吸换口气,几口气就把它吸干了。

吸空了椰子,卖椰子的人问,要不要吃肉?我们点点头,听到"吃"字我们从不拒绝。那人拿起一个铁锤,"砰"地敲开椰子的硬壳,露出晶莹的白肉。卖椰子的人打开蜂蜜瓶,请我们用果肉蘸着吃。椰肉蘸上蜂蜜,味道像菠萝蜜。卖椰子的趁机推销:"我有杧果蜜、王棕蜜、姜花蜜,全是野生蜜,城里人吃不到的。""野生"这个词,路易斯翻译成"Organic"。卖椰子的人宣布,椰子可以白吃,请买几瓶野生蜜吧。我们觉得这个交易不错,买下几瓶蜂蜜,骑回驻地一看,瓶子全破了,舔个饱。

有时椰子不够吃,卖椰子的人会上树,上树的样子像松鼠。椰子掉下来了,我们作鸟兽散,生怕被它们砸死。导游路易斯大笑,他说椰子有眼睛,不砸好人的。

海边的民宿,大部分人家有椰子树,我们从没摘过,不是不想摘,是没这本事。实在想吃椰子,就逼着路易斯上树,路易斯八岁就会摘椰子,只见他嘴里叼着刀子,光着脚,手攀、脚蹬、扭身子,"蹭蹭蹭"就上去了,越去越远,变成很小一粒,仿佛快要登上了天。他在上头喊"下来了，接住哈！"谁敢接啊，全都抱头鼠窜。路易斯回到了人间，众人才一拥而上，抢劫椰子。

关于椰子的归属，我问了路易斯。他回答说，椰子树和大王棕不同，大王棕登记在册，归国家所有，椰子树长在谁家归谁家，哪家没有椰子树，可以去邻居家摘，也可去公路上摘，公共场所的椰子归人民，你们外国人也可以摘，只要有这本事。

椰子树

"想吃椰子，随便摘哈。"路易斯对我们说。真是气人，没有他，我们吃得到吗！

吃了很多椰子，还学了些小技术，是我的双重收获。

我学会了制作椰奶，方法简单：椰肉挖出切成小丁，丢进容器，砸烂了用纱布包起挤出黏液，这就是椰奶，不掺一滴水，比店里的椰奶香一百倍。教我挤奶的女人说，椰奶是好东西，防晒、治疮毒、止腹泻、降胆固醇。

我还学会了提炼椰油，方法也简单：挤出的椰奶存放几小时，最好放在冰箱，奶水结成奶冻，慢慢漂浮起来，沉在下面的就是椰油。椰油美容、治病、降胆固醇，含有天然荷尔蒙，男人喝了强壮，女人喝了性感。"椰油也叫爱情油。"教我做椰子油的女人如是说。

路边椰子摊

　　为了证明这个理论,她讲了一个爱情故事。

　　有一种椰子树叫海椰子[1],海椰子与普通椰子树不同,五十年才开花结果,果子十年才成熟,成熟后重达三十斤,比普通椰子重二十倍,形状是两个半圆的瓢子,连在一起,像女人丰满的臀部,所以海椰子也称"女人臀"。男人看到海椰子会兴奋,女人看到海椰子会脸红。吃了海椰子,男女一定会相爱。那么海椰子从哪里来呢? 它是上帝造伊甸园时带来的,夏娃和亚当偷吃了海椰子,被上帝赶出了伊甸园,所以海椰子也叫亚当夏娃果。

　　"古巴有海椰子吗?"听了这个故事,我们向讲故事的人提问。

---

　　[1] 海椰子,又名双椰子、臀型椰,塞舌尔普拉兰岛及库瑞岛的特有棕榈,果实有两瓣,像两个椰子,可以食用,是世界上已知的最大的种子。

"有啊,当然有,有人见过。"女人说,"有海椰子的!"她信誓旦旦地说。

海椰子的故事让我疑惑,《圣经》上说,夏娃和亚当吃的是苹果,怎么变成了海椰子? 真相只有一个,夏娃和亚当知道,上帝也知道,我不必为此纠结,但我着实想见一见海椰子,偷吃一口,看看会不会恋爱。我嫁给菲里普后,再没爱过别人,我吃了海椰子,会不会还是只爱菲里普? 世上有谁比他酷呢,有谁比他更爱我呢,关键是,有谁会带我骑摩托车,骑遍地球,一直骑到海椰子面前呢? 我想是没有了。那就继续爱他,哪怕不吃海椰子。

坚果的世界

坚果的色香味,留在齿间、渗入血液,甚至参与思想的运行。

古巴在热带雨林,各种坚果相映成辉,又独辟蹊径。

在古巴,坚果也是无处不在,它们出现在田野,与甘蔗林、玉米田相提并论;它们安插在山脚、山谷、山腰,与大王棕相濡以沫。它们也站立在公路边,与金合欢、银合欢、红合欢做了同事,组成一片风景,迎送过往的游客,履行坚果树的礼数。

沿公路骑行时,坚果树牵动我的目光,也惊动我的味蕾,就算摩托车一闪而过,坚果树的轮廓,也会在脑中形成长影,如同用慢快门拍出的光轨,颀长而朦胧。

见得最多的是杏仁树,当地人称之巴旦树,英文"Almond tree",它是中等身材的乔木,树冠张开,形成完美的圆弧。骑行时为早春二月,杏仁树披着旧年的红叶,像一把撑开的红伞,"红伞"下红叶堆积,厚而温暖,如同堆积的情感。

有一次,我们停了下来,观看鲜红的杏仁树。路易斯高调表示,要请我们吃杏仁,他无比慷慨大方,仿佛这片树是他的财产。我们走向杏仁树,学着路易斯的样子,半跪下来,翻弄红艳艳的落叶,摸到了硬实的杏仁果,一摸就是一把,我发财般的喜悦,与我在美国拣核桃时一模一样。

杏仁果淡黄色,有一张僵硬的麻脸,想吃杏仁,得用石头砸开它。这活儿男人们包了,他们砸杏仁的样子威风凛凛。吃果仁的事归了女人,男人砸开果壳,剥出杏仁,亲手喂到我们嘴里。一些旅游车也停下,奔过来一些男女,兴奋得嗷嗷叫,也是男人砸果壳,女人吃杏仁,格局和我们一样。

杏树底下,男人们的绅士表现,让我想到我家的公鸡,公鸡找到好东西,比如一条小蛇、一条蚯蚓或菜青虫,无条件让给母鸡,饿死也不会独吞,让食是公鸡的"武德"之一。男人不会像公鸡那样无条件讲"武德",他们"施德"是有条件的,物理条件或情感条件,这是人性的局限性。但在某种情况下,比如旅游时,他们对女性谦让、宠爱,似乎是无条件的,他们会牺牲自己保全女人。这不奇怪,大自然的熏陶,让他们本性回归,此时的男人很像公鸡。

有一天,我们与腰果树相遇。

第一眼看到腰果树,我不知道它是什么。我之前以为,腰果长在泥里,像花生一样,是一串庞大的粘着泥土的草根,终日不见太阳,有一天被人盗墓一般盗了出来。我看到了腰果树时,大吃一惊,腰果长在树上!那棵树,是真正意义的树,它粗壮魁梧、盘根错节,枝叶间吊着水果,水果形状像鸭梨,也像倒挂的铃铛,有青有黄有红。红色的"鸭梨"水灵而通透,似乎弹一下会冒出甜水,看上去极为可口。我盯着那水果,想摘一个,狠狠咬上一口。

"你看到腰果了吗。"路易斯指着水果说或者问。

"吃掉水果就看到了。"我机灵地说,为将要进行的行动寻找理由。

"不不不,你错了,这可不是水果,这是腰果的柄。"路易斯摇头说:"腰果在柄的下方。"

我凑近去看,在水果底部,有一枚小东西,形状像小脚丫,摸上去硬鼓鼓的,这就是腰果!我大吃一惊,腰果居然长在母体外,就像刺破子宫的婴儿,脚先出来,有点儿无赖。

站在腰果树下,路易斯给我们上了一课,大意如下:

腰果树是乔木,归于漆树科,原产地加勒比海国家,古巴是重要生产基地。腰果的果柄,被称为"腰果苹果",它不是水果,是可以当水果吃的果柄,也可以榨汁、做蜜饯、酿酒,但腰果本身不可生吃,腰果皮有毒、汁有毒、油有毒,毒性相当于漆树,人碰到会烂皮肤,吞下去会烂肚肠,引起哮喘,会夺人性命。腰果为什么贵?因为产量小,也因为毒性大,处理腰果是高危工作,男工人打果子,女工人坐在腰果树下,撬开果壳,剥掉果皮,清洗果子,这个过程得蒙脸、戴手套,但还是会沾上些毒液,导致脸和手腐烂,眼睛沾上了会引起失明。世界上已有人号召抵制吃腰果,他们认为,只要没人吃,腰果女工就解放了,不受伤害了,她们太可怜了。

听了路易斯的话,我非常后怕,哪敢走近腰果树,更是断了吃果柄的念头。

对于抵制吃腰果的事,队友们想法不同,有的说应该抵制,砍掉腰果树,让腰果消失,女工的苦难也就消失。也有人说,抵制帮不了女工,反而断了她们的生计,应该帮助她们,提供安全的工具。

我是这样想的，腰果本身没有罪，抵制不抵制是伪命题。要抵制的不是腰果，要改良的也不是劳动工具，悲剧和苦难是事物的表象，本质才是关键，本质就是制度、观念、意识、人文环境。不从本质入手，一切都是水中捞月、竹篮打水、空中楼阁、画饼充饥、原地打圈、一切照旧。

　　有一天，摩托车团登上了图尔基诺山峰，这里是古巴最高峰，著名的可可基地。

　　我们认识了可可树。可可树个头不高，外貌像樱桃树，叶呈心形，树枝曲折，树皮黑白相间，有抽象的图案，像文了身的艺术家。可可树正在开花，花朵也像极了樱花，一簇小小花朵，共用同一根花柄，花色是细腻的粉白，花柄长在光溜溜的枝杆上，极为抢

可可树

眼。树杆上挂着去年的可可果,每个有半磅重,肥硕、红色,且成双成对,如同雄性的一双睾丸,抚摸它们时,我相信每个人都有这样的联想,只是没人点破。

路易斯割下一个可可果,托手上掂了掂,用刀切开,里面是乳白色果肉,果肉间是深红色种子。我吃了几片可可果肉,它清口有微香,像椰子肉。我还嚼了一粒可可种子,它可是一枚苦果,难以下咽,我没有吐掉,坚持咀嚼,嚼到后来,嘴里竟有了奇异的味道,这味道让我神魂颠倒、目瞪口呆,这是黑巧克力的味道,勾魂的味道!

我收藏了一枚可可种子,它是了不起的东西,是可可粉的前身,是可敬的可爱的迷人的巧克力的前身,是人类快乐的中介,它给予人类真实的快乐,并把这种快乐引向了顶峰。我说这话毫不夸张,没有人哭着吃巧克力,没有人吃巧克力时在发怒,没有人吃了巧克力还想自尽。

巧克力让人拥有片刻欢愉,这件事非常重要,因为人的一生,就是无数个片刻组成的。

天然果园

写下"天然果园"四字,我就闻到了它的香,看到了它的斑斓,就会口水涌动。

古巴是个天然果园。破烂的房子,破烂的公路,美丽的天然果园,人们这样定义古巴。

从前,人们也这样定义杭州——破烂的城市,美丽的西湖。如今的杭州,可用"美丽的城市,美丽的西湖,美丽的生活"来形容。我是杭州人，为家乡自豪。相信古巴也有这么一天，如果他们想有这么一天。一切都在变，只有一件事不变，那就是变。

走进古巴，就走进了天然果园，"天然果园"，是指不见"果园"、处处是果园。

我们到时是早春，杧果、猕猴桃、牛油果还是青的，菠萝、椰子、香蕉、番石榴已成熟，这些果树一起努力，调制出的混合型果香，飞在古巴天地，飞在人的感官世界，如同看不见的翅膀。如此的"色香味"，当地人熟视无睹，他们聚集在果树下，纳凉、聊天、抽雪茄，哪怕头顶吊着熟透的番石榴，他们不会多看一眼，仿佛它们是电灯泡。外国人就不同，她瞻仰着水果，吞着口水，打着顺手牵羊的主意，这个人是谁，我就不点名了。

幸好一日三餐有水果，满足了我的水果瘾。每次开饭，水果拼盘率先登场，橙子、芭蕉、番石榴、鸡蛋果、人心果……全是一等宝物，我快快伸出手，吃一个抓一个，眼睛盯着另一个。菲里普不稀罕水果，他钟情于咖啡、甘蔗酒之类，我们之间完美互补，各得所爱。我们是有默契的夫妻。

如果住民宿，家里肯定有水果树，主人让我们自己摘，我一定不会客气，摘香蕉、摘橙子，摘不到时请人帮忙，比如发挥路易斯的特长，请他上树弄椰子、番石榴、猕猴桃。晚上睡觉前，我会溜进厨房，拿一堆水果，排列在我的床头，关灯后开始啃水果，啃一样水果、剔一次牙、剔一次牙、再啃一样水果，这是我从小就有的坏习惯，别人啃指甲，我啃水果，连皮一起啃。菲里普睡眠极好，早就唱起了呼噜歌，偶尔被我的咀嚼声惊醒，他咕噜一声"有老鼠"，继续睡。这么好的睡眠，真是让我嫉妒。

摩托车上山了，山路破得像破烂的瓦罐，经摩托车碾压，破瓦罐发出骨折般的惨叫声。不过，这样的路比沙漠上的路好多了，我根本不怕，相反，我喜欢走山路，越是偏远的山路越有水果吃。

山上人家的房子是小木屋，木屋被果树围绕，家家都在卖水果，有的把水果吊在屋檐，整整齐齐一排，就像我们杭州人吊酱鸭酱鸡；有的把水果罗列在门前，一边赶苍蝇一边吆喝；有的人家更绝，动用了马车、老爷车，请它们出任水果架，马车是认命了，老爷车是一脸的不情愿，比如1928年的福特，一级古董，老爷中的老爷，身上挂满水果，简直像一头骡子。

山路上也有流动的水果贩子，有人扛一篮水果，边走边发声，听不出是喊号子还是唱歌；有人怀抱一串芭蕉，边走边拍，像在拍光屁股的小孩。也有人把十几种水果串起来，一股脑儿挂脖子

水果摊

上,手里拿着钱罐,边走边吆喝。如果你看他一眼,他就到了你跟前,摘一个水果送到你嘴边,告诉你随便吃、不要钱,钱罐却高高举起,谁敢白吃呢。

骑到半山,我们停车休息。总停在水果多的地段,这是路易斯的特意安排,他是个好导游。

休息时,男人们蹲路边抽烟、聊天,我们女人扑向水果摊,像品酒师一样,每样水果品一遍,直到肚皮撑圆。然后我们向山民借厕所,山民从不拒绝。厕所里有抽水马桶,但一律没纸,这事得自己操心。还记得比尔发的日记本吗?这时候派上用场了。放完水继续吃,所有水果重新吃一遍,再去放水。这样几遍后,山民的钱包厚了,我们的水果瘾头也过了。男人们对水果不屑一顾,仿佛水果会夺走他们的男子气。他们替女人付钱,倒是毫不迟缓,我们吃多少,他们付多少,还对我们说:"享受吧,尽情享受,不急哈!"其实,他们早就急了,早想骑车了,拼命忍住了。

我前面说了,男女搭伙旅游,肯定是团结胜利的旅游,有情有义的旅行。

有一次,我们骑到水晶山的山顶,这里有个观景台。摩托车还没停稳,冲来了一群山民——真不知道他们从哪里冒出来的。他们怀抱香蕉、手拎香蕉、背扛香蕉、肩挑香蕉。香蕉品种繁多,矮脚蕉、高脚蕉、红皮蕉、驴耳蕉、手指蕉、黄心蕉……地球上的香蕉,全跑到了山顶。

我们观赏着香蕉,山民们却把我们分开了,我被三个人围住,他们嗡嗡地对我说了很多话,我一句不懂,想找路易斯,却不见他的人影。我只好掏钱,给了他们两美元,他们给了我十根香蕉,我打着手势说，太多了，我只要四根，于是他们又给了四根。这时，菲里普挤了过来，向我要零钱，他怀里抱着三十根香蕉。我说，你买这么多，我们得吃一百年。他说，送给队友们吃吧。我们抱着香蕉找队友，队友和我们一样，怀里全是香蕉，也在找我们，想赠送香蕉。

香蕉都是我的

山民的货空了，一个个在数钱，数完钱和我们聊天，但我们谁都听不懂。这时，路易斯出现了，他刚才是躲起来了。路易斯为我们做翻译，山民们说，香蕉是他们种的，他们当粮食吃，餐餐吃也吃不完，如果我们不买走，香蕉烂了太可惜，这是浪费粮食，上帝会惩罚的，好像香蕉如果烂了，全是我们的罪，上帝会把我们打下地狱。

我努力吃香蕉，红皮蕉、驴耳蕉轮着吃，味道有啥不同，我还真说不出来，香蕉这东西，吃进嘴里是香果，进了肚子是香糊糊，没什么区别。我只知道，吃了一堆香蕉，我的小肚皮发胀，开始冒酸水。

我们把吃不下的香蕉还给了主人，不用退钱，主人高兴得要命，不再追究我们浪费粮食的责任了。

香蕉大军离开了，我们也要离开了，又冲来了一队人马，依然不知来自何方。那是一群衣服花哨的女人，她们背着麻袋，也是各个击破,把我们单独活捉,围困起来,不留一条缝,让我们互相不能救援。

这回路易斯没躲起来,估计是时间不够了。他跑来跑去当翻译,我弄明白了,这群女人不卖香蕉,她们卖咖啡、可可粉、可可油:咖啡是水晶山咖啡,能降胆固醇,五块钱一磅;可可是水晶山可可,能降胆固醇,五块钱一袋。她们亲自动手,喂我吃可可粉,我无处可逃,闭紧嘴巴,谁知道这是可可粉还是毒粉呢。于是,她们把可可油涂到了我脸上。

"可可油防冻。"她们体贴入微地说。

"防冻?今天要下雪吗?"我气狠狠地问。今天气温三十九摄氏度,我真希望来一场雪。

"防晒!防晒!"女人们马上改口。

路易斯一边翻译,一边诚实地发表意见,充当了和事佬。路易斯说咖啡肯定不是水晶山咖啡,水晶山咖啡没这么便宜,可可粉和可可油,肯定是水晶山特产,但功效没那么神奇,不过还是希望大家买一些,"买一些吧,不然我们没法下山。"路易斯说,擦了一把汗。

我们爱路易斯,不想让他为难,买了一堆咖啡、可可粉、可可油。我们刚买完东西,那些女人就消散了。奇怪,她们从哪儿来、回哪儿去了?

这个问题,差点儿害我想破了头。

总之,古巴的天然水果园,让我们遇见了种水果的人、卖水果的人,吃了为数不少的水果。

您也许要问,这个大嘴巴的爱吃水果的杭州女人,一路上吃了什么好东西,说来听听。

我吃到了古巴黄山竹、红山竹,还有古巴牛油果。古巴牛油果半米长,像一支棒球棍,用手剥皮吃,果肉柔软,入口即化,要不是散着牛油果清香,我真会把它当成煮熟的老南瓜。如此巨大惊人的牛油果,五个人才吃得光。吃的时候,我们在上面撒上盐,以衬托牛油果的甜美。

我吃到了番荔枝,也叫释迦果,果皮像卷卷的头发,帅气,说它像释迦牟尼,还真有点儿像。我吃到了诺丽果,这种水果闻着臭、吃着香,就像杭州臭豆腐,越吃越香。我吃到了"曼蜜"苹果,古巴人的最爱,也可以当主食,它模样像番薯,味道像木瓜,气味像蜂蜜水。我吃到了海葡萄,样子像葡萄,味道像蓝莓,属于海滩植物,天知道怎么偷渡到了山上。还有一种水果,名叫嘉宝果,胖嘟嘟的紫色小果,挤成一团,像爬树的猴子,古巴人不叫它嘉宝果,叫它树葡萄、山猴子。山猴子比山竹鲜,比葡萄多汁,比番荔枝甜,比海葡萄香,比……

我的描述不好,面对各种各样的美食,我的词汇贫乏,变得笨嘴笨舌,口吃得厉害,好像不会说话了,远不如我吃东西时的伶牙俐齿、灵活自如、势如破竹。

说话容易得罪人也很浪费时间,那就少说多吃吧。

水晶山咖啡

1748 年,咖啡从多米尼加①传入古巴,1791 年,法国移民上

---

① 多米尼加共和国,位于加勒比海的岛国。

岛,为古巴带来了咖啡业。1827年,古巴拥有两千个咖啡庄园,规模超过了制糖业。古巴气候好、雨水足,咖啡的口味多,有烟草味、甜瓜味、白酒味。古巴咖啡,美名在外。

古巴人少不了咖啡,就像我们少不了茶。古巴人买咖啡凭票,每人每月六十克。咖啡票用完就得去黑市买,黑市肯定有,咖啡不是稀罕物,像烟草一样平常。既然不稀罕,为何还要凭票呢?我问路易斯。他回答说,因为好咖啡运去了国外。为什么运去了国外,我再问。他说古巴需要钱。为什么黑市里有呢?我继续问,他不回答了。我爱提问的毛病,路易斯不太喜欢,甚至感到麻烦。他很少提问,或者说从来不提问,因为他提问从不用升调。

古巴游客多,咖啡供应点也多,除了饭店酒店,加油站、路边小店都有,咖啡也都是好咖啡,只要二十五美分一杯,还赠送一根甘蔗。喝咖啡时,就像喝甘蔗酒,我和菲里普分工合作,甘蔗归我,咖啡归他。我喜欢咖啡的香气,就像喜欢巧克力的香气,但不敢喝,顶多闻一下。咖啡提神,我不喝咖啡也劲头十足,喝了咖啡更是神气活现,一晚上找自己说话,思想吐着气泡。

菲里普是老资格"咖佬"。上午他喝"美式"(Americano),喝一大壶,每天品种不同,如非洲咖啡、南美咖啡、亚洲咖啡;下午他炮制"卡布奇诺"(Cappuccino),那咖啡口吐泡沫,活像口吐泡沫的螃蟹;晚上他喝浓缩咖啡(Espresso),一杯相当于三杯,一口气喝三份,才心满意足去睡觉。我看着他目瞪口呆。他的咖啡理论是,早上喝了提精神,下午喝了提精神,晚上喝了提精神。我说,错,晚上睡觉了,干吗要提精神。他说,不错,喝咖啡提精神,精神好神经就健全,神经健全睡眠就好。他说我,你老是睡不着,因为没喝咖啡,神经太虚弱。我让他说糊涂了,精神和神经是一回事?

精神病和神经病是一回事？喝咖啡和好睡眠画等号？神经虚弱因为没喝咖啡？想睡眠好就得喝咖啡？他偷换了概念，还是概念偷换了他？这件事也差点儿害我想破脑袋。

总之，品尝了古巴咖啡，菲里普得出了结论：古巴咖啡比美国的好，比欧洲的好，比非洲的好，是世界第一好。这样的评价，路易斯爱听，仿佛夸的是他自己，但他说了实话，他最大的优点是说实话。他说，你们喝的全是普通咖啡，机器制作，好咖啡在水晶山，全过程手工操作，水晶山的咖啡，不比牙买加的蓝山咖啡差，排在世界第二。

"我会带你们去水晶山。"路易斯说。

路易斯的承诺，吊起了骑行团一众人的胃口。虽然我不想喝咖啡，但我想看水晶山的咖啡树，顺便捡一堆水晶，回家做项链。

咖啡树

有一天,我们去了埃斯坎布拉伊山,西语是 Escambray,就是水晶山。

摩托车在山上盘旋,山路绿得经典,也破得经典,我没拣到半粒水晶,蜘蛛倒遇见不少,它们身圆、脚长、毛长、横行,眼神不好的人,说不定会捉去当毛蟹煮了吃,再配一杯甘蔗酒。

翻过几个山头,我们到了水晶山,摩托车停在了半山腰。这里草木葳蕤,树丛里躲着山鸟,它们发出歌剧般的颤音,我们听得入迷,却找不到它们。路易斯说那是咬鹃,古巴的国鸟。

就在这时,飘来一阵香气,比栀子花淡,比九节兰浓,类似于茉莉花。

"什么花香?"我问路易斯。

路易斯带我们走向山谷。山谷里有一片低矮的灌木,树形很像杭州的龙井茶,绿色也像龙井茶那么明亮和谐,枝头开着白花,花朵一串串,我们闻到的香气,来自那一簇簇的白花。白花绿叶间,点缀着坚硬的红色坚果,红得像山楂果,极为耀眼,捉住了我们的眼光。

"这是什么树?"我们几乎同时问。

"咖啡树、咖啡花、咖啡豆。"路易斯回答。

"咖啡树! 咖啡花! 咖啡豆!"我们重复着,惊叹着,扔了骑行服,钻进了咖啡树林。

满满的咖啡林,满满的绿,满满的香,满满的洁白的咖啡花啊! 大家吟诵着,仿佛都成了诗人,或者是被诗魂附了体。大胖子麦克躺到咖啡花下,双目紧闭,仿佛想长眠于此。英国人坦尼亚是画家,她拿出铅笔作画。我家菲里普围着咖啡树转,摘了几粒咖啡豆,快速藏进了裤袋,说晚上泡水晶山咖啡喝。我坐在树前,静静看着白色的花,吸它们的香气。我第一次见到咖啡花,原来它们是这样的,豪情万丈的咖啡液,威猛得像带兵打仗的将军,咖啡花却纤细、文静、温柔。

路易斯说,五月,咖啡果成熟,咖啡林一片大红色,红得像晚霞,山民上山采咖啡,亲自加工,炒出新年的咖啡豆,就是著名的水晶山咖啡。

"我们要喝水晶山咖啡!"大家向路易斯请求。

"水晶山咖啡只做外销,销往日本、韩国,在古巴是喝不到的。"路易斯摊摊手说。

"什么!"路易斯的话,引来了愤怒的抗议声。

路易斯是在逗我们,我们当晚就喝上了水晶山咖啡。

那天晚上,我们住在水晶山"咖农"家。主人也叫路易斯,他曾是大学教授,辞职回家种咖啡,做了水晶山的"咖农"。路易斯的妻子原是公务员,几年前也辞了职,跟着丈夫种咖啡,他们有两个孩子,全在外地当医生,他们希望孩子也回来,种咖啡是体力活,但收入比当医生强。

对于路易斯夫妻的想法,我们大加称赞。尤其是"咖佬"们,比如菲里普,他羡慕路易斯,希望被他收留,做几年"咖农",亲自种咖啡。我不反对菲里普的想法,只是觉得他改行改得太快,他会儿说要种甘蔗,一会儿说要种烟草,现在想种咖啡了。当然,我也希望留下来,陪着菲里普,他种咖啡我看花,他喝咖啡我也喝,也许喝了水晶山咖啡,我的失眠症果真好了呢。

那天夜晚,主人路易斯与我们聊天,解说了他对咖啡的理解,大意如下:

咖啡树或咖啡花,得用"她"相称。咖啡树清高、喜静,她愿意住在山谷,过隐居的生活。咖啡树生长时,人要天天去看望,照顾她的起居,和她交朋友。咖啡花开放时,人要与她聊天,互诉衷肠,把她视为知己。咖啡果成熟了,人必须亲手采摘,留住人和树的情谊。挑选咖啡果时,不要把破损的扔了,即使长得丑,仍然是水晶山咖啡,如果卖不出去,正好留下与人做伴。洗咖啡也要亲手洗,小心翼翼洗,拣掉浮起的杂质,剥开果皮,取出有黏性的咖啡豆,再洗一遍,在阳光下晒,晒过太阳的咖啡,有太阳的香气,有太阳的七彩色。这个过程,千万不要用机器,机器会磨灭咖啡的灵魂,灵魂没了,咖啡就死了,哪怕泡出来,也是一杯死咖啡。烘焙咖啡时,豆子忍受着巨大的痛苦,人得有感恩之心,您感恩,咖啡也感恩;您不负她,她也不负您,人会得到最好的豆子,泡出完美的咖啡。

路易斯说完上面这番话,请我们品尝咖啡,正宗的水晶山咖啡,杯中插了一根甘蔗。

路易斯说,咖啡是苦的,甘蔗是甜的,咖啡是热的,甘蔗是凉的,它们是分不开的情侣,“好咖啡是有情的,是一杯有情水。”路易斯说。

大家捧着咖啡,一口甘蔗,一口咖啡,不敢把它们分开,不敢做棒打鸳鸯的事。

我也喝了咖啡,这杯水晶山咖啡,这杯有情水,今夜不喝更待几时呢。

听路易斯说咖啡,如同听高人说禅。喝咖啡的过程,如同打禅。如果林清玄到此,会写出怎样大彻大悟的好文呢。

那么,水晶山咖啡是什么味呢?当然是苦味,和人生一样苦。尝过苦中苦,方知何为甜,便是其中禅,便是幸福的开关。关于幸

山顶卖咖啡的人

福，叔本华的观点我很能接受。幸福是你战胜困难，熬过痛苦，经历挫折，依然还能回味、前行。幸福的标准不是幸福，而是没有了痛苦。把幸福当作幸福的目标，一定不会幸福。要避免不幸，就不要刻意追求幸福。就像喝咖啡，好咖啡是苦的，一杯甜咖啡给你的幸福，远远不如一杯苦咖啡，这是一定的。

总之，那晚喝了水晶山咖啡，我精神十足，神经也十分强健，是不是有助睡眠呢？老实说，这个问题我思考了一夜，一直想到天亮。

我在文章开头写了，古巴当地语是"Coabana"，意思是"肥沃的色香味之地"。

我希望您通过这篇文章，和我一样，品尝了古巴的色香味，对"肥沃的色香味之地"充满敬意。

古巴经济不发达,城市和道路破烂,色香味却一点儿不少,它们美化了古巴,哺养了古巴人。古巴人不富足,但绝对不会挨饿,他们有甘蔗酒、雪茄、大王棕、椰子树、杏仁、腰果、可可、咖啡……

古巴就像传说中的伊甸园,原始、宁静、色香味齐全。伊甸园外面的世界早就变了,有人说古巴人应该走出园子,加入精彩纷呈的、熙熙攘攘的、灯红酒绿的、争强好胜的、无所不有的大千世界,像我们一样,享受日新月异的现代文明。但我却希望他们保持原状,守住他们的园子,不要走出"肥沃的色香味之地"。守住起源,守住色香味,地球就多了一块净土。虽然这样的想法相当自私。

有些颜色一旦褪去,永远灰黄;有的东西一旦失去,永不回来。那就珍惜眼前。

菲里普也这样想,从古巴回来后,他老是说同样的话。"离开美国,去古巴买块地,我种咖啡,你种水果,再种一片甘蔗,喝甘蔗酒,度过我们的余生。"他说这话时极其认真。

我们家在美国乡下,在野林之中,我们不问世事,专心种菜养鸡,已经做了世外小神仙,他还想做大神仙呢!

猪猡湾①渔村散记

8

猪猡湾事件

我们到达一个小渔村，它位于马坦萨斯省猪猡湾的长滩，村名为"猪猡湾渔村"，我们要在村里小住几日。

"猪猡湾"三字，差点儿让我笑出了声，还流下了口水，想吃棕榈叶包裹的烤猪猡。到了长滩，住进猪猡湾村，我才算搞明白，"猪猡"二字是口误。猪猡湾西班牙语是"Bahía de Cochino"，而"Cochino"是珊瑚礁的鱼类，此鱼名叫妪鳞鲀，不幸的是，"Cochinos"的英文是"猪"，英文界就把妪鳞鲀说成了猪猡，于是有了"Bay of Pigs Invasion"，即"猪猡湾事件"（吉隆滩战役）。

"猪猡"的说法沿续下来，古巴人也这样说了，他们向外国人解释时，直接用了"Pig"一词。

好好的"妪鳞鲀湾"成了"猪猡湾"，而且举世闻名，古巴人不觉得受侮辱，他们很高兴，显示了他们的随和、幽默、自信及端正

---

① 猪猡湾位于古巴南部，离首都哈瓦那一百五十千米，是加勒比海小海湾，发生过著名的"猪猡湾事件"。

的民族主义。

猪猡湾很小，猪猡湾渔村更小，而他们的名气可不小，因为一件事：猪猡湾事件。

1959年，因为美国撑腰，菲德尔·卡斯特罗推翻了富尔亨西奥·巴蒂斯塔独裁统治，成立了古巴新政府，史称古巴革命。美国认为，古巴从此进入美国阵营，归属于民主体系。事实上，事情却相反。卡斯特罗转身投奔了苏联，接受了苏式社会主义，废除了庄园主制度，取缔了资本家财产，没收了巴蒂斯塔家族及其追随者的钱物，解除了私有工商业，建立了国营企业……打出一个旗号：共产主义。

制度、理念、价值观不同，美、古间裂痕增大，大如美国的科罗拉多大峡谷。朋友圈的选择，更让美、古关系雪上加霜，美国人撤出了古巴，许多人逃出了古巴，包括古巴富人、古巴商人、持不同政见者、流氓和妓女……这类人在美国激增，形成了反古势力，美国培训了这股势力，建起一支在美古巴人军队，称为"2506"师，有四个步兵营、一个摩托营、一个空降营、一个重炮营、五支装甲队。

1961年4月14日，"2506"师行动了，他们驾着飞机、战舰，带着美式武器，越过了佛罗里达海峡，潮水一般涌进古巴猪猡湾，登上长滩，在此安顿，宣布新政府成立，美国立即承认，并把美军开向古巴，想活捉菲德尔·卡斯特罗，扶植亲美政府，让古巴回到美国怀抱。美国计划周全，但有件事失算了，"2506"师是乌合之众，没有战斗经验，他们刚登陆长滩，就被卡斯特罗打趴下了，飞机掉下来，军舰沉下去，士兵缴械投降，卡斯特罗笑纳了美式装备，俘虏们成了人质，卡斯特罗向美国索了六千二百万美元的药品和食物，壮大了自己，掐灭了反抗的星星之火。

猪猡湾战争,定性为猪猡湾事件,可见它的短命和虚弱。从此美国对古巴实施制裁、封锁、断供,古巴经济断崖式跌落,古巴人集体变穷,至今没走出困境。

古巴人选择了自由,承受了自由的代价,至今不后悔,骨头硬、主义真,令人惊叹、佩服。

猪猡湾事件爆发那天,中国民间组织了大游行,抗议美国,声援卡斯特罗,大游行刚开始,"2506"师就兵败如山倒,声援大游行成了庆祝游行。猪猡湾事件后,中、古建交,中国虽处于饥荒年代,但依然慷慨解囊,支援了古巴六亿元人民币,并号召中国人吃古巴糖、抽古巴雪茄,唱《要古巴,不要美国佬》[①],一时间,这支歌在中国流行,大人小孩都会唱,歌声响彻大街小巷。歌词大意如下:

> 我们大家一起来
>
> 保卫古巴的革命
>
> 手拿武器的美国佬
>
> 只要他踏上古巴的土地
>
> 就把它消灭干净
>
> 要古巴,不要美国佬
>
> 要古巴,不要美国佬
>
> 要古巴,不要美国佬
>
> 要古巴,不要美国佬
>
> …………

---

①《要古巴,不要美国佬》,由哥伦比亚青年阿莱汉德罗·戈麦斯创作。

那时我还很小，刚学会走路，整天淌着鼻涕，不太会说话，天天听这歌，倒也记住了一句："要锅巴不要米锅。"我十分奇怪，为什么要锅巴不要米锅呢？那时我住在乡下，跟奶奶过日子，奶奶用木柴烧饭，天天有锅巴啃，锅巴又香又脆，比白米饭好吃，我餐餐吃锅巴，吃得肚子长蛔虫，"锅巴太香，蛔虫馋了，跑来分锅巴了。"奶奶这样解释。我弄懂了，要锅巴不要米锅，因为锅巴是好东西，蛔虫也喜欢。

我对自己的理解力表示满意。小孩子是自成体系的推理大师，思维方式独立而荒诞。

我们的家

摩托车团入驻了猪猡湾渔村。渔村面对长滩，长滩面对海湾，海湾就是猪猡湾，猪猡湾承接了大海，大海就是加勒比海。我们家叫"Casa Enrique"，小型家庭旅馆，房子方方正正，墙面天蓝色，客房有六七间，盛下了整个骑行团。

我们被领到了客房，十平方米左右，下方是粗糙的水泥地，上方挂着来历不明的电线，菲里普追本溯源一番，找到了电线们的出处，用胶带固定好，以免我们被电死。家具有两件，破衣柜和高低床，今晚我们要做上下铺的兄弟。家电也有两件，电灯泡和窗式空调。我们进去时，空调机正在干活，"哐哐哐"吹着风，没一丝凉意，声声如打桩机，震得房间发抖。

角落是卫生间，比海螺壳大一点点，淋浴龙头下面就是马桶，看上去很和谐。牙具、洗发水、沐浴露、卫生纸，统统没有，浴巾也没有，幸亏我都带了。没有洗衣机，洗衣服和洗澡同时进行，手搓身子，脚踩衣服,配上冲水声,像在跳踢踏舞,幸亏门是有的,拒绝欣赏。

衣架呢? 这件奢侈品是有的,用细铁丝做成,问题是没地方挂。

我提溜着湿衣服出了家门,寻找挂衣服的杆子,这时走来一个高个女人,她为我指点迷津,手指向了房顶,通向房顶有条小木梯,我往上爬时不敢回头,腿抖得厉害,恐高啊。房顶有一根长绳,挂着一串东西,内衣内裤……其中有条小小的丁字内裤,真是有伤风化呀。我犹豫了一下,心想谁怕谁啊,法不责众,同流合污吧,把我的衣物挂了上去。女人的内衣,暧昧地当空飘扬。

这时,上来了一个男队友,他也来挂衣服,我转身逃下木梯,差点儿踩空。

我们家简陋,但我们没有什么可抱怨,开窗见海、开门见海,这样的海景房,多少人有福气享受呢。

我们的日子过得有滋有味,白天疯狂骑车,骑到傍晚回家,以

海边民宿

最快的速度冲向沙滩,十几米就触到了海水,男人们游向了深水,一会儿扎猛子,一会儿肚皮朝天,像一群脂肪丰富、游泳也不错的海豚。

我跟着大家跑向大海,水没过腿肚子就停下,"扑通"扑向水里,肚皮贴着细沙,手脚拍水,昂着脑袋嗷嗷瞎叫,假装乘风破浪。队友们向我泼水花,菲里普要把我往深水里拖,我挣脱了,跑回了沙滩,坐到了椰子树下。我从小体育优秀,能跑能跳,是杭州市的短跑冠军,可就是不会游泳。在杭州日报社上班时,报社有游泳池,我找了一个游泳教练,还拉来好友王越一起学,发誓要学会游泳,交了一大笔钱,认真学了几天,我以为学会了,教练也以为我学会了,有一天他那么一放手,我又沉到了水底,喝了好几口水。教练问我,你的动作正确,怎么还沉下去呢?我发蒙,他问我,我问谁呢,谁是教练啊。不过,好友王越倒是学会了,游得像鱼一样好。来到美国,菲里普教了我不少本事,开车、修马桶、换轮胎、骑马、养鸡、打枪,他也教我游泳,教了不下十次,我还是学不会,他一放手我就濒临死亡。

我为什么学不会游泳呢?天知道,这是我人生的一大迷案。

大部分时候,队友们去游泳,我坐在椰子树下看海,远处的海水蔚蓝色,渐变成蓝绿色,到了近处完全是绿色,绿得各持己见,那湖绿,如娴静的湖泊;那黄绿,如初出茅庐的柳叶;那草绿,如苍茫的草野;那墨绿,浓密深邃,如朱自清的荷塘。傍晚的日光,如同自信的摄影师,在海水中推拉摇移,把霞光推送到浅海,留下一个大特写,然后叠加、转场,慢慢拉回镜头,拉回到天际。

终于,太阳去了,彩云去了,到了蓝调时间,大海、礁石、椰子树、人,全成了剪影。

日光推移、海水变幻，恍如人生，人生就是一个光影的故事，从高光向灰暗渐变，泯灭在黑暗中，无人生还。人们假想出各种天神，承诺热爱他们，以祈求永生，如果放弃天神能够永生，人们会立刻放弃。哪头好去哪头。功利、惶恐、迷惑，可怜的人啊。太阳下去了，明天照样升起，人下去了，永远沉于死亡。死亡是人的天堂，没有痛苦和悲伤，一切归零，我对此坚信不疑，同时胆战心惊。

天漆黑一团了，海滩的灯亮了，玩水的人陆续回家，抛下凌乱、意犹未尽的脚印。来了几个工人，他们手握着木耙，排成一行，后退着移动，用木耙抹掉沙上的脚印，沙面变得平整光滑，仿佛谁也没来过。做这件事有什么意义呢？明天还会有脚印，他们还得重新梳理。这些人靠近我了，一起停了下来，用目光催促我离开，我服从地站起，深一脚浅一脚往家里走，他们伸出了耙子，刷刷刷，我坐过的沙土，平整得像熨斗熨过似的。

"砰"的一声，椰子树掉下一个椰子，砸在我坐过的地方，我吃惊地回头，一个工人捡起椰子，塞到我手上，我赶紧抱住，这个善良的椰子，也许早就想落地了，为我憋了很久。

除了沙滩，房顶也是个好地方。

天一黑透，我们就上了房顶，房顶您早就知道，挂衣服的地方，其实它的功能不止这个。

房顶是个大平台，主人聪明地利用了它，安置了水塔、厨房、露天桌椅，空余处种了太阳花、八角梅、姜花。姜花是古巴国花。平台角落里堆着油漆桶、饮料瓶。

我们在房顶上挂衣、吹风、看海景，晚饭也在房顶吃，这可不是我们的创意，周围民宿都一样，到了晚餐时间，房顶就人丁兴旺，音乐和笑声不断，还有兴奋的刀叉声。吃完晚饭，我们还留在

眺望加勒比海

房顶,谁也不想回房间,那个哐哐作响的空调,让我们心烦意乱。房顶上可以看星星、看路灯、看邻居的房顶,只能看这些,沙滩和大海已被夜神收去。

海风吹来时,人就有了少年般冲动,队友迈克开口唱歌。迈克六十五岁,是个大家伙,两米高、三百磅重,强悍如坦克,嗓音却柔美动人,他正在谈恋爱,爱唱忧伤的爱情歌曲,比如 *Kiss The Rain*:

I never had your love

And I never will

So why am I still here in the rain?

迈克唱歌时,大家边听边喝啤酒,一晚上喝掉一大箱。

啤酒从储藏室偷来,我们玩剪刀石头布,谁输谁下去偷。这个游戏全世界流行。有一天晚上,我输了剪刀石头布,下去偷啤酒,菲里普陪我偷,他搬啤酒时,我顺手拿了一瓶"El Ron De Cuba",烈性甘蔗酒,我还带上了盐、白糖、柠檬片、薄荷叶、汽水。到了房顶,我动手做鸡尾酒。

"林,您是天使!"男人们这样夸我。

那天晚上,我们喝掉了五瓶甘蔗酒,男人们酩酊大醉,我没喝醉,却在莫名其妙敲杯子,把房东莉安娜给敲醒了,她披头散发跑上房顶,向我们伸出爪子,像一只逮到老鼠的猫。

莉安娜说,酒不能白喝,给钱吧。男人们向她吹口哨,把比尔推到她面前,告诉她钱的事找比尔。比尔毫不示弱,拍拍胸前的皮包,抽出一把钞票。比尔身上的包,和他的脑袋一样重要,上哪儿带哪儿,哪怕上厕所。莉安娜接过钱,回地下室继续睡觉。我们感谢比尔,夸他慷慨,比尔说,得啦得啦,钱全是你们的哦。一下子把我们吓醒了,没错,钱全是我们的,每人交给他八千美金呢!

女房东

女房东莉安娜,高个子高鼻子,眼睛浅蓝色,脸型扁圆,是个混血儿,她祖父母来自法国,外婆外公是古巴人,她爸爸妈妈结合,有了她这个新产品。

莉安娜性情外露,说话不拐弯,边说边耸肩膀、摊双手、眨眼睛,呈现法国血统的特点。莉安娜正在学英文,喜欢与外国人聊天,借此机会练口语。

莉安娜告诉我们,她读过四年大学,专业是会计,曾在粮店里工作,每月工资二十美元,相当于五百古巴比索。奥巴马上台后,美国对古巴好多了,允许美国人来旅游,古巴政府也出了新政,鼓励大家开民宿,她辞职回村开了民宿,房子是她自己的,装修的钱向美国亲戚借,她有个舅舅在迈阿密。开民宿的村民,大多数有美国亲戚。没想到,特朗普总统上台了,对古巴又严厉起来,她十分担心,借了钱开民宿,万一美国人不来了,客源不够怎么办。

对于美国、中国,莉安娜知道一些。莉安娜认为,美国是富裕的国家,也有穷人、讨饭的人,没医疗保险的人很惨,死了扔大街上没人管,黑暗的资本主义。中国是强大的国家,是古巴的老朋友,古巴人喜欢中国,但听说以前中国人民日子也不好,头上有三座大山,人民被压扁了,也是挺可怜的。

莉安娜说到这看了看我,仿佛想查证,我有没有被压扁。"三座大山?"队友们瞧向我,问我三座大山是哪三座。我发愣了,中国神话里有几座神山——昆仑山、蓬莱仙山、方丈仙山、瀛洲仙山、不周山等,但不可能压到我头上。《愚公移山》的故事,只有两座山——太行山、王屋山,是不是还有第三座?我绞尽脑汁地想,大家很扫兴,认为我不是中国人,三座大山都答不上来。

　　我终于想起来了,三座大山,是不是毛泽东说的帝国主义、封建主义、资本主义?那也是很久以前的事,莉安娜咋知道的?

　　有一天,我们打听民宿的事,怎么开、收入如何、客源从哪来。

　　莉安娜说,开民宿得有政府执照,得通过政府验收,住宿条件差的不许开,言下之意,她家条件算好的,"你家空调不制冷呢。"我趁机说,莉安娜不理我,假装没听懂,继续说,她的客人来自美国、加拿大、中国,靠村干部介绍,靠熟人介绍,好比我们是路易斯带来的。民宿价格统一,每间三十五美元,百分之七十归国家。开民宿比上班钱多,但有季节性,有时一连几个月没客人,幸亏她老公在渔业公司上班,每月三四十块美元,他们有两个读小学的孩子,读书是免费的,负担不重。村里有钱人买了电脑,在电脑上揽生意,她还没这个实力,一台电脑一千多美元,网络费贵得吓人,等她赚够了钱,一定买台电脑,在电脑上拉生意,情况会比现在好。

　　"我有个手机。"莉安娜给我们看手机,一部老款的三星。

　　莉安娜说,古巴是伟大的国家,看病免费,读书免费,古巴人没什么钱,花钱的地方也少,凭票供应的东西很便宜,一个鸡蛋五分比索,比黑市便宜二十倍。

　　说到了票证,大家来了兴趣,问她哪些东西凭票供应?莉安娜说,食品、棉布、日用品凭票,每人每月六磅大米、八枚鸡蛋、两磅黑豆、两磅鸡肉、三磅白糖、六十克咖啡、一百克巧克力,每户每月一瓶油、一袋洗衣粉、一盒火柴、一块肥皂。

"婴儿有特供的鸡蛋和奶粉。"莉安娜说。

"没有猪肉票吗?"我问。

"没有,猪肉去黑市买。"莉安娜说,"很多东西要去黑市买,像沐浴露、洗发水、卫生纸。"

"我带了洗发水,我不会用你的。"坦尼亚说。

"我也带了,把你这份省下。"我说。其实我们的卫生间啥也没有。

莉安娜听了可高兴了,连拍了几下手,似乎突然间发了笔横财。

"听说美国人、中国人天天用洗发水,卫生纸也随便用,这种日子真好,我喜欢美国,喜欢中国。"莉安娜说,与她前面的话矛盾,竟夸起了美国和中国。

"我是英国人。"坦尼亚笑嘻嘻地说。

"我也喜欢英国!"莉安娜大声说,大家嘿嘿地冷笑起来。

莉安娜的马屁没白拍,我们离开时,坦尼亚把开了封的洗发水、沐浴露、肥皂、纸,一股脑儿留给了莉安娜,还送了她牙刷、梳子、浴帽,她果真发了笔财。

渔村之乐

住渔村的那几天,我们有空就去村里转,一般在清晨或傍晚。

猪猡湾渔村是小渔村,有一百多户人家,村庄的布局没有规划,房子长在哪儿,路长在哪儿,花木长在哪儿,全凭村民的临时主意,村民的房子外观漂亮,至少比外面的小镇好,大多数房子是两层砖房,房顶有小花园、小餐厅。看得出来,大部分房子翻新过,漆得花里胡哨。一半村民开了民宿,挂着政府颁发的蓝色标志,院里挂着国旗,放着白色的沙滩椅。

我们散步时,留意了村民的饭桌,外面凉快,他们坐在院里吃,吃菜用叉子,吃米饭也用叉子,这技术中国人可没有。餐桌上没见到"三驾马车"——炸香蕉、红米饭、黑豆饭,估计"三驾马车"只给客人吃,是待客食品,吃得饱、吃不坏。就像我们杭州人,平时极少吃面食,客人来了煮饺子、下面条。村民的桌上,摆着白米饭、包心菜、长豇豆、番茄、鸡肉,极少有猪肉,海鲜更少,我们有些不解,这儿是渔村,边上是海,手一伸就有鱼虾,他们顿顿吃海鲜才是。

我们看到了一桌海鲜,摆着龙虾、蟹,还有红米饭、黑豆饭、炸香蕉。享用的是一群白人游客,民宿主人在一边吃米饭和鸡肉。看到"三驾马车",我们嘿嘿地笑,果然,只给客人吃。

你们住在海边,为什么不吃海鲜呢? 我问了莉安娜。莉安娜说,海鲜属于国家,不许个人捕捞,也不发海鲜票,海鲜留给游客吃,用来赚外汇,当地人吃海鲜得去市场买,价格贵得吓死人。

"市场上龙虾多少钱一只?"我问。

"七八块美元呢!"莉安娜说着眼珠翻白,仿佛这价格要了她的命。

"便宜啊!"我说,"休斯敦最便宜的龙虾十美元一磅呢。"

莉安娜看着我,像看着大佬。我可不是大佬,但七八块一只的龙虾还是吃得起的。

我们早晨散步时,会遇到拉货的马车,两头大马戴着眼罩,晃着铃铛,"嘚嘚"齐步走,车上装满了食品、日用品,马车停下后,村民跑来取东西,马夫和村民说说笑笑,他们之间熟。

傍晚散步时,我们也遇到马车,车上坐着放学的孩子,他们穿着统一校服,尖声尖气说话,看到我们有些羞涩,一起低下头。到了一个路口,马车停下,扔出一两个孩子,继续向前。

我们见到的马夫们,都有聪明的面相,能说会道,仿佛什么事都知道,让我想到了《百年孤独》中那个吉卜赛人梅尔基亚德斯。马尔克思写这本书前,特意跑来了古巴,喝甘蔗酒,抽雪茄烟,坐马车云游,晚上入住小渔村。古巴的经历给了他灵感,让他写出《百年孤独》,摘下诺贝尔文学奖的桂冠。《百年孤独》我看了几遍,小说的乌托邦精神,让人愉悦也让人憔悴,对比现实世

斗鸡

界,如坐针毡。

真正的好书,从不会讨好人、愉悦人,它们让人心跳加速,思想百味杂陈。

有一次散步,我们看到了九只公鸡,站成九宫格模样,鸡脚被铁链拴住,它们脑袋小、眼睛亮、嘴巴尖、胸脯突起,上身毛发艳丽,衣着考究,下身却一丝不挂,裸着背、臀、腿,肌肉发达,皮肤红亮红亮的。我们走过去,低头看这些不穿裤子的公鸡。公鸡主人向我们宣称,他是专业斗鸡员,公鸡是专业战斗鸡,它们体格好、技术好,斗志旺盛,哪怕流血,也不会停止战斗,除非断了气,看一场斗鸡五美元,还可买彩票赌输赢,下一场马上开始。

"付钱吧,您不会失望的。"他说。

听完广告,我吓得手脚冰凉,仿佛看到了一地鸡毛和一地鲜血。我们转身离开,走了不到二十步,后面传来人的呐喊和鸡的惨叫,斗鸡开始了。我心里很难过。

有一天,我们走到一个杂货店,它是渔村唯一的小店,二十几平方米大,有个长形柜台,柜台里面有一排开口的麻袋,装着大米、面粉、黑豆、红豆。柜台上有油、盐、白糖等调料,一个小小货架,排放着牙膏、肥皂、卫生纸等日用品。十几个女人在排队,她们看看我,看看菲里普,目光惊讶,我并不介意,让她们看吧,我俩一个白人,一个黄人,一个高大,一个矮小,确实是一道风景。

我走过去排队,我想买块肥皂。我刚站好队,前面的女人们给我让路,把我推到最前头,我不好意思,连声说"哥拉屎饿死",表示感谢。

营业员是黑皮肤姑娘,她笑着说话,可能问我买什么,我指指肥皂,她拿了过来,我赶紧掏出钱包,她却向我摇头,我莫名其妙,边上一个女人碰碰我，给我看一沓票证，我明白了，营业员向我要肥皂票。我离开了队伍，我哪有票。一个女人走向我，要送我肥皂票，我赶紧摇手，莉安娜说过，每家每月只有一张肥皂票，她给了我，家里人用什么呢。

回家后，我问莉安娜，如果没有票证，比如外国人，需要东西怎么办，总不能去抢去偷吧。莉安娜大惊小怪地说："你们外国人！吃饭店！住旅馆！啥都有！尽情享受就行，还要买什么呢？你说说！"

我张张嘴，没敢说出来。她是装糊涂还是真的忘了，我们房间里啥也没有啊！

还有一件事，我必须提一下。

我们在村里看到了老爷车，诸如福特、别克、雪佛兰，它们是村民的收藏品、装饰品，用于吸引游客。某天，我们路过一个民宿，那小楼房装修豪华，院里鲜花盛开，还停着一辆淡蓝色老车，车身上有火箭图案。菲里普咕噜了一声，像遇到了吸铁石，"呼"一下被吸了过去。

菲里普看车时，从楼房出来一个男人，他和莉安娜一样，也是个混血儿，蓝眼睛、高鼻子、麦色皮肤，穿白色西装，是个英俊的绅士。他对菲里普说，这辆老爷车是村里最好的，这样的车哈瓦那也不多，你们如果入住，可以租用，开出去游山玩水。

菲里普告诉他我们已经住下，房东是莉安娜。菲里普指着老车说，这是1957年的庞蒂克，旅行者号，九人座，现在是通用公司的品牌，前身属于奥克兰汽车公司，1931年改为庞蒂克，庞蒂克是美国密歇根州的一座城市。那男人听了，瞪大眼说："哇，行啊!兄弟!"

俩人称兄道弟,欢快地攀谈起来。车主叫奥尔蒂斯,祖先是荷兰人,之前住在哈瓦那,几年前买下这幢小楼房,装修了一下,一楼开酒店,二楼开旅馆,老爷车是祖传宝物,他还有一辆1929年的福特,客人开出去玩了。菲里普一听,马上翻照片,请奥尔蒂斯看自己的收藏,菲里普有1928年的福特,有1974年的保时捷,有20世纪50年代的摩托车,其中有一辆中国长江三轮。

奥尔蒂斯看着照片,表现出相见恨晚的表情。他们越谈越欢,我开始跳脚,蚊子咬我了。奥尔蒂斯这才注意到我,请我们进餐厅,摆上了水果、饮料,还叫来调酒师,调了两杯鸡尾酒。奥尔蒂斯带我们看了客房,客房贴着新墙纸,有电视机、雕花床、雕花柜,还有放啤酒的冰柜,卫生间不大,但周转有余,洗漱用具齐全。空调机虽是窗式,没有打桩机的声音,且凉风习习。

奥尔蒂斯家比莉安娜家好,完全不是一个级别,住宿价格却一样,三十五美元一天,我们建议奥尔蒂斯把价格提到五十或八十,他摇着头说,价格是国家定的,不能随便改。

好酒下肚,菲里普红光满面,他跑步回家,拿来一个车标,航天飞机的造型,送给了奥尔蒂斯。奥尔蒂斯接受了礼物,眼睛湿润,声音颤抖,他朝思暮想了好几年,想为庞蒂克配个车标,找遍古巴没找到,现在突然飞来了!他双手举起车标,像举起奖杯一样。正是黄昏,车标散发出柔和的银光,我知道它是喜悦的,如果它会说话,它一定说:"真是太好了,总算有人要我了!"

是的,这是菲里普送出的第一个车标。

有一天,我们看到了古巴红蟹。

猪猡湾渔村一面是沙滩、珊瑚礁，一面是沼泽地、红树林，树林里居住着古巴红蟹，它们是猩红色，有十厘米长，每到雨季，成群结队离开树林，去海滩交配生子，古巴红蟹也被称为爱情蟹。红蟹迁移时，猪猡湾渔村是必经之地，上百万的红蟹，洋洋洒洒，像一片会走路的红色枫叶。

当然，我们没看到这样的盛大场面，我们到时不是雨季，红蟹的主力按兵不动，路上是小股游击队，几百只红蟹步调一致，从我们眼皮下经过。有车过来时，它们毫不畏惧，全体立正、竖起大钳子，是警告也是宣战。汽车从它们身上呼啸而过，红蟹碎尸万段，嵌进了泥土。活下来的继续向前。

那天，我们看到了红蟹，食欲就上来了，讨论如何吃它们，香辣蟹、红烧蟹、清蒸蟹……但村民们的反应平和，红蟹从他们脚下

红蟹游击队

走过,他们淡然观看,没有捉拿的意图,好像过去的是会走路的石头。真是奇怪,他们吃不起海鲜,海鲜送上门了,却无动于衷。

看到红蟹时,我们还看到一个事故,一辆哈瓦那牌照的老别克,车胎被红蟹扎破了,瘪成了瘪三,司机急得转圈圈,谁叫他那么狠心,往螃蟹身上压,报应来了。菲里普是热心肠儿,他过去帮忙,但老别克没有千斤顶,没有换轮胎工具,就算有也是白搭,车上没有备胎。

正一筹莫展时,跑来了两个村民,打着手势告诉我们,莫慌,莫慌,有办法。他们指挥大家推车,推了几十米就进了修车铺,真是神奇,小渔村竟有修车铺!

两个村民手脚麻利,用木头抬高车身,卸下了车轮,剥开了轮胎,清除上面的螃蟹腿,开始补胎。补胎材料是一叠避孕套,打开避孕套,用强力胶粘到轮胎上,完工了。

村民用避孕套补轮胎,补得无懈可击,我们看呆了,别克司机喜出望外,问村民多少钱,"十五美元。"他们用蹩脚的英文说。付了十五美元,老别克的车胎充了气,哐当哐当,喷着黑色的烟开走了,它也是烧柴油的。补胎者没走,他们一屁股坐在路边,盯着乱走的红蟹,等候下一笔生意。十五美元相当于三百七十五块古巴币,是古巴人半个月的工资,一天挣上几笔,他们就发财了,财运是红蟹送来的,可怜的红蟹。

我们回到家,把避孕套补胎的故事讲了一遍,队友们笑得前仰后合。

路易斯说,猪猡湾这地方,第一有名的是猪猡湾事件,第二有名的就是红蟹。莉安娜也说,每到雨季,红蟹帮她招揽了客人,但她讨厌这些东西,它们糟蹋菜地,爬进房间,睡觉时一翻身,会压扁几只螃蟹,恶心透了。

"你们关好门窗,别让它们进来!"莉安娜警告我们。

菲里普提出倡议,大家都去捉螃蟹,今晚吃螃蟹宴。路易斯直摇头,他说这种螃蟹吃不得,有毒的。莉安娜再次警告,千万别吃,红螃蟹如果能吃,早让中国人吃光了,中国人什么都吃。我听了不舒服,板着脸说,中国人什么都吃,因为中国人懂生活、懂美食,中国人不是傻瓜。

言下之意,他们都是傻瓜。傻瓜,我用了"stupid"这个单词。

路易斯见我不高兴,过来哄我:"古巴人才什么都吃,困难时期我们吃蚯蚓吃蟑螂,不过,我们真的不吃红蟹,怕被毒死。林,你千万别吃,他们毒死就算了,我可不想让你毒死。"

路易斯的话引起众怒,我心里舒服了,同时觉得自己好笑,争什么争呢,中国人就是什么都吃,怎么了,有什么不对吗,成吉思汗驰骋欧洲,带着动物行军,吃动物内脏,用动物肉做肉松,战士们不会饿肚子,打仗所向披靡,差一点儿占领了全欧洲,成吉思汗自卑过吗?

最后一顿晚餐,我们在沙滩上吃海鲜。莉安娜的丈夫做龙虾烧烤。为了助兴,比尔出手大方,用我们的钱,请来了当地小乐队,乐队有四个艺人,乐器是三弦吉他(tres)、沙槌(maracas)、刮胡(guiro)和古巴邦高鼓(bongos)。我们享受了拉丁音乐①的魅力。

---

　　① 拉丁音乐,Latin music,指的是从美国向南,直到合恩角之间的流行音乐,融合了印第安、西班牙、黑人音乐的特点。

晚餐

　　艺人表演时，一些村民来了，男人们穿着干净的白衬衣，女人们穿彩色吊带裙，一律光着脚。乐队演奏时，村民在沙滩上翩翩起舞，一曲作罢，村民们散开，新的鼓乐起来时，他们又聚拢，继续又唱又跳，他们不理会我们，只管狂欢，乐声歌声盖住了海滩，空气中飞翔着烤龙虾的香气。我吃了一只半龙虾，再也吃不下了。看着那些演员和村民，我心里有些不自在，村民们载歌载舞，艺人们流汗卖艺，我们却在吃龙虾，喝甘蔗酒，他们的晚餐也许是一盘红米饭、一碟炸香蕉，我们这样大吃大喝，他们是什么感受，会不会恨我们呢？要知道，龙虾属于他们，他们是龙虾的主人。

　　但从他们脸上，我没看到仇恨或怨气，只看到欢乐和满足。

古城特立尼达^①

小西班牙

终于要去古城特立尼达了，我一直很期待。

五百年前，西班牙人迭戈·德奎利亚尔征服了此地，取名"特立尼达"。特立尼达还有个小名——"小西班牙"。特立尼达由西班牙人创建，城中教堂、宫殿、钟楼、豪宅、民居，清一色是西班牙建筑，五百年之间，建筑未遭破坏，完美传承下来，特立尼达被称为"小西班牙"，也是名正言顺。特立尼达繁荣、富裕，一直是世界名城、旅游胜地。古巴革命后，古巴被美国制裁，陷入经济贫困，不过特立尼达情况不那么糟，因为有游客，游客跑来花钱，一睹"小西班牙"风采。

西班牙元素，保住了特立尼达，这件事人们心知肚明。借着殖民者的余晖过日子，当地人不觉得有伤尊严，甚至颇感幸运，"小西班牙"带来了游客，游客带动了商业，商业稳定了经济，经济

---

① 特立尼达，西班牙语：Trinidad，古巴名城，1988年列入联合国教科文组织世界遗产名录，是加勒比地区保存最完好的中世纪城市之一。

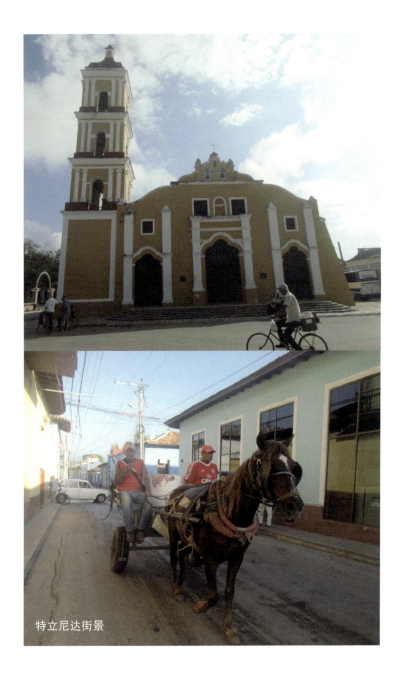

特立尼达街景

保证了民生。试想,如果民生败落,就算保全了面子,那面子有什么意义,它破绽百出,败絮其内,还提什么尊严呢。面包是尊严的前提,尊严是文明的温床,没有面包一切归零。尊严是奢侈品,凭实力和实物才能获得,不属于"心想事成"的乌托邦范畴。

那天,我们向东骑行,看到了"Trinidad"城标,前方出现了城市的轮廓,一片绚丽的彩色,宛如绚丽的电影海报,张贴在青蓝色天空,这就是特立尼达!我们看到了山,山在特立尼达背面,像一缕青烟,这是洛斯因赫尼奥斯山,也称糖山、甜谷、"糖博物馆",听上去甜极了。①

我们还看到了海,海在特立尼达正面,海就是加勒比海,我们是老朋友了。

特立尼达在山海之间,处处有鲜花点缀,漂亮得像坐进花丛的花仙子。

摩托车钻进了城区,道路窄小,路基也变了形,处处有隆起、倾斜、扭转、凹凸,路面铺着鹅卵石,岁月对它们做了手脚,它们粗糙、破裂、残缺,许多石头钻进了泥土,土埋到了下巴,露出半张麻脸。鹅卵石不再光滑,不再是鹅蛋脸,但依然是石头,具有石头的本质,面对摩托车的碾压,它们向死而生,抵抗、阻挡,强迫摩托车扭动、弹跳,亡命天涯一般挣扎。骑手们加大了油门,发出虚张声势的轰鸣,妄图冲出石头的包围圈,可这是徒劳,鹅卵石没有消失,它们几路纵队,如同强势的八爪鱼,合围了摩托车,摩托车无处可逃。

---

① 洛斯因赫尼奥斯山谷曾经是糖业中心,1988年被联合国教科文组织列为世界遗产。

自从上了鹅卵石路,我的汗毛全体竖起,一直没敢放下来。我抓紧了骑手,盯着脚下,与鹅卵石对视,我不希望在这里摔跟斗。几年前在非洲骑车,我们摔在了石头上,菲里普脑震荡,我断了尾椎骨,那疼痛留下了记忆,看到石头就会复发。于是,我凑到骑手耳边喊:"停下来,停下来!"他听不见,或者充耳不闻,他在与鹅卵石蛮干,加油门、喊叫、咒骂,就像与风车打架的堂吉诃德先生。

我有预感,有人会吃跟斗,但愿不是我。我的妈呀,危急时就只会叫妈。

果然,事故发生了,前方的摩托车剧烈摇晃,骑手狂呼,那声音如同临死宣言,摩托车应声倒地,骑手和乘客摔在石头上。他们是派特里克、坦尼亚夫妻,我们是很要好的队友。派特里克精干、灵活,他原地跳起了,坦尼亚有点儿胖,也许摔伤了,她坐地不起。派特里克抱着妻子,搂着她拍背。

路边的当地人跑来,合力扶起了摩托车。看得出,他们既欢乐又同情又兴奋不已。

全队停下。我真感谢这个事故,让我得到机会,成功离开了摩托车。大家围住倒了霉的英国夫妻,问长问短。坦尼亚问题不大,只是屁股疼。路易斯看看大家,毅然决然地说,古城全是鹅卵石路,去哪儿都一样,你们别想回避,继续骑吧,"没有吓破胆吧。"他说,或者问,拿出了激将法。

这时,交通因我们而停摆,前方有马车,后方有旅行车,许多人塞在中间,像塞进肠衣的肉。

骑手们飞身上车,我和坦尼亚坚决不上,坦尼亚吓坏了,她不想再摔一下,坚决要走到宾馆,派特里克一脸惶恐,哪敢反对妻子。我也不肯上车了，坦尼亚这么摔一下，我的尾巴骨也疼了，但我嘴硬，我说我不是怕，我要陪坦尼亚走。结局是，除了路易斯，骑手们重新下车，陪着我们走，他们推着摩托车，龇牙咧嘴，走得艰苦卓绝，如老牛犁田，绝对比骑行困难，但他们没有停下，充当着绅士。

路易斯没说错，城区主干线全是鹅卵石路，你愿意或不愿意，都得亲临一番。在鹅卵石上，什么人都有，闲逛的居民，做生意的小贩，放学的小孩，东张西望的游客，喷黑烟的老爷车，"嘚嘚"的马车，"扑通扑通"的三轮车，"哐当哐当"的大板车，"嘎吱嘎吱"的自行车，"呼哧呼哧"的旅游车……现在加上了摩托车，两个轮子的怪物，鹅卵石路上可热闹了，整条路都是眉飞色舞的。

就这样，我们踩着鹅卵石，走进了鹅卵石遍布的特立尼达。

后来才知道，这里的鹅卵石已经五百岁了。五百年前，西班牙人把它们从尼罗河挖来，铺了几条路，开始造房子，从此有了特立尼达，有了"小西班牙"。鹅卵石路是"小西班牙"的起源，是特立尼达的开山鼻祖、第一长老，它们跑来为我们接风，属于国宾级礼仪，我们应该感到荣幸。特别是派特里克、坦尼亚夫妻，他们还在石头上打了个滚，值得纪念一番。

我们入住五星级宾馆，名称是"Iberostar Grand Trinidad"，宾馆有大花园、大露台、欧式大餐厅，工作人员讲西班牙语、英语、德语，宾馆位置在古城中心，开窗就见教堂、钟楼、广场，还有鹅卵石路。这个豪华的宾馆，早先是西班牙人的豪宅，巴洛克风格，古巴人拿它做了国际宾馆，既保留古迹，又赚得外汇，还吸引了游客，一举多得，极为聪明。

宾馆边上是马约尔广场，广场的格局近似威尼斯的圣马可广场,它是特立尼达中心、艺术中心、美食中心、音乐中心、游客中心,人群一层层涌入,一层层退出,就像加勒比海的浪涛。广场外围有多个博物馆,博物馆外围是旧日西班牙人的豪宅,豪宅外围是鹅卵石铺的长街,长街左右就是主城区,住着靠旅游吃饭的居民;主城区外围是普通居民区,也是特立尼达边缘,再往外就是加勒比海了。

特立尼达不大,可以说是弹丸之地,地形却复杂,像多线索的蜘蛛网,马约尔广场是蜘蛛,散出去的街巷是蜘蛛网,"蜘网"纵横,盘旋成一张罗网,将外地人一网打尽,让你头晕、迷路。于是路易斯一再提醒我们,请记住,马约尔广场是城市的中心,修道院是广场的中心,钟楼是修道院的中心,你们迷路了就找到钟楼,找到了钟楼等于找到了家。他一遍遍说,说得我们头大。

不过,路易斯说的是对的,我们逛街时常迷路,走着走着,鹅

特立尼达街景

卵石路就不见了，看到了大海、渔船、渔民，我们大吃一惊，赶紧往回走，抬头找那个钟楼，它屹立于古城中心，主墙柠檬黄色，栏栅橙红色，楼阁玫红色，身上有一圈窗洞，趴着蚂蚁大小的游客。

我们在国宾馆住了两天，上午出城骑车，下午回城闲逛，去了几家博物馆。特立尼达是小城，博物馆却不比哈瓦那少，博物馆原身是豪宅、宫殿、教堂，挂上一块字牌，被当地人改成了博物馆，他们用门票收入维护建筑，"修旧如旧"，供游人欣赏，如此循环。举几个例子：

西班牙人桑切斯·伊斯纳加的豪宅，现在是殖民历史博物馆。

西班牙人的坎特罗宫殿，现在是陶瓷博物馆。

西班牙人奥尔德曼奥尔蒂斯的豪宅，现在是生活博物馆。

西班牙人的布鲁内特宫，现在是浪漫博物馆。

西班牙人造的圣方济教堂，现在是考古博物馆。

西班牙人造的Asis修道院，现在是剿匪博物馆。

以上博物馆，名称与主题基本吻合，没多大毛病，除了Asis修道院。Asis修道院做了剿匪博物馆，听上去别扭，长眠地下的修女，会不会一觉吓醒呢？但反过来想，如果修道院被摧枯拉朽，被踩上许多只脚，被彻底消失，还真不如做了剿匪博物馆，好死不如赖活着。

特立尼达人保护古建筑的方式，我挺佩服的。特立尼达古建筑，或者说古巴古建筑，不可能像巴黎、米兰、维也纳一样，过纸醉金迷的日子，过心肝肉宝贝肉的日子。还是这句话，活着就行。活着就有机会，活着就有盼头。活着比什么都好。

参观博物馆，我们重点去了西班牙人弗朗西斯的故居，当然，现在叫历史博物馆。

历史博物馆是五百年的豪宅，四合院的材料是雕花红木，罗列着弗朗西斯的家具、灯具、餐具、壁炉、钟表、服装、鞋帽，我觉得应该叫"家博物馆"。弗朗西斯家的后院，雕塑、壁画、花园、盆景，大展风采，还有当年的厕所、洗澡间。五百年前，他家已用上抽水马桶，用上淋浴器，淋浴器整个是黄铜质地，开关也是黄铜，摇一摇就出水，相当考究。我们坐了坐马桶，还站到淋浴龙头下，摸了摸厚实的铜管，想象五百年前富豪的任性生活。

弗朗西斯的豪宅，陈列着虐待奴隶的刑具，一条冗长的木枷锁，系着一串铁链。碑文上说，这家的奴隶有非洲人、加勒比海人、古巴人，还有"CHINO"，就是中国人。奴隶们白天做苦力，晚上并排睡在泥地上，脖子锁进枷锁，双脚锁进铁链，就这样睡觉。谁敢逃跑，会被砍断双脚，扔到加勒比海。

这副刑具，以及关于"CHINO"的文字，让我对弗朗西斯有了恨意，他的家改成了"历史博物馆"，确实是个好主意，让人们记住历史，记住真相。真相就是贫穷会被歧视，会被奴役，国家一样，人也一样，昨天一样，明天也一样，弱肉强食，森林法则适合每个阶段，直到地球毁灭，人类终结。

我们去了"圣三一"教堂，特立尼达最大教堂，外观辉煌、庄严，内部华美、精致。五百年来，特立尼达盛行天主教，教堂是重要的圣地。古巴革命后，这件事没有改变，哪怕不是礼拜天，比如今天，这里一样人头攒动，歌声不断，钟声缭绕，气氛温馨而平和。这样的情景，我在哈瓦那等城市见到过，已经写过了，这是民众的选择、政府的宽容，令人称赞。

话说回来，我们看了博物馆、教堂，看了特立尼达的街区，也看了平民世界。

特立尼达的平民,人人有房,房子还不错,独门独院,西班牙小楼,二三层高,罗马柱、雕花露台、木制浮雕、旋转式的楼梯、尖顶小阁楼。鹅卵石路一带,是主城区也是旅游区,许多居民开民宿、开小店,为了吸引顾客,小楼刷得鲜艳夺目,红的黄的蓝的,也有三原色一齐上的,远看浪漫而热情,走近看时,看到了苍老和衰败,这些小楼上了年纪,至少是百岁老人,也有二三百岁的,刷鲜艳了,也是难掩老态,就像浓妆艳抹的老人,难掩干枯的头发、下垂的肌肉、打褶的皮肤、暗淡的眸子、弯曲的腰背。这样的情况,普通居民区更严重,这儿不是旅游区,没有鹅卵石路,更没有博物馆,老楼的功能只是住人,它们素面朝天,既不粉刷也不装饰,墙面的剥落,门窗的裂缝,墙脚的破洞,向人们和盘托出。人口密集处,老楼们挤在一起、靠在一起,像一群互相安慰的老人。老楼之间,驻留着古老的残缺物,如半扇拱门、半条雕

特立尼达街景

栏、半根罗马柱、半座雕塑,还有残缺的圣母马利亚的浮雕。

看老楼、老街、老鹅卵石、老去了的残垣断壁,我心生感动。

特立尼达确实老了,什么东西都有五百岁,鹅卵石也有五百岁,是古巴的老爷子。五百年间,特立尼达人和哈瓦那人一样,保

护了他们的古城，墙壁坍塌了，没人移走一块破砖；路基变形了，没人取走一枚鹅卵石。他们守住了城市原来的模样，守住了安身立命的故乡，守住了人类"活的博物馆"，引来了全世界游客，游客数排在加勒比海国家第一。

当然，游客是把双刃的剑，而这件事很快得到了验证。

我们回美国后不久，《时代》周刊发文说，由于风暴频繁、游客过多，古巴的特立尼达资源紧缺，古迹无力保护，这个"小西班牙"排入了即将消亡城市的名单。这个推测一公布，去特立尼达的游客更多了，他们像潮水一样涌去，争相观看行将就木的老者，齐心合力，加速老城的毁灭速度。

当然，这是后话。

西尔维和他的家人

在特立尼达的第三天，我们从五星级宾馆撤出，移师民宿。

新家也在特立尼达主街，但不是市中心，接近了城市边缘，鹅卵石路到此止步，人站在这里，脖子伸长一点儿，依然能看到中心的钟楼。

我们的家是三层老楼，就像所有民宿一样，刷上了几种颜色：柠檬黄、胭脂红、天空蓝。

大门外是黄泥路，门边停着马车，车前站着大黑马，马套没有卸下，时刻准备出发。黑马见到我们，打了个响鼻，原地踏步，眼神有些焦虑。摩托车沿着马车一字排开，马车和马不再独领风骚，也许这是黑马不太高兴的原因。

我们推门而入，里面是一百多平方米的天井，地方不大，东西不少,香蕉树、牛油果树、番石榴树、红砖搭的小厨房、木头搭的狗窝和猫窝、石头砌的金鱼池。一只肥胖的白猫,蹲在鱼池前,盯着慌慌张张的金鱼,对我们漠不关心。天井正中是葡萄架,下垂着初出茅庐的青葡萄。葡萄架下是长方形餐桌,桌上摆好了粉红色的饮料。

男女主人欢迎了我们,他们与路易斯亲吻,脸对脸"啄啄"两下,然后请我们喝饮料,粉色饮料是冰镇番石榴汁,番石榴汁司空见惯,您在哪都能喝到。

男主人叫西尔维,五十五岁,职业马车夫,他早晚接送小学生,马车相当于校车,西尔维相当于校车司机,有固定收入,一个月赚三四十美元。西尔维的妻子叫迪劳尔斯,原先是小学教师,月收入只有二十来美元,辞职后经营了民宿。这对夫妻是典型的

第一家民宿

加勒比海人,黑头发、大眼睛、红棕色皮肤,脸蛋外方内圆扁平,像用模子压出来的广式月饼。

他们的儿女放学了,女儿叫哈瓦那,读高三;儿子叫何塞,读高一。孩子们走过来问好,和我们坐一起喝番石榴汁、聊天,大方有礼。哈瓦那很漂亮,黑头发黑眼珠,典型的古巴少女,男孩何塞是英俊少年,高个子,棕色头发微微卷曲,也许具有隔代遗传的欧洲基因。

小何塞对我们说,家里有一辆日本小轻骑,他想骑着玩,爸妈总是不让。他爸爸西尔维说,古城交通复杂,怕何塞出事,他才十五岁呢。菲里普问何塞会不会骑摩托,何塞回答说会,他早就学习了,趁爸妈不在家,他偷偷出去骑。西尔维向何塞瞪起眼,吼"什么时候"。何塞躲到了菲里普身后。我们笑了,菲里普拍拍何塞说,他小时候也这样,偷着骑摩托车,摔跟斗送进了医院,爸妈才知道,伤好了补打一顿,过些天他重犯,又挨打。

"你是个好男孩!"骑行团的大人一起说,"明天跟我们去骑车!"

何塞快乐得原地起跳,然后奔向了番石榴树,树有十几米高,他一跳一攀就上去了,双手摘果子,摘了就向下扔,全由他老爸接住了。我们喊他下树,他却没下来,从自家的番石榴树跳到邻家的番石榴树,再跳到另一棵芒果树,我踮起脚,没看到何塞的身影,他消失了。这孩子让我想到了《树上的男爵》,书中主角柯西莫,住在树上的少年,他在树上读书、旅行、工作,从树的角度看奇怪的世界,看到树下看不到的风景,领悟了树下领悟不到的哲理。《树上的男爵》告诉我们,世界是平行的,也是多角度的,人应该冲破约定俗成,学会多角度看问题。

我喜欢《树上的男爵》,文字朴素,想象力奇特,醒目也醒脑。

如果有机会,我也想到树上住几天,像蝙蝠一样倒挂,观察树下蠕动的人们,会不会有惊天动地的发现呢?

我们的房间在二楼,外面有个露台,正对着马路,可以看行人、小贩、马车。马路的上空堆积着电线,它们来历不明,互相纠结、缠绕,感情不错,谁都别想分开它们。

我们房间不大,但家具齐全,家用电器不错,全是中国货,美的牌空调,海尔牌小冰箱,海尔牌热水器。淋浴间和马桶分开,有充足的卫生纸、洗漱用品。

我们就这样住了下来。

很快,我摸清了西尔维一家的规律,西尔维总在赶马车,他的马车又当校车又当出租车。迪劳尔斯总是做饭、搞卫生,或坐在电脑边操持民宿业务。哈瓦那和何塞上学,放学后一起做作业,就像中国学生,自律、用功。做完作业,何塞看电视,哈瓦那玩手机,她有一部三星手机,是她十六岁成人日收到的礼物。每天的晚餐,一家人坐葡萄架下吃,有说有笑,吃羊肉、鱼干或鸡肉,孩子们有甜品,父母亲有甘蔗酒,那张餐桌极为诱人,但没我们的份,路易斯总把我们带出去吃,我向他抗议了一次,我想吃西尔维家的饭。

西尔维和他的家人,代表了古巴中产阶级,钱比一般人多,日子比一般人好。这一点,从客房条件能看出来,从他们的情绪也能看出来,他们和睦、开心、满足。

一天下午,我们骑车回家,我洗了澡,洗了衣服,离晚餐时间还早,就下楼去了客厅。

客厅里,小何塞在看电视,哈瓦那在玩手机,迪劳尔斯在上网,她的电脑是美国戴尔牌的。我问迪劳尔斯,民宿收入怎么样,

休憩

她说还不错,古城是旅游区,来往客人多。我说我们去过几家民宿,你们家的条件最好。迪劳尔斯笑了,让我帮她写个好评。

哈瓦那插话了,她说中国电器是爸妈买的,电脑和彩电是迈阿密亲戚送的,鞋子也是他们送的,她和弟弟都穿耐克。她抬了抬脚,让我看她的耐克鞋。

我打量两位高中生,他们的校服完全一样,白衬衫、蓝色西裤。

"这是高中校服?"我问。

"是的,高中生上白下蓝,初中生上白下黄,小学生、幼儿园,上白下红。"哈瓦那说。

"校服自己买吗?"我问。

"学校发的,自己挑尺寸。"何塞说。

"不错啊,比中国好,中国家长要自己掏钱买校服。"我说。

"中国人有钱,中国学生都有电脑!"何塞说,"我想去中国留学、学中文、学中国历史，毕业后做记者。"我听了与他击掌，我告诉他，我的专业是中文，毕业后在报社工作，当了二十五年记者和编辑。何塞瞪大眼问，当记者自由吧。我说，自由这东西是相对的，新闻有新闻的纪律，不能自说自话，如果你想保住饭碗。

哈瓦那说，她拿到了大学录取通知，下半年去圣地亚哥大学，专业是美术，她喜欢画画。

我问她为什么选绘画，听说古巴人喜欢学医。哈瓦那摇头说，那是妈妈辈的事了，现在情况变了，学医的人太多，医生比病人多，毕业了难找工作，找到了收入也不高。

"有这样的事？我倒觉得艺术饭更难吃呢。"我说。

"不，不。"哈瓦那摇头，"我要当画家，走遍鳄鱼岛，边走边画，办好多画展，挣很多钱。"

我想上网了，向哈瓦那要Wi-Fi密码，小姑娘摇头说，家里不能上网。迪劳尔斯也抱歉地说，家里没有Wi-Fi，她上网用网卡。我失望地看着他们，我三天没上网了。

哈瓦那对我说，马约尔广场有网络，买张网卡就行，"我带你去！"她说着就站起身，过来拉我的手，几乎是拖着我出了门。

门口，西尔雅正在备马，他给马车挂上了"TAXI"牌子，给马戴上了眼罩，听说我们要去马约尔广场，他表示送我们一程。我和哈瓦那跳上马车，风风光光上路了。马车走在鹅卵石卜，轮子一颠一颠，车上人也一颠一颠，马儿却很淡定，四蹄踩在石头上，"嘚嘚"，走得极有节奏。

我第一次坐马车，极有新鲜感，一直在东张西望。路两边闪过了大红大绿的小楼，每户人家的前后门大开，享受傍晚的穿堂风，屋中人的举动也一目了然，有人在看电视，有人在吃晚饭，小

第一次坐马车

孩子在屋里跑动，女人在屋中扫地。马车从门前经过，我向屋里人挥手，表达一个游客的快乐，屋里人表情平淡，甚至没有表情，我这样的游客，他们熟视无睹了，除非有特别滑稽的事，才会引起他们的注意。

马车前行时，上来了一个当地人，她也去马约尔广场，西尔雅收了五分钱比索。哈瓦那告诉我，同一条街都算一站，本地人收五分钱比索，外国人收五美元。

"嗬嗬，不公平！"我瞪起眼说。哈瓦那咯咯地笑。

马车接近了马约尔广场，这里是旅游中心，小店一下子增多，我们在这里下了车。

我跟着哈瓦那逛店，店铺都很小，十几平方米大，大多数是纪念品店，也有食品店、服装店、面料店、药店。食品店里只有饮料，药店柜子空空的,几乎没什么药品,营业员倒有三五个。面料店里人多,妇女们挤在一起挑布头,手里捏着布票。这般情景,挺像杭州20世纪70年代。

我们进了一家画店,这是一个拥挤的繁荣的艺术世界,墙面桌面地面摊满了画,走路得非常小心。绘画品种有铅画、炭画、板画、水粉画、油画,全不是印刷品,是当地人的手工画,主题围绕老城特立尼达、马车、教堂、宫殿、修道院、钟楼、豪宅、鹅卵石、彩色房子、彩色城市及不同表情的特立尼达人。您如果想了解特立尼达,跑进这样的画店就可以。

进了画店后,哈瓦那开始叨唠,她要学画,她要卖画,她要靠卖画出名、赚钱。

我花了十一美元,买了一幅水粉画,画上是彩色小楼、马车、天井、果树,还有一只胖猫,像极了哈瓦那家。我把画送给了哈瓦那,对她说,等你成了大画家,你得亲手画一张还给我,画你自己的家,你的丈夫、孩子、树、猫。哈瓦那咯咯地笑,在我脸上吻了两下,她喜欢我了。她把画抱在怀里,就像抱着盾牌一样,再也没松开。

到了马约尔广场,哈瓦那带我去一家小酒吧,这儿出售网卡,一美元一张。我拿出了钱,店员说网卡刚刚卖完,请我们明天早上过来。哈瓦那把我带到了广场角落,那儿站着几个男人,手上都握着一叠网卡,四美元一张,好家伙比小酒吧贵了三块。看来,小酒吧的网卡都到了这些人手上了。

我买了一张"黄牛"卡,哈瓦那帮我刮开密码,教我如何操作,我就上了微信。我忙于看信息,哈瓦那有些古怪,她沉默着,眼睛直勾勾,死盯着我的手机,就像小孩子看别人吃东西,口水快流下来了。我马上意识到,她想上网。

我又买了一张"黄牛"卡,送给了哈瓦那。哈瓦那把我拖到广场边,那儿有五六排台阶,坐着一些跑来上网的人,他们紧握手机,露出争分夺秒的表情。我们在台阶上坐下,哈瓦那不再理我,她快速刮开网卡,快速向手机里输数字,快速打开网络,快速浏览起来。

我突然明白了,这个鬼孩子,她这么巴结带我来广场,是希望得到一张网卡。我没有揭穿她。她喜气洋洋、发了财的表情,给了我做慈善家的满足感。

我们在台阶上坐了半小时。在这期间,跑来上网的人越聚越多,像胡乱飞来的蛾子,"黄牛"贩子生意兴隆,他们被人群围住了。我看了邮件,看了新闻,向朋友圈里发了照片,向妈妈问安,给儿子写留言。我对网络的渴望,一点儿不亚于哈瓦那。

离开广场时,我把没用完的网卡给了哈瓦那,她高兴得差点儿背过气。这个准大学生向我解释,她上网不是玩,是看新闻,学知识,开阔眼界。我说,不用掩饰啊,手机就是用来玩的,玩游戏也是学习,玩游戏的人聪明着呢。哈瓦那吃惊地看着我,脸红了,她知道我看到她打游戏了,她马上承认,刚才玩了游戏,也看了新闻。

"这几天,美国和委内瑞拉又干上了。"哈瓦那说。

"哈瓦那,你希望古巴和美国做朋友吗?"我问。

"中国是古巴好朋友,可惜中国离古巴太远了。"她答非所问。

"不远啊,我就是中国人,就在你身边。"我说,拍拍她肩膀。

"其实美国也挺好,弟弟想去中国留学,我想去美国留学。"哈瓦那说。

"你要是去美国，一定要告诉我，我来看你。不，你来看我，我家有鸡、鸭、鹅、火鸡、孔雀、鹌鹑……"我说。

"哇，我一定去！我要抱孔雀！"哈瓦那说。

我们在西尔雅家只住了三夜。

第四天下午，我们从山上骑车回来，路易斯通知我们搬家。他说这是计划中的事，要在老城特立尼达体验两家民宿。我不太想搬，我喜欢西尔雅家，喜欢他和他家人，喜欢温馨的小天井，喜欢那只白猫，虽然它总给我脸色看。我也不舍得哈瓦那，我和她很有话说。

我们离开时，何塞和哈瓦那还没放学，迪劳尔斯交给我几个番石榴，她说这是哈瓦那摘的，是送给我的纪念品。

我抬头看树，这树这么高，真不知这鬼丫头怎么爬上去的。

鸡蛋的故事

民宿Cass Enrique，我们的新家，位于特立尼达主街，接近马约尔广场，处在繁忙地段，一寸地一寸金，这里的居民房全开了店，一楼开小店，二楼三楼开民宿，小楼间没有空隙，像一本掉进水里、粘成一团的书。我们家就是这样，房间在二楼，一楼是邻居的卧室和小店，我们上楼不能走一楼，得爬室外楼梯，越过邻居的脑袋。楼梯像灯笼一样悬挂在外墙，螺旋式上升，人每上一步，都感到头晕目眩。

新家没有天井，不如西尔雅家透气，但有一个考究的大堂，一面墙上挂了几只时钟，显示不同国家时差，有中国、加拿大、英国、美国、巴西，另一面墙挂着油画、水粉画，都是手工作品，画得很不错。大堂里还有真皮沙发、电视机、咖啡机、冰激凌机、爆米花机、果糖机……过了大堂是走廊，左边是厨房、冰箱、餐桌，右边是一串客房，客房不大，但东西齐全，硬件不比西尔雅家差。

我猜想，这家主人一定有钱，我们有好日子过，不再为撤离西尔雅的家而遗憾。

房东叫伊卡拉里，三十几岁，方脸、矮个、巧克力皮肤。她有三个孩子，老大是女孩，刚读一年级，老二老三是双胞胎，四岁的两个男孩。伊卡拉里愁眉苦脸，始终没见她笑过，后来知道，她和丈夫借钱开了民宿，没多久丈夫死了，留给她三个孩子，还有一屁股的债。

伊卡拉里带我们到处转，双胞胎始终粘着她，男孩们警惕性高，黑亮的眼睛瞪着，谁胆敢碰他们一下，他们就发出战斗机一样的尖叫声。

伊卡拉里带我们上了房顶，房顶是个有机世界，花园和菜园各占一角，菜园里有番茄、黄瓜、青椒，黄色蝴蝶在飞，吸引了那对双胞胎，他们跑过去捉蝴蝶了。房顶正中是餐桌，一棵歪脖子猕猴桃树，从后院歪了过来，正好歪在餐桌上方，挡住一片阳光，猕猴桃挂了下来，毛茸茸的，伸手就能摘到。伊卡拉里向我们宣布，这儿是餐厅，吃一日三餐。

这样的餐厅，我们一点儿不奇怪，我们到过的古巴民宿，房顶都身兼数职，是餐厅、花园、菜园、晾衣台、储水屋、电线中转站、垃圾中转站。主要的功能是观景。

我们走到房顶边界，这儿有一圈铁栏栅，长满了铁锈，我们不敢靠上去，怕一个跟斗栽下去。隔着栏栅往下看，全是千头万绪、日理万机的电线，电线下面是永垂不朽的鹅卵石，石头上移动着没完没了的游人，街上传来鼓声、吉他声、歌声。

第二家民宿

　　就这样，我们在第二家民宿安顿了下来。接下来发生的事，是这篇文章的重点。

　　我和菲里普有个坏习惯，每进一家民宿，必须去拉冰箱门，像两只好奇的浣熊。菲里普目标明确，寻找啤酒、甘蔗酒之类。我没什么目标，随便看看，有什么牵什么，比如水果、饮料、点心，调料也可以，古巴调料的味道好极了。骑摩托车消耗大，胃口大得像猪，总想吃东西。

　　那天傍晚，我们故伎重演，抢着去拉冰箱，结果碰翻了一个鸡蛋盒，九个鸡蛋摔得稀巴烂，蛋黄、蛋白、蛋壳黏了一地，像一幅行为艺术。伊卡里里闻声跑来，我对她说对不起，她对我摆摆手，意思是没关系，脸上却没笑容，这可把我吓坏了，我早就听说，古巴人吃鸡蛋凭票，每月每人八个鸡蛋，伊卡里里家有四个人，共三十二个鸡蛋，全部让给孩子们吃，孩子们只能吃十天，其他得去黑市买。而我们罪大恶极，一下子摔破九个鸡蛋，那可是孩子们三天的量!

我们做出决定：去菜场买鸡蛋，不管黑市价白市价，买到就行。晚餐集合时间是七点，我们还有一个多小时，时间充沛。我们向伊卡拉里打听，哪儿有综合性超市。伊卡拉里英文不太好，对我们连说带比画，还拿出一条黄瓜，比画给我们看，往前走，第三条横街右转。

我们立刻出发，没和队友打招呼，更不想让伊卡拉里知道，我们这是去买蛋。

下楼、往前，到了第三条横街，我们向右拐了进去，果然有家超市，卖酒、饮料、调料，没有鸡蛋的影子。也许伊卡拉里弄错了，以为我们要买酒。我们决定去找菜场，继续向前走，两边都是老房子，水泥路窄小而潮湿，靠边停着马车、三轮车、老爷车，来回走动的都是本地人。本地人多的地方，必定有菜场，有菜场就有鸡蛋。我们挺有信心。

走了很久，既没看到菜场，也没看到鸡蛋，有几个拉木板车的人，他们卖蔬菜、水果，就是不卖鸡蛋。问了几个当地人，哪儿有菜场，他们不懂英语，表情莫名其妙。逮住了一个年轻人，他会说英语，问他哪儿有菜场。"什么是菜场？"青年困惑地问。"卖蔬菜卖蛋卖肉的地方。"我们解释。青年瞪着我们，没说有，也没说没有，转身一溜烟跑了，像是见了鬼。

走到了马约尔广场，这里有酒吧、餐厅、音乐厅、纪念品店，没有菜场。

我们继续走，走完横街走直街，一口气走出了特立尼达市区，看到了加勒比海。晚餐时间快到了，我们赶紧返回，我早就迷失了方向，跟着菲里普跑，左转右转，他方向感极好，顺藤摸瓜一般，把我们带回了家。俩人一身臭汗,像跑了一回马拉松。

没想到,晚餐在马约尔广场吃,我们随大部队又走回了广场,可怜的菲里普,他骑车不怕累,但怕走路,走得两眼无光。我没什么问题,我是中国人,从小参加军训,半夜三更行军十几里。

晚餐吃大龙虾,我吃得闷闷不乐。路易斯看出来了,问我有什么心事。我说找了半天菜场,腿快跑断了,就是找不到,请问导游大人,菜场在哪?

"什么是菜场。"路易斯说,或者问。我向他描述了一番,什么是菜场。

路易斯在啃龙虾,边啃边说:"林,这里没你说的东西。"

我气呼呼地说:"不可能,特立尼达怎么可能没菜场?"

路易斯语气坚定地说:"没有,整个古巴都没有。"

我抹着自己的脖子说:"不信,杀了我头也不信。"

路易斯也做了个抹脖子动作,说:"你杀了我的头,我也拿不出你要的东西。"

我瞪着他问:"居民上哪去买菜? 我们吃的菜从哪里来的? 天上掉下来?"

路易斯不想理我了,歪着头说,明天早上自己去看,满街都是菜贩子,比你说的菜场好多了,会走的菜场,还可以叫到家里来。我不信路易斯的话,我认为他怕我缠住他,怕我逼着他带我去找菜场,才编出这番胡话,以此摆脱我。

七万多人口的特立尼达,著名的特立尼达,没有菜场? 真是杀了我的头也不信。亲爱的读者,您信吗?

第二天,早餐时间定在八点,我六点出门找菜场。我成功地劝说菲里普留下,但我一出门,这老兄又跟上来了,他相信路易斯的话,认为这地方没有菜场,就像美国没有菜场,但他不放心我,他知道我走路没问题,方向感却差得像个盲人,人走丢了是大概率的事,他可没法向我妈交代,他是有责任心的美国女婿。

和昨天傍晚一样,我们走得山穷水尽,没看到菜场。我沮丧得要命,开始相信路易斯了。问题是,就算没菜场,总有地方买蛋吧?居民不是有蛋票吗,蛋票去哪兑现呢?

我们经过了幼儿园、小学,看到了穿上白下红校服的孩子,他们活泼可爱,也挺有礼貌,冲着我们喊"Hola",也有喊"Hi"。我真想从中拖出一个问问,Hola,孩子,乖,告诉我,你早上吃蛋了吗,蛋是从哪里来的?我如此焦虑,因为早餐时间要到了,早餐后我们就要离开特立尼达,可我欠房东的蛋还在天上飞。

菲里普不说话,跟着我跑,脸色发白出虚汗,他肚子饿极了。

"算了,亲爱的,我们回家吃早饭,我放弃了。"我浑身无力地对菲里普说。

"亲爱的,我不介意,继续找吧。"他说,眼睛却在看回家的路。

我决定回家,给房东一些钱吧,赔打碎的九枚鸡蛋。就在这时,我看到了一家小店,很多人在排队,我走过去张望,一眼看到了鸡蛋。这是一家粮店,地上堆着大米、黑豆、面粉,桌上堆着新鲜面包,蛋就在面包边上,躺在蜂窝似的纸板上,每一板有三十二枚鸡蛋,一枚鸡蛋只要五比索。

这真是——独上高楼,望尽天涯路,衣带渐宽终不悔,为伊消得人憔悴。众里寻他千百度,蓦然回首,那人却在灯火阑珊处。引用王国维的人生三境界,有点儿矫情,该骂,我是乐坏了。

我冲上去排队,心里充满了胜利的喜悦,有没有菜场无所谓,有鸡蛋就行啊!

轮到我了,桌上还有三板蛋,我中气十足地对营业员说:"要两板!"

　　营业员是个中年妇女,脸上笑眯眯,向我伸出了手,我立即摸出钱包。她摇头了,边上有人给我看一个小本子,本子里都是票证。我明白了,营业员向我要蛋票,我一激动,把票的事忘了。我脸上堆笑,用恳求的语气说,对不起,我是外国人,我没有蛋票,我必须买蛋,我愿出黑市价。

　　营业员摇头,做了个手势,请后面的人上来。我没有放弃,结结巴巴说:"买九枚、九枚、九枚。"营业员还是摇头。"五枚!"我伸出一只手掌,像举手发言一样。

　　我被后面的人挤开了,他们肯定认为我是神经病,没有票却想买五比索一枚的鸡蛋。

　　菲里普站在外围盯着我,像个很负责任的保安,我走出了人群,哭丧着脸对他说:"一枚也不卖。"

　　我的保安说:"亲爱的,蛋得卖给有票的人,如果卖给你,有票的人怎么办?"他观察力强,逻辑正确,境界也比我高,站在别人的立场说话,说得我恼怒,却无法反驳。

　　"得,得,回家!"我气哼哼地说,请他在前面带路,我早就迷路了,一生气更辨不清东南西北。

　　刚起步走,有人拉我衣服,我回头一看,一个高个子黑女人,穿一件白色长袍,怀里抱着一板鸡蛋,共三十二枚。她指指蛋,指指我,意思是要卖给我。

　　我盯着鸡蛋,就像盯着从天下掉下来的珍珠粒儿,惊喜地问:"多少钱?"

　　她用英语毫不含糊地说:"一美元一个。"

我也毫不含糊,付给她四十美元,她说找不出零钱,我说算了,不要了。

　　三十二只蛋到了我手上,我的狂喜,不亚于拿破仑取得第一次战役胜利的喜悦。是的,我胜利了,我买到了蛋! 回家时,我走在了前头,没有迷路,像一条聪明的牧羊犬,顺顺当当找到了家。我抱着三十二只蛋,神气活现登上楼梯,偷偷溜进了厨房。

　　跑到房顶吃早饭,我们迟到了一刻钟,队友们在等我们,等得火冒三丈,以为我们离家出走了。路易斯见我们满头大汗,马上明白了。他说:"林,你们干什么去了? 又去找菜场了? 找到了没? 找到了就杀我的头,好吗?"他一串问句,破天荒全用了升号,太阳从西边出了。

　　我咬着面包不说话,一个劲摇头、傻笑。路易斯说:"我不是告诉过你!"

　　这时,伊卡拉里上来了,手里捧着一板鸡蛋,大声问:"请问,谁在冰箱里放了鸡蛋?"

　　没人作声,面面相觑,一个个是莫名其妙的表情。

　　就在那天上午,我们离开了特立尼达。之后好几天,我和菲里普天天说找鸡蛋的事,一说就笑,笑得喷饭。直到今天,我修改这个章节,也是边写边笑,我还跑去问菲里普,记得我们找蛋的事吗? 他说,记得记得,我的腿都快走断了,才找到十枚蛋。

　　"什么啊,三十二枚!"我说。

　　写到这里,我想对您说,到了古巴,民宿是最好的选择,民宿朴实、有趣、接地气、有故事,重要的是,您走近了一家人,成了本地人。在民宿过家家,乐趣绝对超越宾馆。

　　当然,全世界的民宿都一样。

您不知道的古巴孩子

10

数据

到了古巴后，我从古巴的公开资料看到这样一组数据：

古巴人口一千一百万。

古巴识字率百分之一百。

古巴接受高等教育人数占总人口的百分之五十七。

古巴有科研院所有二百二十个，其中高校六十三个。

古巴教师共三十万人，一半具有五年以上高等教育经历，工资收入平均每月十九美元。

古巴开展零至六岁孩子早教计划。

古巴有两个教育频道，每天播出十至十二小时的教育节目。

古巴小学教育六年，中学分为基础教育和大学预科。

古巴小学数学成绩在拉丁美洲排名第一，在世界上超过美国、日本等强国。

古巴对无法上学的孩子派遣家庭教师。

古巴从幼儿园到高校，全面实行免费教育，免学费、书费、饭费、校服费。

古巴凭借教育成绩，被评为全球唯一符合世界自然基金会可持续发展定义的国家。

……

古巴有两件大好事，一件是医疗，一件是教育。古巴穷，没穷掉医疗事业，人人享有免费医疗；古巴穷，没穷掉教育，孩子享受免费教育；古巴人穷，没穷到孩子，孩子阳光、上进、懂事、有抱负，古巴孩子非同一般。古巴人这样说，古巴新闻也这样说。

是这样吗？我有疑问，至少，耳听为虚、眼见为实。

我从事新闻工作二十五年，学过理论、有过实践，懂得什么是新闻，新闻永远是真话，永远不参与派别，永远没有个人偏见，永远用事实说话，永远是自由的大脑。那么，现实如何？新闻的真实性，只活在理论里，现实中的新闻早已被阉割，变成了投机商和墙头草。可喜的是，人们已经觉悟，人们看到了真相，真相就是没有真相。人们对报纸电视及所有传播之物莞尔一笑，既不抗议也不追究，一头钻进了网络，蜕变成懒散的网民，网上充斥假货、八卦、垃圾，却是轻松有趣，没人纠结真实性问题，拿来消遣何尝不可。结果是，新闻业被网络干掉，反过来求助于网络，我看到过一张报纸，把"本报讯"改成了"据网络消息"，我笑得肚子疼。这样的新闻报道，危害性不大、侮辱性极强，"啪啪"地抽自己的脸。

话说回来，对于古巴的教育，我不会听从新闻，我得亲自感觉、判断、证实，这是我的世界观，我对什么都不信，我只相信亲眼所见，并把它们记录下来，履行记者的义务，说真话、写事实，或者保持沉默。

路边的孩子

第一次见到古巴孩子，是在路边的加油站。

导游路易斯为摩托车加油，其他人买饮料、吃点心、上厕所。我和英国人坦尼亚站在合欢树下，一边乘凉一边说话，此时是午后，气温近四十摄氏度。

人行道上来了一群孩子，十岁左右，男孩穿白衬衣紫红短裤，女孩穿白衬衣紫红背带裙，他们脚上是白色长袜、白色球鞋，脖子上戴着红领巾。这些孩子穿戴相同，神情相同，长相并不相同，有的白皮肤黄头发，有的黑皮肤黑头发，有的麦色皮肤深棕色头发。

孩子们看到了摩托车，看到一群戴头盔的人，他们停住了脚步，一个孩子用西班牙语说"你好"，其他孩子七嘴八舌学样，他们是懂礼貌的孩子。坦尼亚跑回摩托车，从后备厢取出一把铅笔，送给了每个孩子。我没有铅笔，我有大白兔奶糖，也分送给每个孩子。孩子们立正，向我们敬礼、道谢、收礼物，他们没吃掉糖果，却在把玩铅笔。他们与非洲孩子完全不同，非洲孩子拿到糖果，绝不会让它们多活一秒。

我观察他们的红领巾，红领巾是两个死结，像鸟儿的翅膀一样张开。

"我是中国人，我也戴过红领巾，系法不一样。"我对孩子们说。

路易斯把我的话转告给他们，他们一下子把我围住了，有个男孩解下红领巾，请我教他中国的系法。我把红领巾围在脖子上，交叉一下，绕一下，抽一下，好了，像绅士的领带。

孩子们挺惊讶，像是发现了新的游戏，学着我的样子系红领

路上的孩子

系红领巾的学生

巾,笨手笨脚的,终于学会了,互相端详、互相攀比,争论谁打得好,然后一起往前跑了。

他们回到学校,一定会告诉老师和同学,他们会系中国式的红领巾了。

"林,红领巾有什么含义?"孩子们跑远后,队友问。

"在中国,红领巾寓意国旗的一角。"我说。

"为什么把国旗戴在脖子上?"他们迷惑地说。

"戴红领巾的孩子称为少先队员,是共产主义接班人。"我说。

"My god……"队友们惨叫一声。您应该知道,欧美人什么都不怕,就怕听到"共产"二字。

今后的日子,我们每天不同的时间在路上都会看到古巴孩子。

清晨六点多,他们出门上学了,三三两两,或组成小分队,也有妈妈牵着手走的。路远的孩子则坐校车,就是马拉的车,马车有个木板拖厢,支着两排长木凳,可以坐下十几个孩子。

中午,一些孩子跑出校门,就像中国小孩一样,跑向路边小摊买零食,然后来到合欢树下,男孩子冲来赶去,跑得满头大汗;女孩子拣合欢树下的豆荚,把它别在头发上,充当了发夹,或者围成一圈说话。世上的男孩都一样,像只旋转不停的没头苍蝇,女孩也一样,早熟、骄傲、优雅。

傍晚时分,孩子们放学回家,公路又热闹起来,马车来来往往,孩子们的头从车窗探出来,频频向我们打招呼。每个路口都有孩子,我们一次次放慢速度,或者停下来,看着孩子们过马路。这些孩子带着书包,书包惹人发笑,有双肩包、挎包、布袋、塑料袋,有孩子拎着木桶,里面装着书和文具,晃来晃去走。由此看来,背什么包老师没要求,家长无所谓,小孩子更是自由选择。我觉得挺好,没有追求就没有攀比,没有攀比就没有痛苦,读书人有书,把书装进脑袋,何必在乎书包好坏呢。中国的古人,书藏进袖口,照样满腹经纶,学识、修养、境界,现代人哪一样能及?

路上的孩子,有的戴红领巾,有的戴蓝领巾,戴蓝领巾的年纪较小,看上去像小娃娃,他们一般由妈妈领着,或坐在爸爸的自行车上。不同年龄的孩子,校服款式相同、颜色不同,幼儿园和小学是上白下红,初中是上白下黄,高中是上白下蓝。大学生不穿校服,除了医学院学生,他们一律穿白套装、白大褂,这是古巴政府的规定,医学院学生、上班的医护,出门得穿白衣服,为了便于民众识别,可随时帮助病人。

傍晚时,路上人少了,男孩子出来踢足球,他们分成两队,酣战一番,脚下凶猛、积极奔跑,观众大呼小叫,仿佛在看世界杯。我们出去散步,遇到踢足球的男孩,男人们就会加入,比如菲里普、迈克、派克,但他们刚碰到球,就被孩子一脚铲走。有一次,胖子迈克为了抢球,仰天摔倒在人群中,孩子们花了吃奶的力气才把他扶起,还连声向他道歉,待迈克脚跟站稳,一脚又把球踢了出去。

"我赢了!"迈克狂叫、奔跑,就差一面美国星条旗了。

古巴女孩喜欢排球,充当排球女将,是她们从小就有的梦想,这件事,我也证实了。

公路边,常出现露天排球场,地面高低不平,铺着泥沙,球网破破烂烂,打球的一律是女孩,七八岁或十一二岁,她们皮肤黝黑,手脚细长,腰肢挺拔,小屁股高高撅起,像一棵漂亮的小棕榈。

女孩们打球时,许多人在场边助威,也许是家长,也许是老师,也许是像我们一样的过路人。

作者和路边的孩子玩耍

看到打排球的古巴女孩,我记忆的闸门立刻打开,想到了昔日的古巴女排和中国女排,我和她们是同一辈人。很长一段时间,所有女排比赛我都看,为了看球敢逃课。我爸不骂我,他也是女排迷。那时候的女排,四强是中国、古巴、美国、日本,四强互相钳制、互相争夺,中国压住日本,日本压住古巴,古巴压住美国,美国压住中国,每次看比赛,我的心脏好几次差点跳出来当空爆炸。古巴与美国对垒时,我们可着劲为古巴队加油,古巴队教练叫欧亨尼奥,队员有托雷斯、路易斯、弗兰西尼,其中三号路易斯可把我迷住了。古巴女排太棒了,总是替中国队干掉美国队。当然,中国队与古巴队决赛时,我们调转枪口对准古巴队,为郎平、张蓉芳、孙晋芳、周晓兰加油,恨不得把古巴队的三号路易斯一口吃掉,路易斯太可怕了,她的强攻如五雷轰顶,中国队有麻烦,我们看球的也有麻烦,吓得手脚冰冷,快抽风了。哪怕是著名解说员宋世雄,说话像缝纫机一样利索,但说到路易斯,他就会结巴、声音发抖。

那些年的世界排球赛,中国获得过五连冠,古巴队更好,获得过七连冠,古巴女排配得上"加勒比海旋风"和"黑色橡胶"称号。说实话,古巴队员没一个长得好看的,但魅力无穷。就像中国队的郎平,也五官平平,但人人喜欢她,称她为最美"铁榔头"。美不美,完全不是一张皮囊决定的。再美的皮囊也不过是皮囊而已。

古巴人少、国贫,孩子没足够的牛奶鸡蛋,女排却那么强大,似乎令人费解。但自从来到古巴,观看了路边排球赛,我相信了一件事,古巴女孩都爱排球,都会排球,这是成功的关键。就像中国的乒乓球,人人习之、爱之、会之,放下乒乓拿起筷子,放下筷子拿起乒乓,中国有十四亿多人口,有好几亿乒乓健将,天下谁能敌?

今天的古巴女排,成绩已不如从前,我相信她们会卷土重来,这个结果,我在路边简陋的球场上看到了,在女孩们的汗水中看到了。

顺便说一下,古巴排球厉害,棒球也厉害,古巴棒球队战功显赫,获得过九次世界杯冠军,九次奥运会金牌,两次奥运会银牌,人称"红色闪电"和"古巴棒"。古巴足球也不赖,得过加勒比海杯冠军,打进过世界杯八强。这一切,着实令人羡慕。

而这样的成绩,来自全民的努力。你去了古巴就知道,打棒球的男孩,比天上的星星还多。或者说,不打棒球的男孩,你基本找不到。

海边的孩子

有一天,我们骑到了巴拉科阿①半岛,住进了岛上的民宿。

民宿男主人叫雷格拉,医学院教授;女主人叫依达密斯,曾经

---

① 巴拉科阿 Baracoa,古巴东南部渔村,位于该岛东端附近的海岸,关塔那摩省所辖县区。

是医生，嫌收入太低，回家当了民宿老板，他们是法国人后裔，皮肤白皙、金发碧眼。他们有三个孩子，老大名叫米尔卡，今年十六岁，在高中修大学预科，两年后将去哈瓦那读哲学。老二叫梅莉娅，今年十二岁，小学六年级，是本地区数学冠军，今年夏天要参加全国数学竞赛。小女儿叫塔妮娅，今年九岁，读三年级，学习优秀，喜欢唱歌跳舞，是乐队的吉他手。

我们到达时是傍晚，雷格拉教授还在学校，女主人依达密斯迎接了我们，三个孩子刚刚放学，老大米尔卡穿着上白下蓝的校服，女孩们换上了彩色小裙子，孩子们过来拥抱我们，说着客气的欢迎话。我遇到的古巴孩子，个个像小小绅士。

他们家有四层楼，地下室住主人一家，一楼是客厅、厨房，二楼三楼开民宿。一条木头楼梯，斜斜地通往楼上，陡峭得像阿尔卑斯山，我是手脚并用爬上去的。大孩子米尔卡帮我们搬行李，

岛上的民宿

领我们进了客房,客房不大,刚够放一张床,因此没有衣柜,但房间是海景房,通过窄小的窗口,能看到大海上的波浪及蒜瓣似的白色帆船。

米尔卡带我们走进浴室,指着出水管说,他家没有热水器,热水靠电线加热,用的时候要小心,别触碰水管,以防万一。米尔卡出去了,我莫名其妙,没弄懂他的话。菲里普给我上课,他请我仔细看水管,水管上缠着厚厚的胶带,胶带里裹着电线,通电后电线发热,为管中水加热。

"就怕橡胶老化漏电,不要摸水管。"菲里普警告我。

我听懂了,如此危险的"热水器",吓得我头皮发麻,哪敢碰水龙头。于是,菲里普负责龙头的开与关,协助我完成了洗澡工程。他是电力专家,对电没有恐惧心,且乐于助人,我算是嫁对人了。

我刚洗好澡,隔壁有人号叫"救命啊,起火啦",是胖子迈克的声音,他的声音富有磁性,唱歌好听,喊救命也好听。菲里普穿着裤头、拿起灭火器冲了过去。我伸出脑袋看,一股黑烟从迈克房间冒出来,果然是着火了,我抓起了头盔和靴子,做好逃离的准备。这时,米尔卡跑上楼来,后面跟着他的妈妈依达密斯,他们在迈克房里捣鼓了一阵,危机解除了,菲里普回来了。

原来,迈克打开龙头洗澡,水是冷的,他反复拧开关,把水管上的电线拧出了火星,点着了胶带,烧掉了迈克的几根头发,于是迈克满屋子跑、喊救命,菲里普灭了火,米尔卡切断了电源,用新胶带裹好了水管上的电线,现在没事了,有热水了,迈克又在洗澡了。

"他还敢洗啊!"我听完故事,声音都变了。

"你抱着头盔靴子干吗?"菲里普问我。

我赶紧扔下头盔靴子,我也真是,菲里普教过我,着火了要抱着湿枕头逃命,我一紧张全忘了。菲里普做过十年消防志愿者,救火、救人蛮专业的。

我们再次下楼,依达密斯在厨房做饭,米尔卡和塔妮娅在看电视,梅莉娅坐在饭桌边,她身边多了位陌生女士。我去看依达密斯做饭,她在炸香蕉片,香蕉片我太熟悉了,我笑着问,香蕉片是我们的晚饭吧,配红米饭、黑豆饭。依达密斯说,不,是你们的零食,你们晚饭出去吃龙虾。

依达密斯压低声音对我说,那位女士是梅莉娅学校的老师,也是梅莉娅的家教老师,指导梅莉娅备战数学竞赛,梅莉娅想拿今年的数学冠军。我轻声说,古巴允许老师做家教呀。她说以前不可以,这几年可以了,但必须报批,家庭教师收入一半归公。

"请家教的学生多吗?"我问。

"多,老师忙不过来呢。"依达密斯说。

"多少钱一小时?"我问。

"五十个比索①。"依达密斯说。

"古巴家长很像中国家长,愿意为孩子的学习花钱。"我说。

"苦读书,考个好学校,能找到好工作。"她说。

"对对,中国家长也这么想。"我笑着说。

话是这么说,我心里有些酸楚,美国家长可不这样,他们让孩子玩,可着劲儿玩,数学差得令人发指,照样能读大学,不愿读大学的孩子也不会吃苦。

我们无所事事,老大米尔卡问我们,想不想去海边走走,他和

---

① 五十比索相当于两美元。

戏水弄潮

塔妮娅陪我们。小妹妹塔妮娅一听,过来拉住哥哥的手,米尔卡吻了小妹妹的脸。我看着米尔卡,对他印象很好,这个十六岁的少年,聪明、懂事、临危不惧,这样的男孩不多见。

我们跟着米尔卡、塔妮娅出门,绕过街道,走到了海堤上,海堤上湿漉漉的,沾着绿色的海草,游客们踮着脚尖走路,怕滑倒了。海边聚集着礁石,它们突兀、强硬,指向了海面,如同指向海面的炮弹,仿佛一声令下,就会射向翻滚的波涛,而波涛们毫不畏惧,它们从天边奔涌而来,排列成雪白的横线,像一条肌肉发达的胳膊,高高举起来,挥拳打向礁石,礁石用脑袋顶开波浪,就像足球运动员顶球一样,海水被顶向天空,摔在海堤上,就是我们站的位置,所有人发出怪叫声,倒退着逃跑,已经来不及,我们全成了落汤鸡,海水冷笑一声,沿老路返回了。

米尔卡兄妹哈哈大笑,大声对我们喊:“爽吧,爽吧,再来一次要不要?”

“要!”我们喊。

我们继续玩,潮水撤退时,我们嗷嗷叫着冲上去,像慷慨激昂的勇士;潮水打回马枪时,我们哭号着后退,兵败如山倒。几次反复,我们的身子就像海草一样了,青绿、腥气、湿漉漉。

米尔卡兄妹带我们去了海滨公园,那儿有一座朱红色人物雕像,有三米多高,那人体态雄伟,胸口挂着十字架,脸朝向天穹,表情庄重,目光具有穿透性,仿佛在眺望世界的尽头。

米尔卡对我们说,他就是哥伦布,1492 年 12 月 3 日,他在这里登上了古巴。

我们大吃一惊,真是没想到,我们到了哥伦布登岸的地方。

米尔卡说,哥伦布发现了古巴,改变了古巴命运,1511 年,西

海滨公园的哥伦布雕像

班牙人占领了古巴，在古巴建立了第一批城市，其中就有巴拉科阿，这儿是偏僻的半岛，几乎与世隔绝，后来成了海盗的定居点，以及英国和法国走私者的秘密通道。1791年海地革命后，法国人逃到这里定居，他的祖先也在其中，他们从此再没回去，成了扎根古巴的法国人。

"1492年后，古巴改天换日，因为一个人，哥伦布。"米尔卡说。

"你们是法国人，你希望回法国吗？"我问他。

"不，法国已经远去，古巴是我的祖国。"米尔卡说。

"你为什么要学哲学，而不是学医？"我又问。

"医学拯救人的生命，哲学拯救人的灵魂。"他说。

"何以见得？哲学只是学科罢了，灵魂是游离于任何学科之外的东西。"我说。

米尔卡笑笑，扬起了青春洋溢的脸，他说，灵魂失去了方向，需要哲学来拯救，黑格尔如此，柏拉图如此，卢梭如此，牛顿也如此，他们都是科学家，最后转向了宗教，宗教也是哲学。

"也许，我还会研究神学。"米尔卡说。

"深层次拯救灵魂？"我问。

"是的。"他确定地说。

"但是，为什么要拯救灵魂？"我问。

"还有什么比灵魂更值得拯救的？"他反问。

我喜欢与米尔卡进行关于灵魂的交谈，我们还谈了苏格拉底、柏拉图。我英文不如他，但意犹未尽。我把电子信箱给了米尔卡，我告诉他，我不是哲学家，没有哲学家的理想和思维方式，我是感性的，如今这个世界没有真正的哲学，也没有真正的哲学家，因为没有土壤和气候，但我希望他心想事成，成为拯救灵魂的哲人，假如哲学真的能拯救灵魂。

米尔卡不同意我的观点，但他欣然答应，他会与我保持联系，我们永远做好朋友。

就这样，我有了一个忘年之交。米尔卡是个有思想的少年，不过我宁愿他放弃哲学，学一样养家糊口的本事，哪怕会炸香蕉片，会捉龙虾，也比关心人的灵魂更实在。

我们在巴拉科阿半岛上住了两天，与米尔卡一家相处得很好。

三个孩子都喜欢我，也许因为我是中国人，您知道，中国人在古巴总是得宠的。

孩子们带我们去海边玩冲浪，和我们在家玩跳棋、悠悠球，有时还请我们吃椰子，他家有四棵椰子树，砍椰子的事小塔妮娅抢着做，她上树的动作简直像松鼠一样。

作为回报，我请他们看我手机上的照片，我手机上有我家的鸡鸭鹅，有我移居的美国，有我的家乡杭州，还有我们去过的地方，比如德国、意大利、瑞士、南非等，我们是骑着摩托去的。孩子们看着照片，简直惊呆了，羡慕我们去了这么多地方，羡慕我们骑摩托车的潇洒劲儿，当我告诉他们，我们差点儿摔死在非洲，他们一起叫了起来："No!"好像我们真的死了似的。

孩子们告诉我，他们最想去的地方是中国北京。我说，别灰心，你们还小呢，到了我这个年纪，你们也许去过了火星、冥王星，见到了外星人。他们大笑起来，蓝色的眼睛，飞起了蓝色的浪花。

孩子们向我透露了理想，米尔卡想当哲学家，梅莉娅想当数学家，小塔妮娅想当医生、音乐家、排球健将，她的理想比较多，所以还没最后决定。

有一次，孩子们请我看他们的书架。他们只有一个书架，四排架子，第一排属于米尔卡，塞着西班牙语小说、诗集、英文读物；第二排属于梅莉娅，塞着乐谱、画册，第三排属于小塔妮娅，放着几个布娃娃、卡通书，虽然是西班牙语，我还是认出了《卖火柴的小女孩》《白雪公主和七个小矮人》等。书架最后一排由三兄妹共用，放着他们的课本和文具。

小塔妮娅天真地说，等哥哥去哈瓦那了，她和姐姐就各有两排书架了。

架子上的书，不管是课外书还是课本，看上去都很旧，米尔卡向我解释，古巴没多少印刷厂，纸张也是奇缺，书店就更少了，书店的书大部分是二手的，是人们捐献的，学生毕业后，也把用过的课本留下，让后面的弟弟妹妹接着用。

"书是我们的财宝，我们很珍惜。"米尔卡说。

米尔卡把书称为财宝，我忍不住笑了，我告诉他们，我小时候也把书看成财宝，除了书，我没有别的财宝可以炫耀。那时的中国穷，和现在的古巴差不多，大家没什么

作者和民宿女主人

钱，我买一本书得动用一个月的零用钱。我赞美了孩子们的藏书，送给他们一本 *The Great Gatsby*，是我来古巴前买的，带在身边充当英文课本。孩子们轮流把书贴在鼻子上，闻着新书的墨香。

我向他们承诺，如果有机会再来古巴，一定给他们带几本新书，全是世界名著，还要送他们我写的书，我一共写了八本书。

"你是作家啊！"孩子们惊呼。

"作家不稀奇呢，满地都是，就像古巴红蟹！"我说，"作家的书卖不掉，人们很少看书了。"

孩子们越发惊奇了，不相信我的话，怎么会没人看书呢？难道书不是天下最好的东西？

我不知如何解释，外面的世界奇怪，也不奇怪，就是这样。

我被三个海边的孩子感动了，爱书的孩子是有福的，他们永不会寂寞，永不会愚昧，书会给他们肉眼看不到的世界，给他们开阔而智慧的胸怀，给他们一颗想飞的心。

离开巴拉科阿半岛前一夜，全体队友集中在院中，喝鸡尾酒、吃龙虾，和房东一家话别。

为表达离别之情，小塔妮娅抱起吉他，为我们表演了吉他弹唱，她唱了一支古巴老歌，名叫《鸽子》，相信您也知道这歌。小塔妮娅拨动琴弦时，我们跟着她一起唱。

亲爱的小鸽子啊，
请你来到我身旁。
我们飞过蓝色的海洋，
走向遥远的地方……

学校的孩子

有一次，我和路易斯闲聊，提起了古巴女排，提起了让中国人爱恨交加的三号路易斯。

路易斯显得吃惊，没想到我竟是排球迷，且是古巴女排的"老粉丝"。路易斯说他也喜欢中国女排，喜欢郎平、孙晋芳，喜欢教练袁伟民。袁伟民风度翩翩、指挥若定，让古巴人害怕。我听了也吃惊，他居然知道郎平、袁伟民！

我们到达卡马圭时，路易斯为我开了小灶，带我去卡马圭女排学校，三号路易斯曾就读于此，她九岁来到这里，开始了专业训练，十三岁成为最佳少年主攻手，十四岁入选古巴国家队，十五岁挑起了大梁,为古巴争得世界冠军。接下来的岁月,三号路易斯红得发紫,是全世界球迷喜爱的排球女将。日本有个电视剧叫《排球女将》,演员不错,故事好看,但过于卡通化,什么流星赶月、幻影游动、晴天霹雳,全是胡扯,真实的排球女将,不是小鹿纯子,是郎平、路易斯。

当然,电视剧是"剧",不用太认真。

那天,我们来到女排学校,训练馆内在进行对抗赛,女孩子摸爬滚打、大力扣杀,野兽般地吼叫、奔跑、弹跳,她们皮肤黝黑、身体结实、充满朝气,一个个都像当年的路易斯。我喜欢看女排比赛,感受女性形体美、力量美。排球运动似乎只适合女性,男人打排球显得娘娘腔,不那么匹配,男人应该去踢足球、打拳击,进行野性对抗,就像古罗马角斗士,让观众热血沸腾。

从排球学校出来,我谢了路易斯,因为他,我看到了三号路易斯的母校,满足了一点儿好奇心。我也提了个要求,请他带我去普通学校看看。他翻了翻眼睛,我要求太多了,他说,你知道三号路易斯,我才好心带你来看,你去其他学校看什么呢。他说,或者问。

得,得,我不再提要求。

某天傍晚,我们骑到了名城巴亚莫①,入住 ROYALTO 宾馆,宾馆在祖国广场对面。按计划,我们只在巴亚莫住一晚,第二天上午就离开。

第二天清晨,我早早起床,整理好行李,穿上骑行服、骑行靴,趁着大家吃早餐,我独自从 ROYALTO 宾馆溜出来,那是孩子上学

---

① 巴亚莫 Bayamo,古巴格拉玛省的省会,位于古巴东南部,建于1513年,原名圣萨尔瓦多·德巴亚莫,是古巴的一座历史名城。

的时间,我想顺藤摸瓜,找到我想看的学校。

我走向对面的祖国广场,广场上排列着纪念碑、纪念塔、纪念馆、纪念雕像,全部关于古巴独立战争,所展示的英雄,都是巴亚莫本地人,被称为巴亚莫的儿子、巴亚莫的英雄,如下:

1868年10月20日,巴亚莫人在广场位置打响了独立战争第一枪。

巴亚莫人卡洛斯·曼努埃尔·德·塞斯佩德斯,是独立战争首位领袖,被古巴人称为"故乡的父亲"。

巴亚莫人巴勃罗·米拉内斯,第一个唱响了反殖民统治的古巴战歌。

巴亚莫人弗兰西斯科·维森特·阿吉莱拉,是独立战争的另一名领袖,他为争取独立流尽了最后一滴血,巴亚莫的主要街道以他的名字命名,他的头像被印在古巴的钱币上。

巴亚莫人佩鲁乔·菲格雷多,他是国歌《巴亚莫颂》的作者,在战斗中被西班牙军队俘虏,惨死在敌人的刀下,敌人摧毁了他的肉体,他留下的《巴亚莫颂》唱遍古巴,唱到今天。

巴亚莫人托马斯·埃斯特拉达·帕尔玛,是古巴独立战争中第一任总统。

这些巴亚莫人,还有其他古巴英雄,为古巴人夺回了祖国,古巴从此坚韧如鳄鱼皮,如椰子壳,如大王棕,如加勒比海岸的礁石,如大海、太阳、天地。

我在古巴的祖国广场走动,看着纪念碑、碑文,心中充满敬意。我知道,在这片土地,在我的脚下,曾经血流成河,曾经躺过很多死人,我仿佛看到了幽怨的灵魂,听到他们四处走动的声音。殖民和反殖民,侵略和反侵略,总是以战争实现,以流血实现,以死亡实现。

话说回来。

我在广场上溜达，看到了背书包的孩子，他们从不同的方向走来，走向同一个小巷，他们急急忙忙、目不斜视。我跟了上去，跟了几百米，看到了一所小学，橙色的墙体，朱红色的大门，门右侧是何塞·马蒂的雕像，我早就认识他了。门左侧也有雕像，刻着"José Antonio Saco①"，我不知道他是谁，校名写在大门上方，也是"José Antonio Saco"。José Antonio Saco 是谁呢？

我到了校门口，那儿站着两位女老师，笑眯眯地迎接学生，师生们互相拥抱、亲吻，亲吻声就像啄木鸟打洞似的，新的一天从亲吻开始，温馨而奇特。角落有一张桌子，坐着一个老教师，她用疑惑的目光打量我，我走向了她，问她我可以参观学校吗。我心里不抱希望，马上就要上课了，没理由放人进去，何况我身穿骑行服，是个奇怪而鲁莽的陌生人。

那老师问："中国人？"我点点头。她的眼角聚起了笑纹，向一个老师说了什么，那老师马上离开，几分钟后，她带来一个年轻姑娘，圆圆的身材、圆圆的脸，眼睛也是又圆又大，她向我甜甜一笑，语速缓慢地说："您好，女士，我的名字是琳达，我是英语老师，请问您需要什么帮助？"

"早上好，琳达，我的名字是林，我是中国人，是个中国记者，想参观你们学校，可以吗？"我说，也尽量缓慢。我是记者一点儿不假，我当过二十五年记者，现在退休了。

---

① José Antonio Saco，何塞·安东尼奥·萨科，古巴政治家、思想家、教育家、文学家，第一个提出废除奴隶制，要建立黑白平等社会。

"林,没问题,请跟我来。"琳达说得很坚决,做了个"请"的动作。

我真没想到,我果真被请进了学校。

琳达带着我,边走边介绍,这是一所国际小学,以 José Antonio Saco 名字命名,José Antonio Saco 是古巴著名教育家,也是巴莫亚人。学校共有四百多名学生,每天上九节课,科目有西班牙语、历史、数学、科学、电脑、劳动、音乐、英语、体育。

我遇到了校长、教导主任,他们正在巡视。听说我是中国记者,他们马上与我握手,用英语向我问好,请我随便看看。说实话,我是吃惊的,他们对我那么信任,我可没有任何证件或证明,我说我是中国人,是他们信任我的唯一根据。

我和琳达走向长廊,这儿贴着孩子们的作文、图画,作文我一字不懂,画也是一知半解,想看懂孩子们的画,得具有孩子般的聪明和想象力。我看懂了一张画,画的是古巴,古巴像一条绿色鳄鱼,长着牛眼、象鼻、招风耳、孔雀的翅膀。观看孩子的画,我十分快乐,孩子是世界上最率真、最直抒胸臆的艺术家。矫揉造作、哗众取宠、自命不凡是成人艺术家的定义。成人就像被穿脏了的靴子。人如果可以永远不长大,永远保持清纯,那该有多好。

琳达带我去了图书室,图书室不太体面,墙面、地面、天花板都有裂缝,让人有些不安。琳达向我解释,巴亚莫地震多、风暴多,学校房子有裂缝,居民房子也是这样。

图书室有三个小书架,放了五排桌椅,一次可以坐三十个人。书架上主要是西班牙语教材,也有少量西班牙语儿童读物,看着那些封面,我认出了《卖火柴的小女孩》《丑小鸭》《绿野仙踪》《王子与贫儿》,还有一本中文的《西游记》,画着唐僧师徒四

238

人。我抽出这本书,问琳达从哪儿来的,琳达说不准,她猜是中国朋友捐赠的。她说图书室的书都是捐赠的,来自巴西、阿根廷、墨西哥、西班牙、中国。

我去了几个教室,正像琳达所说,教室有裂缝,课桌的抽屉极小,只能放两本书,孩子们的书包挂上了墙,五颜六色,像一排彩色的甲壳虫。教室简陋陈旧,但布置得整整齐齐,插着古巴国旗,挂着古巴地图,放着巨大的地球仪,贴着气势磅礴的儿童画。在一个教室,我看到海明威的名言,高高挂在黑板上方,海明威说:"一个人可以被毁灭,但不可以被打败。"

琳达隆重地向我引荐了电脑房。电脑房是学校最体面的教室,经过精心的维护,墙壁雪白,没有看到裂缝,地面铺着绿色瓷砖,课桌上放着八台电脑,它们屏幕小,后脑勺却很大,是二十世纪八九十年代的古董,早就从我们的生活中消失了,但在这个神

英语老师琳达与学生交流

圣的地方,它们穿着倒背衣,系着丝绒围裙,连鼠标也戴上了小手套,像一批被悉心照顾的小娃娃。

琳达骄傲地告诉我,学校早就有了电脑,孩子们用电脑打字、做算术、画画、玩游戏。

"林,电脑是中国朋友捐助的。"琳达感激地看着我,仿佛我就是那个施恩者。

看着这些旧电脑,我很想知道是哪位好心人的善行,借此机会表示敬意。不过,现在已是2019年,好心人能不能捐几台Windows 10呢。

最后,我来到了英语教室,这儿是琳达的地盘。教室里聚集着孩子,他们抢着与琳达拥抱、亲吻,用英语说早上好。琳达告诉他们,这位女士来自中国,于是我也捞到了一堆温湿的亲吻。有几个孩子对着我喊:"I love you!"我好惭愧,真的好惭愧,我什么也没做,礼物也没带,他们没理由爱我。"I love you, too!"我对他们

学校电脑室

说。我爱他们是有理由的。

琳达告诉我，孩子们一周一节英语课，学校四百多名学生，她是唯一的英语老师。

"您是英文专业毕业的吗?"我问。

"不，我是学历史的，前年分配到这里。这是一所国际小学，需要英语老师，我正好喜欢英语，被学校选出来教英语。"她说。

"您有固定的英语教材?"我问。

"没有，初中开始才有教材，小学只能自编教材。"她说。

"您真了不起。"我由衷地夸奖。

我问了一个唐突的问题，一个月多少收入。琳达没有回避，她说第一年是十九块，现在有二十二块了，吃的用的国家发票，钱够用了。

铃声大作，我被吓了一跳，以为要上课了。琳达却说，要升国旗了。

准备升旗

我们走向学校广场，广场上有大王棕、椰子树、旗杆、演讲台，还有一大片操场，既是篮球场、排球场，也是田径场。棕榈树下，站着人物雕像，琳达告诉我，他们是大作家、大诗人、大教育家，有何塞·安东尼奥·萨科、何塞·马蒂、何塞·德·拉·卢斯·伊·卡瓦利、何塞·安东尼奥·拉莫斯……听了这一串"何塞"，我大声地笑了，琳达说："林，古巴有很多何塞。"我说："我知道，还有很多路易斯。"

操场上站满了学生，他们穿着校服，二年级以上戴红领巾，一年级新生戴蓝领巾，肤色有白有黑有棕，他们蹦蹦跳跳，有的做着游戏，有的大声说话，声音一个比一个尖锐。

第二遍铃声响了，孩子们立刻排队，"唰"一下静了下来。

这时，六个孩子上了演讲台，他们的手背在身后，站得笔直，你一句、我一句，轮流演讲。琳达为我做了同步翻译，如下：

早上好，亲爱的老师。

早上好，亲爱的同学。

古巴的国旗——红、蓝、白

代表独立的古巴。

古巴的国徽——太阳和海

代表美丽的古巴。

古巴的国歌——《巴亚莫颂》

代表自由的古巴。

古巴的国花——雪白的姜花

代表高贵的古巴。

古巴的国树——高大的棕榈

代表坚强的古巴。

古巴的国鸟——古巴咬鹃

代表勇敢的古巴。

"这些你可是记住？"六个孩子齐声提问。

"我记住！"四百个孩子同声回答，我的眼泪夺眶而出。

我想到了我的祖国，我的祖国有那么多苦难，有那么多曲折，有那么多文化，有那么多美好河山，有那么多智者、勇者，我可一一记住？

六个孩子演讲结束，三个高个子女孩，从操场另一端走来，中间的女孩怀抱国旗，两边的护送国旗，女孩们正步走，目不转睛，走到了旗杆下，她们把国旗系上长绳，双手一扬开始升旗。

升旗仪式

与此同时，四百个孩子举起右臂，行少先队队礼，高唱国歌《巴亚莫颂》。

《巴亚莫颂》的旋律、节奏与中国国歌《义勇军进行曲》相似，悲壮而激昂。

后来我有机会上网，查询了古巴国歌《巴亚莫颂》，除了旋律和节奏，它的歌词也与《义勇军进行曲》相似，如下：

上战场，冲吧，巴亚莫人

祖国骄傲地注视着你们！

不要害怕光荣的牺牲

为祖国而死虽死犹生！

偷生在枷锁下才是最大的耻辱

听吧，嘹亮的号角在召唤

武装吧，起来吧，

勇士们向前冲！向前冲！

山上的孩子

我们要翻越马埃斯特腊山脉了。

"山上会遇到很多孩子，请准备一些礼物，如果你们愿意。"前一天晚上，路易斯提醒我们。我们打开了行李箱，倒出了糖果、饼干、笔记本、铅笔，统统装进了摩托车后备箱。我十分后悔，没带更多的笔记本和笔，这是古巴孩子最器重的礼物。

我们天一亮就出发，骑行一个多小时，看到了马埃斯特腊山脉，蓝色的山脊向东延伸，如同蓝色的飘带飘向了天际，秀丽静谧，引人神往。骑上山路后，棕榈树、椰子树、咖啡树，一起跑来欢迎我们。还有浪漫的咖啡花，抒情的香气，如同爱情的荷尔蒙。树木间有长相古怪的蜥蜴，有深情高歌的咬鹃。今天我总算看清了咬鹃，这位古巴的鸟类明星，戴着蓝色的贝雷帽，眼珠红润，下面是蓝绿白三色迷彩服，系着红色的小肚兜，如同迷人的卡通画，它们站在高枝，挺胸叠肚、目光自信，吹着口哨，哨声清脆悠扬。

摩托车在山路上飞奔，引擎剧烈震颤，山谷传来了照本宣科的回音。

小巧玲珑的村庄出现了，村中房屋破旧，墙脚长着青苔，小路是泥石路，房前屋后种着水果树，能闻到水果的香气，比如香蕉、柠檬树、木瓜、番石榴……小菜园爬着南瓜藤、番薯藤、番茄树庞大、果子灿灿。小路上，男人们赶马车、牛车、扛甘蔗，女人们在路边摘果子、摘菜，猫蹲在路中央，狗在胡乱奔跑，火鸡突然出现在路口，山羊和猪在草沟抢草吃。

我喜欢这样的村庄，这样的山村世界，没有污染，仿佛住在这里的人都是神仙。

如此清静之地，我们看到了背书包的孩子，他们出现在树林、出现在山坡，像活泼的小山猴，跳跃着，唱着，挥动着小手。我们与他们面对面时，他们立即站住，像受惊的小兔子，瞪大眼睛不敢动弹。我们下车，他们发出欢呼声，跑过来围观，爬上摩托车坐一坐。这些山里的孩子生在山谷，远离城市文明，打扮却和城里的孩子一模一样，上白下红的校服，戴红领巾或蓝领巾，脚上是白长袜白球鞋，正规的学生派头，正经的小知识分子，没一个破衣烂衫，没有一个骨瘦如柴，没一个萎靡不振，我们惊讶不已。人烟稀少的山林，牛羊也不愿上来，怎么会有学校？怎么会有如此漂亮的学生?

那天的中午,我们翻越了古巴第一峰——图尔基诺峰,这里已没有村庄,可可树开着花,百无聊赖地潜伏在山谷,只有摩托车的声音,打破了天地的沉静。骑越了山峰,摩托车盘旋下山,像一队盘旋而下的山鹰,下到半山腰,我们听到了歌声,看到了树丛中的小房子,这里有一所小学。

我们靠边停车,摘下头盔,带上了礼物,向着小学走去。

那所小学太小了,只有一间教室,样子倒不寒碜,屋顶是红色油毛毡,外墙刷成了天蓝色,墙上画着何塞·马蒂和切·格瓦拉,前方有个小院,一百多平方米,飘扬着古巴国旗,开放着野姜花①,野姜花叶子肥厚,花色如雪,花瓣像飞翔的蝴蝶。

我们走到教室门口,歌声戛然而止,孩子们跑了过来一下把我们围住,有的七八岁,有的十二三岁。路易斯代表我们说话,向他们问好,告诉他们,我们是骑摩托车的外国人。

当班老师矮小、黑皮肤,她过来向我们问好,介绍了学校情况,学校的孩子们都住在高山上,他们的父母种可可、咖啡。学校有十七名学生,分成五个年级,班主任五名,体育老师、音乐教师各一名。学校在高山上,学生们照样穿校服、升国旗、学习规定课程、参加全国统考,毕业后下山读初中、高中、大学,学习成绩超过山下的学生。山上的老师尽职,学生也很努力。

"我们有排球队、足球队、棒球队,山里孩子体格好,比赛也不输给山下孩子。"老师说,"我们还有乐队,有吉他手、击鼓手等。"

"瓜乐是不是葫芦瓜?"我问。

---

① 姜花又名蝴蝶姜、白蝴蝶花,原产热带,是古巴和尼加拉瓜的国花。

山上的孩子

"椰子、葫芦、南瓜、丝瓜都能当瓜乐,晒干就是了。"老师说。

我们拿出了礼物,每个孩子都得到了糖果、铅笔、本子,他们把财产握在手心,咧开小嘴傻笑。我走过去,抱起一个戴蓝领巾的女孩,她只有七岁,小女孩注视了我一会儿,突然"叭叭"地亲吻我的脸,我也亲吻了她,古巴式的见面礼,我早已学会了。

作者和医学院学生

老师让孩子们站成两排,起了个音,孩子们又唱起歌来,他们咿呀呀唱,整齐欢快,老师摇着摇铃,是一对晒干了的葫芦果。孩子们唱了五首歌,最后一首是国歌《巴亚莫颂》。唱国歌时,他们十分自然地举起了右臂,行少先队队礼,直到国歌唱完,才把手臂放了下来。看着他们的小脸,我想到了纳米比亚的孩子,他们生活在沙漠,沙漠上什么都没有,只有布须蔓草、芦苇,他们的教室用芦苇搭建,他们吃不到白米饭,吃不到糖果,他们见到我们,也为我们唱国歌。生长在贫瘠中的人,尤其是孩子,总是快快乐乐,甚至不知道什么是贫穷，因为没品尝过富裕，没有参照物，他们保持了原始的满足和快乐，这当然不是好事，但也不算太坏，他们一无所有，却真实地拥有快乐这件财富；富人无所不有，时常品尝痛苦和失落。这是一种公平合理的安排。

孩子们唱完歌，老师放他们去空地活动，女孩子跳绳，男孩子踢足球，他们踢得极小心，还是一次次把球踢下了山岗，男孩子抢着下去捡球，我总觉得他们是故意把球踢飞，趁机玩一会儿。

山路上来了一辆马车，马儿"嘚嘚"走到教室前，孩子们排好了队。每个孩子领到一个饭盒，里面有烤鸡肉、黑豆、炸香蕉片、咸豇豆、面包。

老师告诉我们，每天的午餐不一样，昨天吃夹肉三明治，今天吃烤鸡，明天吃木薯炖猪肉，上午加餐有鸡蛋牛奶，下午点心有巧克力，全部免费。

"放学怎么走?"我问。

"放学校车来接，一个一个送到家。"老师说。校车就是指马车了。

"校车费谁出?"我再问。

"国家出。古巴孩子读书吃饭穿衣坐马车不花一分钱。"老师一口气说。

这样的话我听过多次，也一次次证实了，古巴确实如此，孩子从幼儿园到大学，自己不花一分钱，由国家负责到底。古巴穷，没穷到孩子，山上的孩子也没穷到，了不起。

我对古巴孩子的了解浅显，浮光掠影，但比没到过古巴、没走近孩子的人稍微深入一些，我的真实感受如下：

古巴教育严肃而严谨，教育为强国之道，他们这样想也这样做了。

古巴教育全面而细致，没让一个孩子落单，并赋予他们实实在在的帮助。

古巴老师兢兢业业，他们工资低、收入少，他们没有因此少给孩子知识、少给孩子爱。

古巴的教育理念到位，硬件太落后，这也是现实。想全面赶超发达国家，古巴需要时间和钱。

古巴孩子修养好、素质高、有礼有节，具有较高的智商、情商、创造力，加上自身的努力，孩子们向好、向上，也就水到渠成。

古巴孩子也有缺陷，缺陷很大，他们少有机会走出国门，甚至难以上网，事实上许多网络是被屏蔽的，他们没有信息来源，一生封闭在小岛，不知岛外事，也就孤陋寡闻，三观就有偏差。

以上，就是我看到的，您并不太知道的古巴孩子。

菲里普与大学毕业生

祝您长命一百二十岁

我想看古巴医院

网络上关于古巴医疗的数据令人瞠目结舌,我不得不把嘴巴咧成大大的O形。

我把数据抄了下来,揣在怀里,跑到了古巴,就像古巴教育一样,我得亲自考察一番,至少走进医院看一看,古巴人民是不是如此幸福,不然我会不放心,真的,很不放心。至于我为什么操这份心,说不清也道不明,人就是这样,喜欢做不明不白的事。公鸡为什么打鸣?它自己也不明白。

导游路易斯喜欢我,因为我是中国人,我对什么都感兴趣,什么都想看,什么都想摸,能吃的必须吃一口;哪怕一棵树一丛草,也会盯上半天,像好奇心十足的猫,爪子刨来刨去,鼻了一顿乱嗅。队友们可不是这样,他们问题少,对什么都视而不见,就爱骑摩托、喝甘蔗酒。因此路易斯喜欢我,喜欢得要哭,他认为中国人就是不一样,中国人对古巴就是有感情,他对我特别照顾,时不时请我吃小灶,如果有特别好的地方,他扬言只带上我。当然,只有我会跟着他跑,这也是真的。

路易斯有时也厌烦我,我的问题特别多,为什么,为什么,为什么呢? 刨根问底,锲而不舍,害得他连吃饭都不安生,他根本就不愿坐在我身边。这件事,第一天晚餐时就发生了。

那天,我拿出了皱巴巴的纸,就是那张抄着网传数据的纸。路易斯离我很远,我还是将这张纸,漂洋过海般递到他手上,隔着好几个人,问了他一堆问题,数据可靠吗? 是不是夸张了? 古巴真有那么多医院? 真有那么多医生? 真的看病不要钱? 病人和医生打架吗? 外国人真的跑来看病? 古巴人真的长寿? 等等。诸如此类。

路易斯正在啃鱼头,我的干扰差点儿害他被骨头卡住喉咙。

路易斯叹了口气,眯着眼看那张破纸,看完后扔给我,转转眼球说,林,我的中国朋友,这些数据从哪弄来的,老皇历了,古巴现在更好了,医生有十万,医院多了一百五十所,医学院有十五个,医疗水平更高了,外国学生跑来留学,外国总统跑来治病,美国人也跑来治病,因为古巴看病比美国便宜。古巴人看病分文不取,住院开刀也一样,吃饭睡觉不要钱,家属吃饭也不要钱,至于人均寿命,现在快到八十岁了,比美国高,比中国高,赶上日本了,一百二十岁的古巴人多了去了。古巴人长寿,不是住得好、吃得好、养得好,是医院好、医生好,哪里有古巴人哪里就有医院和医生。

"林,祝您长命一百二十岁!"路易斯友善地说,结束了冗长的演讲。

"一百岁够了,我们中国人说祝您长命百岁。"我谦虚地说。

"不,不,一百不够,必须一百二十,我祝各位都长命一百二十。"路易斯说。

"你还没回答我,医生和病人打架吗?"我追着他问。

"医生和病人为什么要打架？"他说，或者问。"我前年从摩托车上摔下来，摔断了三根骨头，住了两个半月医院，交了二十几个医生朋友，从没打过架。"他露出伤疤给我们看。

"路易斯，我想看看医院。"我提出了要求。

"可以呀，你会看到很多医院，古巴医院多得跟古巴红蟹似的。"路易斯说。

"我的意思，你能带我进医院看看吗？"我说。

"有什么好看的，医院里除了医生就是病人。"路易斯说。

"我想亲眼看看，古巴医院是不是你吹嘘得那么好。"我将了他一军。

"你生病了我一定带你去，可你现在没生病，不去。"路易斯断然地说，就像一个大法官，一票否认了我的提案。

得，得，不去就不去，我好好的干吗要生病。

一进医院

我们的摩托车旅行，起点是首都哈瓦那，然后向东行进。这一路上，我密切关注着医院。

经过我的不懈努力，我认识了医院标志，它是个木头牌子，画着红十字，白底红字，或蓝底红字。居民区多的地方，人多的地方，红十字也多，仿佛跟着人走，就像人的影子。出现红十字，说明附近有医院、有医生、有病人。古巴明文规定，医院附近不许喧哗、不许鸣笛，否则会受惩罚。这件事我也证实了，有医院的地方，车辆总是慢速通过，行人静悄悄，无人高声说话。只有拉车的马儿忍不住，脚步"嗒嗒"，显得格外的刺耳。

"医院附近鸣喇叭,处罚比闯红灯重!"路易斯警告骑手们。从此,骑手们看到红十字,哪怕没见到医院一鳞半爪,也会放慢速度,让摩托车轻轻滑过去。

在乡村区域,医院多半是社区医院、家庭医生诊所。家庭医生诊所驻扎居民区,与居民们打成一片。社区医院则在路边,通常规模不大,两层楼或三层楼,外观简陋,甚至有些破烂,但装饰挺有气势,飘着古巴国旗,画着英雄图片,种着几棵果树,果树下坐着候诊的病人,中间有穿白大褂的医护,医护和病人聊天,像是一家人,这样的情景,我只在古巴见到。

有时我们停车休息,边上正好是社区医院,我走过去,想看一眼罢了,医护人员就走了过来,问我哪儿不舒服,需要帮助吗,似乎只要我一点头,就会被拖上担架,插上管子。于是我拼命摇头。

古巴朋友告诉我,古巴医生多如牛毛,哪儿有人,哪儿就有医生,这事看来不是吹牛。

大医院、专科医院在城市,看上去极为气派,可以称为"医城",它们并非新建筑,而是利用了五百年的古董,比如宫殿、古堡、豪宅,罗马式、哥特式、巴洛克式及上百年的美式建筑。古巴人没钱造房子,就实行"拿来主义""修正主义",老建筑改成了博物馆、商场、医院。举例子如下:

著名的阿梅赫拉骨科医院,美式建筑,主楼二十四层,配套楼宇鳞次栉比,是一座浩瀚的"医城",建筑群包括了医院、医学院、医学研究所。美国有不少"医城",比如休斯敦医学中心,您得开着车游览,但相比阿梅赫拉骨科医院,前者显得小里小气,甚至捉襟见肘。

著名的西拉加西亚医院，欧式宫殿，是供外国人就诊的国际医院，也是一座"医城"，盘扎在海边，面临加勒比海，背靠城市，海城相连，景色迷人，如同绝妙的度假村。

著名的罗德里格斯整容医院，主楼、裙楼古典式，主色调天蓝，一片蓝色的楼房，宛如复制了一片天空，远远看去，给人虚幻的错觉，仿佛会走进天庭。接近了它，看到了花园、喷泉、雕塑、罗马柱、浮雕。正前方是银灰色台阶，台阶层层上升，人的眼光也层层上升，顶端是宫殿式大门，边上有罗马柱、雕像、浮雕……

如果没有红十字标记，谁都不会把这个建筑看成医院。

在罗德里格斯整容医院前方，我们停了下来，路易斯请我们下车，请大家看罗德里格斯医院，他说话时，眼睛看着我，我知道，他良心发现，这个安排是为了我。队友们对医院兴趣不大，他们喝水、聊天，只有我盯着医院看。路易斯对我说，罗德里格斯医院，五百年前是西班牙人的宫殿，是古巴十大建筑之一，古巴革命后，被卡斯特罗改成了整容院，为世界人民服务，不少总统到这里整过容。

一听是古巴十大建筑，我蠢蠢欲动，想冲破路易斯的阻拦，快步跑进医院，看几眼，看一眼也行。

就在这时，医院保安过来了，他身穿灰制服，腰间别着电警棍、对讲机，他严肃地与路易斯说话，用手指了指我们，我以为他要赶我们走，我们戴头盔、穿靴子、身上有气味，不比流浪狗体面。

没想到，保安说外面太热，如果我们愿意，请去医院大厅坐坐。

于是，我得到第一次走进古巴医院的机会。

保安带我们进了罗德里格斯整容医院，里面有中央空调，清凉舒适，灯光也明亮，灯下站着老当益壮的老爷钟，挂着欧洲油画，铺着柔软的红地毯，大厅正中有一圈藤制沙发，边上有咖啡机、书报架、点心盒、糖果盒、橙汁、椰奶。沙发上坐了几个女人，珠光宝气，应该是来整容的富婆，这种事穷人是干不成的。富婆们没理睬我们，只管自己玩手机。

这时，女护士走了过来，她是个白种人，英语流利，她告诉我们可以享受咖啡、点心、饮料，也可以随便参观一下。她手上是英语西语双语资料，她给每人发了一份，内容全部关于整容医院。这下我明白了，请我们进来的保安以及这个护士，认为我们是有钱人，是医院的潜在客户，想建立友好关系。我们也没客气，大张旗鼓地喝咖啡、吃点心、咀嚼糖果，一目十行地看资料。

我可不想浪费时间。我站了起来，以找厕所为理由，跑进了另一个大厅，这里是住院登记处，一位女病人正在办理入院手续。护士问我有什么需要，我说随便看一看。她点点头，指指一条过道。我向过道走去，感应门自动打开了，我到达了医生办公区，一扇扇房门开着，坐着穿白大褂的医生，他们挂着听筒，衣袋里插着很多笔，面对着电脑，表情有些寂寥，看见我就打招呼，似乎很想与我聊天。

我没有停下，继续向前，一道道感应门为我打开，我来到一个吓人的区域，房间里全是吓人的东西，氧气瓶、检测仪、手术床、床单、椅罩、台布全部是绿色的，门边站着一个护士，他身上的工作服也是绿色的，护士向我问好，我停了下来，问他这是什么房间，他说这是手术室。他指了指自己的鼻子，再指了指我的鼻子，吓得我抬腿就走。我的鼻子是中国鼻子，不想把它变成福尔摩斯式的鹰钩鼻。

　　走了几分钟,除了医生和护士,我没看见任何人,这一层楼很大,到处有拐角,到处有移动门,我已经绕昏头了,害怕把自己绕丢了,赶紧按原路返回。经过一个厕所,进去方便了一下。厕所不错,有薰衣草的香气,有智能马桶,有感应龙头,有好几种洗手液,有瀑布般倾泻而下的手纸。

　　回到了休息厅,菲利普说:"亲爱的,你总算回来了,我以为你走丢了,怎么样?"我说:"医院很好,厕所很好,没见什么病人,医生护士好像没事可做。"路易斯笑着说:"一楼专供参观,病人都在楼上,或在别的大楼。"原来是如此,我怎么没想到去二楼看看呢!

　　路易斯摸着下巴说:"林,医院看过了,现在满意了吧。"

医院

我摇着头说："不，不算，这是整容医院，富人医院，我要看普通人的医院。"

我强调了"普通人"，这个豪气冲云天的地方，几个普通人会来？种甘蔗的、种烟草的、种咖啡的、卖水果的、开民宿的……他们会来吗？修理鼻子的钱，他们得赚三生吧。有钱人修理鼻子，吃苦的是鼻子，鼻子如果可以选择，肯定不愿长在有钱人脸上。我永远不会折腾鼻子，丑就丑了，有钱不如搞点儿美食，鼻子还不会吃苦，还能闻菜米香。当然，这是穷人的思维。

我们离开医院时，保安一路相送，脸笑成一朵菊花，把我们送到了摩托车边。我们跨上摩托车后，发生了一个小小插曲，几个衣着寒酸的古巴人，直愣愣往医院走，被保安拦住了，挥着大手把他们赶走，像赶走讨厌的苍蝇。刚才和颜悦色的保安，现在完全是另一个模样。

二进医院

我想去普通医院看看，路易斯就是不带我去看，我一提这事他就问"你生病了吗"，还是不带升调。我盼望拉肚子、感冒、割破手指，只要我咳一声，见一点点血，我会呼天抢地要去医院。

但什么也没发生。我不生病，还好得不得了。我总是这样，坐公共汽车、坐飞机、坐火车，一定引发颈椎痛、头痛、腿痛，还使劲儿失眠，参加摩托车旅行，颈椎病没了，头痛病没了，失眠症也没了，胃口好得像猪，心情晴空万里，每天呼呼长肉，回家非得吃一个月黄瓜。菲里普肯定地说，亲爱的，你就死了坐"大巴"的心，你是坐摩托车的命，认命吧，跟我骑车去。

有一天,去医院的机会来了,机会不是路易斯给的,是队友米莉给的。

米莉的丈夫叫阿丹·尼格里奥尼,六十五岁,有帕金森病,手抖得厉害。那天,我们骑过几座木头桥,木桥破烂,到处有裂缝,摩托车一上去,桥发出了颤抖的声音,听上去像死神的呐喊,所有人紧张过度,过桥时直冒冷汗,阿丹也是如此。有一次过桥,他手一抖,轮胎卡进了裂缝,人车应声倒下,米莉被车轮压住,她发出的惨叫声,简直像杀猪一样。队友、当地人一齐上阵,抢救米莉,场面混乱,气氛悲壮,我差点儿哭了出来,不知米莉断了脖子还是断了腰。

还好,米莉只是伤了手腕、膝盖,流了不少血,她非常幸运,没被甩到河里去,河里没水也没鳄鱼,全是大石头。回到驻地后,米莉不能动了,手脚肿得像面粉团。我们住在乡下的民宿,没公交车,路易斯弄来了一辆马车,菲里普和阿丹把米莉弄上车,我也趁机跳上车。

马儿带着一车人,"嘚嘚"朝医院奔,米莉一路哼哼,我却像个坏人,暗中高兴。

医院到了,离驻地只有两千米,小小的社区医院,共有三层楼,外面看着简陋,里面还不错,很像个医院,散发着消毒水的气味,干净整洁。进去就是门诊室,二十几平方米,白墙、白冰箱、白床、白桌椅、白药柜、白地砖,还有一身白的值班医生。

值班医生正在吃晚饭,晚饭是红米饭加鸡肉,他看见我们,把饭碗往桌上一推,朝楼上吆喝了一声,只听一阵脚步声,下来了四五个人,阵容不小,他们把米莉弄到床上,值班医生负责检查,他英文很好,问了些司空见惯的问题,开始捏米莉的骨头,头骨、肩骨、肋骨、颈椎骨、脊椎骨、腰椎骨、骨盆、大腿骨、小腿骨、脚腕、脚趾……这套程序我全懂，我在非洲摔跟头时，医生就这样查的。

检查完毕，医护们把米莉弄到隔壁拍片。拍完片，值班医生请米莉坐下，对她说别担心，骨头没事，但有外皮伤，有软组织挫伤，需要休息，摩托车不能骑了。他为米莉包扎好，给了她一板止痛片、一卷纱布、一瓶药膏。"您可以回家了。"医生说。

阿丹和米莉谢了医生，问他要付多少钱。医生说，在古巴看病是免费的。米莉说，我是外国人，外国人也不收费吗。医生说，大医院会收点费用，社区医院不收，您不用放在心上。

二进医院

这时，一位护士端来一盘番石榴，请我们大家吃，她说这是从医院树上摘的，很甜。气氛极好，大家不再为米莉担心，我趁机问医生，楼上是做什么的，有没有住院部，有多少医护，有哪些科室。当班医生告诉我，一楼是门诊部，二楼住着护士，三楼住着医生，六个医生六个护士，管一万多人口，什么科都看，这是初级医院，没有住院部，住院得去大医院。

值班医生叫贝尔，眉清目秀的小伙子，看样子像混血儿。他来社区医院不到半年，之前是家庭医生,古巴政府规定,医大毕业生,从家庭医生做起,他做了三年家庭医生,家庭医生很忙,每天要家访,要送病人出来看病,像个小保姆,但能积累经验,还能交朋友。

贝尔听说我是中国人,问我:"请问,您懂草药吗?"

我说:"不懂,知道一点点,中国草药厉害,有几千年的历史。"

贝尔羡慕地说:"我想去中国学习,古巴药品不够用,需要中国的针灸学和草药学。"

接着,贝尔打听我们的旅行计划,菲里普告诉了他,我们骑着摩托车,从西向东穿越古巴。贝尔问,这样的旅行花多少钱。菲里普说,一对夫妻一万五千美元。贝尔瞪大了眼睛,似乎难以相信,他说古巴医生一个月才三十五美元,一万五得挣多少年呀。

我们问贝尔医生,想过转行吗。贝尔摇头说,你们知道切·格瓦拉吧?他是大英雄,也是著名医生,我从小崇拜格瓦拉,格瓦拉是我的偶像,是我灵魂的引路人,我学医是为了成为格瓦拉,当个好医生,钱多钱少没关系,只要被人需要,我愿奉献一生,无怨无悔。说完这些,贝尔有些孩子气地解开白大褂,里面是件红色体恤,有格瓦拉的头像。

诸如此类的话,换了别人说,我嗤之以鼻,但我愿意相信贝尔,他的表情是真切的,他的想法是纯洁的,而且他正在做救死扶伤的事,这与鼻孔朝天夸夸其谈不一样。我想到了雷锋,雷锋也说了很多这样的话,我也愿意相信,雷锋是纯真的,他在纯真的年纪说纯真的话做纯真的事,没有主观的虚假。

我们正聊着天,社区诊所涌进一群人,送来一个从树上摔下来的男孩。医生护士再次刮台风似的聚到了病人面前。上帝保佑,小孩无大事,我们离开时了解到这一点,十分欣慰。

三进医院

之后,我获得了第三次进医院的机会。

准确地说,不是进医院,而是成功地住进了医院。您别紧张,是住进了家庭医生开的民宿。

请我们"住院"这件事,估计是路易斯的精心安排,他知道我疯了似的想看医院,干脆把我们送进家庭医生家里。感谢路易斯,现在可以看个够了。

家庭医生诊所与民房没两样,方方正正,红红蓝蓝,门口的红十字标志,显示了诊所身份。医生一家住地下室,一楼是门诊室兼厨房,二楼开了民宿,客房是一个小套间,墙纸和地砖破了,但干净明亮,挂着中国的美的空调,卫生间没洗漱用品,卫生纸倒是有的。屋顶放着桌椅,可以观景、吃饭、喝咖啡、喝甘蔗酒。我早就说过,开民宿的古巴人,一定会把房顶开发出来,建一个房顶王国。

我们的房东,或者说我们的医生,他名叫杰沃卡里拉,六十几岁,做了二十五年家庭医生。杰沃卡里拉医生的哥哥妹妹也是医生,哥哥在委内瑞拉,妹妹在肯尼亚,都是援外医疗队队员,每个月能挣七十美元,比杰沃卡里拉医生的收入多一倍。杰沃卡里拉不眼红,"大家都出去好了,我为古巴人民服务!"他高风亮节地表示。杰沃卡里拉医生也不想去大城市,舍不得这幢老房子,老房子不大也陈旧,好歹是国家发的,完全能过日子,开了民宿后,他比哥哥妹妹挣得还多呢。

因此,杰沃卡里拉哪里也不想去,决定做一辈子家庭医生。

"人民需要我,不是吗?"杰沃卡里拉高尚地说。

我嘿嘿地笑。我碰到了一个思想境界高、赚钱头脑灵活、擅长说大话并且发了点儿小财的医生。

他不是穷人,但我还是送给他的老婆从宾馆拿来的洗发水、肥皂、浴帽。他们收了我礼物,我就变得气壮山河,要求杰沃卡里拉医生带我去家访。我做好了被拒绝的心理准备,但杰沃卡里拉一口答应,还显得兴高采烈。他说他常干这事,带着房客一起家访,有时带一窝,像个带小鸡的老母鸡。杰沃卡里拉的话让我放声大笑,这人爱说大话,也会说笑话。

傍晚,杰沃卡里拉医生穿上白大褂,背上小药箱,一转眼变成了货真价实的医生。

在那个短短的黄昏,我们一口气走访了三户人家。

第一户是大家庭,家里有十几个人,其中有四个老人,年纪都超过了九十,最老的一百零三岁,老人们与晚辈们的关系,打破我的头也搞不清。杰沃卡里拉医生进屋后,一改嬉皮笑脸的表情,脸拉了下来,不再理睬我,开始了伟大的家访程序。他挨个为老人听心脏、量血压、摸腹部,问他们一些话,声音震耳欲聋,除了老人听不见,别人都在捂耳朵。其间,过来一个中年女人,请我吃炸香蕉,我送了她一包肥皂、一把小梳子,也是从宾馆顺手拿来的。我还送了老人们苏打饼干。

杰沃卡里拉医生的家访,进行了一小时零八分钟。临别时,四位老人轮流亲吻我,说了很多体己的话,说话声也是震耳欲聋。看得出来,他们喜欢杰沃卡里拉医生,拉住他不让走,往他嘴里喂东西,我也受了好处,塞了一肚子炸香蕉片。

第二户人家，是一对年轻夫妻，女的怀孕八个月，肚子像个花皮西瓜，杰沃卡里拉医生就是冲着她来的，他为她做常规检查，听了胎心，量了血压，翻看了孕妇日记，边看边用红笔画，一会儿摇头一会儿点头，像个装神弄鬼的小学老师。检查完孕妇，杰沃卡里拉医生去了厨房，拉开冰箱门，头探进去，像只猎犬似的抽动鼻子，闻出一个发臭的木瓜，一把发酵的菠菜，他把它们扔了，随后对孕妇的丈夫大发雷霆，又是警告又恐吓，似乎很想揍他一顿。年轻男人点头哈腰，哪敢还嘴。

　　我的老天爷呀，这位医生是不是管得太多了，还是在我面前作秀呢？

　　第三户人家，有个肌肉拉伤的男孩，踢足球拉伤的。杰沃卡里拉医生为小孩按摩，扶他起来走路，逼着他做康复运动，小孩懒得要命，喊叫着抗议，杰沃卡里拉医生不生气，也不许小孩停下，他还亲自给孩子做示范，撅屁股踢腿，像只笨重的老熊，小孩乐得咯咯笑。

　　我一边看着，也跟着做动作，小孩母亲端来一碗紫番薯，我吃了半个，实在吃不下了。我掏出一把大白兔奶糖，送给那个劳苦功高的小孩。

　　从小孩家里出来，杰沃卡里拉脱了白大褂，里面是一件汗衫，全是破洞，已被汗水浸湿。我问医生，他得管多少人家，他说管一百多户，五六百号人。

　　"您一个人管？"我问。

　　"不，还有一个医生、五个护士。"他说。

　　"天天这样子家访？"我话中有话，我还是认为他是在作秀。

　　"是，天天。上午门诊，下午和晚上家访，一天差不多走十几户。"

"老天爷呀,你这样走也没走瘦。"我还是话中有话。

杰沃卡里拉医生笑笑,抖动身上的肥肉,他开始教训我。他说,什么是家庭医生,家庭医生就得进家庭,就得检查家庭情况,饮食和卫生,大便和小便,都得查;什么是家庭医生,家庭医生就得管人,管住孕妇,保证胎儿健康,胎儿出了事,政府会拿家庭医生是问;还要管住高龄老人,保证他们不生病,有病马上治,治不了马上送大医院,老人出了事,政府也拿家庭医生是问,打造长寿国,得管住两头,一头是孩子,一头是老人,"两头"的责任人是家庭医生。

"如果不小心死了胎儿,或死了老人呢?"我战战兢兢地问。

"革职、罚款、坐牢,都有可能。"他说。

"免不了会死人啊,这可不关家庭医生的事。"我说。

"关医生的事啊,家庭医生没监视好,家访不够,该罚。"他说。

"我的妈啊,谁还敢做家庭医生。"我皱着眉头说。

"我敢啊。"他抑扬顿挫地说,"所以我每天家访、家访、家访!"

他告诉我,为了抢救孕妇或老人,他常常豁出去,宁愿自己死也不让他们死,有一回情况紧急,他亲自为孕妇输血,差点儿把自己给弄死了。

看着这个狂人,我有点儿相信了,他家访好像不是作秀,家访这件事,关系到人命,关系到国策,关系到他的饭碗,他哪敢作秀。

家访后的第二天,杰沃卡里拉医生带我去了后院,后院没有果树,有一大片花草,草叶上挂着小牌子。杰沃卡里拉说,这些都是草药,可以治病、疗伤,他向中国医生学的。

"您懂草药吗?"他问我,和那个叫贝尔的医生问得一样。

也许古巴人认为中国人都得懂草药,就像美国人认为中国人都得会武功,不然就是假冒伪劣。我还真知道一点儿草药,受教于大舅舅贺贤章。我大舅自学中医,帮助自己,也帮助父老乡亲。我读小学时去大舅家过暑假,他一定会带上我,还有我的表妹一云,进山采草药,我因此认得了几种草药。大舅说,流血不止时,除了毒草、苦草,所有草叶都能止血,嚼一嚼、敷上去。后来我试过,确实有用,草叶和人体一样,具有凝血功能。我大舅有智慧、有勇、有德,我爱戴他,就像爱戴我的父亲。

杰沃卡里拉医生的诊所,我们住了两晚,第三天匆匆离开了。

杰沃卡里拉医生是个好人,是个好医生,我衷心祝愿他,工作永不出错,管辖区的孕妇、老人安好,他的小日子惬意,好好保住医生的饭碗,不要提前累死。

实话实说,杰沃卡里拉医生责任大、很辛苦。或者说,医生们都这样。

延伸开来说,我们应该保护医生。把医生当成天使、当成保护神,是一种态度罢了,可不能来真的,不能真的把医生当神仙使唤,医生有血有肉,靠吃饭睡觉活着,医生也会病也会死,医生的命也是命,这件事大部分人同意,也有人不同意,他们不把医生当人,医生得像神仙一样有本事,他们对医生口出狂言。幸亏这样的人少,如果这样的人多,真的把医生打倒了,吃亏的还是自己,道理很清楚,当你病了,需要救治了,什么精神、理想、信仰一律救不了你。

四进医院

有一天,我们骑到了大城市卡马圭①,住到阿格拉蒙特酒店。

傍晚时分,路易斯把我们带出酒店,请我们坐上了人力三轮车,组成车队,在老城区转圈。和所有古巴名城一样,卡马圭也是欧式城市,宫殿、教堂、民房、雕塑、石子路,是这个城市的主体。如果没有马车、三轮车、棕色皮肤的当地人,您会以为到了欧洲某地。这就是古巴,古巴是一条具有欧洲基因、欧洲血统的加勒比海的鳄鱼。

三轮车转到了圣母马利亚大街,我们在这里停下,前面有一座淡绿色建筑,前廊有一排罗马柱,所有门窗都是圆拱形,墙面有白色浮雕。建筑前方有红十字标志,还有一块字牌,写着"综合医院"。

路易斯说,这所医院不是卡马圭最大的医院,却是最有历史的医院,四百年前,它是西班牙贵族的宫殿,周边的房子,住着为宫殿服务的平民。大家把目光转向周围,看到了一群民房、教堂、学校,都是欧式建筑,不如宫殿派头大,却一样结实、华美,有古典气质。

第二天吃完早餐,我拉着菲里普出了宾馆,看早上的街景。

这个时候,孩子们上学、大人们上班,街道塞满了自行车、三

---

① 卡马圭是古巴卡马圭省的首府,位于中部,建城于1515年,著名古城,被确定为人类文化遗产。

轮车、马车。有人穿着白色套装，步履匆匆，他们是医生或护士。我前文提过，这是规定，医学院学生、医护人员，上班得穿白制服，就像穿校服的孩子，便于人们辨认。这点与中国不同，中国医生上岗才穿白大褂。

看到人群中的白衣人，我可高兴了，立刻跟了上去，现在我是福尔摩斯，菲里普是我的助手华生，我们要追踪目标，混进某个医院，做一番侦察和探究。

"你还想看医院？"菲里普跟着我走，他识破了我的意图。

"你不是感冒了吗？我们去看医生。"我说。

"我好了，我不要看医生……"菲里普嘀咕着，我已迈步走了，他只好紧紧跟随，他不敢不跟，万一我走丢了，他可没法向我妈交代。

被我们跟踪的白衣人，有的进了牙医诊所，有的进了妇女医院，有的进了儿童医院。有一次，我们混进了妇女医院，被人拦住了，她客客气气问我有什么事，我指指菲里普，说他喉咙疼，于是我们被轰了出来。儿童诊所的遭遇也一样，我们混了进去，差不多成功了，都听到孩子打针的号叫声了，突然出来一个保安，客客气气把我们送走了，还送了我们一张地图，他以为我们迷路了。

我们拿着那张地图，走到那座宫殿前，就是前一天看到的综合医院。

我大起胆子，押着菲里普走进去，把他当作我的人肉盾牌。

医院大厅有张桌子，铺着白纸，坐着个胖胖的女护士。她叫住了我们，问了些什么，我一个劲点头，点头肯定比摇头好。果然，她递来一张表格，请我们登记姓名、到达时间、联系方式。我让我的人肉盾牌上前，他老老实实填了表格，护士又问什么，估计是问看什么科,我指指菲里普喉咙,还鹦鹉学舌般咳了两下,胖护士明白了,给了我们一张纸片,上面有个号码,二十八号。她指指一把长椅,请我们坐下来等。

我放下心来,没人赶我们,菲里普成了病人,名正言顺的。

我们的号前还有二十几位,我们没有耐心等,动身逛医院,医院内部是个大天井,天井里有几棵高高的椰子树,天井呈圆弧形,周边有一圈圆弧形的大楼,大楼伸向天空,围出一片圆形的天空,那块天湛蓝、明亮,快乐地反射着晨光,晨光落在椰子树上,椰子树向地面投下剪影,正好落在我身上,我顺着椰子树往上看,看到了梭形的金色椰果,挂在三楼的走廊前,似乎一伸手就能摘到。

天井中央有个玻璃橱窗,贴满了彩色照片,全是嘴巴瘪瘪的老人,一个个张着没牙的嘴,笑得跟孩子一样,照片下方有文字说明,英语西班牙语对照,写着他们的名字、年纪,他们大都一百多岁,原来,这是卡马圭市民长寿排行榜。一百二十岁,是古巴努力打造的平均寿命,但排行榜没有一百二十岁的老人。看来,活到一百二十岁,不是轻而易举的事。

我觉得十分有趣,医院里放长寿排行榜,给医生压力,给病人鼓励,正能量满满。

我们离开天井,走进了门诊大楼,顺着各个诊室走。门诊室面积都不小,差不多都有一百多平方米,坐着一个医生、一个病人,显得空空荡荡。里面没有空调,门窗大开,让空气对流,窗外是来来往往的人和车,安安静静,没有喧器。门诊室门口,站着叫号的护士,边上长椅上坐着候诊者,他们也极为安静,男人在发呆,女人在织毛衣,很多人脚边放着菜篮子。我们轻轻走过,候诊的人抬头看我们,盯着菲里普的胡子辫,有人捂着嘴笑。我们走

四进医院

进了卫生间,里面有抽水马桶,却抽不出水,马桶脏得仿佛一万年没人清理,水龙头也没水,水管暴露在空中,摇摇欲坠。地面湿而脏。没看到纸巾和洗手液的踪影。古巴医院多、医生多,细节上有瑕疵,这,是不是路易斯不想让我走进医院的原因?

总之,我们走进了卫生间,又马上退了出来。

回到我们最初的登记处,那个胖护士正在满世界找我们,轮到二十八号了。

胖护士带我们进了一间房,里面坐着一名矮胖的医生,脸方方正正,肤色暗沉,说一口流利的英语,对我们热情有加。医生请我们坐下,温和地问:"哪位不舒服?"我手指菲里普,说:"他,感冒,发烧。"这事是真的,我没有编,但事情发生在前几天。

"验个血好不好?"医生更加和气地问。

"不不不,我好了,不发烧了。"菲里普摸了摸额头,那儿全是汗。菲里普一不怕苦、二不怕死,就是怕打针,因为怕针头,连带怕黄蜂、怕仙人掌、怕荆棘等尖锐的东西。

医生笑笑,为菲里普量了血压、听了心脏,检查了耳朵、鼻子,请他张开嘴巴啊啊几声。

医生说:"先生,您有轻微的咽喉炎和鼻炎,我开个药方,你们到对面的药店拿药。"医生还说,卡马圭早晚温差大,外国人不太适应,不要贪凉,少用空调,多呼吸自然空气,多吃水果,有机会到海边走走,用海水洗洗鼻子,海水好处可大了。

我们连连点头。我喜欢这个医生,他和杰沃卡里拉医生一样,是个好心肠好医生。

我们拿着药方离开了医院,根本就没有去取药,药是免费的,我们绝对不能要,这是古巴人的资源。

到此为止,我去了四家医院,仅此四家,无法归纳古巴医院,无法证实所有数据,但我的见闻,都是真实的存在,从某种意义上,它们能够以偏概全、以点带面,反映古巴医院的大概面貌,有如一叶知秋、一孔见光、一滴水见大海。

古巴人钱不多,许多医院硬件差,甚至陈旧破烂,但应该承认,古巴有很多医院、很多医生,多得像古巴的棕榈。棕榈是古巴人的精神图腾,医生是他们的生命支柱,古巴人为此幸福、骄傲。他们虽穷,却不比别人活得短,甚至活得更长,有什么比这更好呢?

不要说来日方长,来日并不方长。不要说尽享天伦,天伦是有时差的,每个人孤独地来、孤独地走,留不住天伦,也留不住自己,脚步匆匆,把生让给死,就如白天让给黑夜。怎么办,唯一的办法是多活几年,不要羡慕别人富有,多活一岁、十岁,那才叫富有,那才叫成功。

总之,我为古巴人高兴,为他们加油,祝他们人人活到一百二十岁。同样也祝您、祝我,我们一起活到一百二十岁。长命一百二十岁并不难,您去古巴吧,享受那儿的医院,买几亩山地,种烟草、咖啡、甘蔗……

哎,这样的话菲里普天天说,我怎么也说了呢。

古巴大蜘蛛

迷人的一日三餐

民间的早餐

到了古巴,我向导游路易斯打听,古巴有什么好吃的,我非得学习学习,我有一个活到老吃到老、"吃"无止境的胃袋。路易斯告诉我,古巴有烟草、甘蔗酒、咖啡、龙虾,它们是古巴的四大天王。

我对烟草敬而远之,对甘蔗酒浅尝辄止,对咖啡是叶公好龙的态度。

龙虾?龙虾没问题,我们之间没有矛盾,我与龙虾一拍即合,甚至可以相濡以沫。事实上,在古巴的三十天,我们夫妻俩并肩吃了二十九只龙虾,为什么没吃掉六十只?那是后话。

好,先说早餐。

我们一会儿住宾馆,一会儿住民宿,一会儿住度假村。不管住哪儿,早餐都在家里吃,古巴有欧洲基因,早餐也是全盘欧化,硬面包、干奶酪、火腿片、流黄蛋、黄瓜番茄沙拉水果拼盘,是我们一日之计在于晨的开章篇,想知道欧洲人早餐吃什么,去古巴就知道了。我有一个中国胃,对于这样的早餐,只能礼节性服从,面

民宿早餐

包奶酪吃厌了就吃水果，水果的主角是番石榴，番石榴片、番石榴蜜、番石榴馅饼、番石榴蛋糕、番石榴派，举一反三的番石榴，成了"桌霸"，跑进我的胃袋称王。番石榴吃多了，人气色不错，人脸就像切开的粉色的番石榴，但是……能不能换个花样？

如果住国宾馆，早餐大量供应鸡蛋，煎的炒的煮的，就怕吃不死你。如果住民宿，想吃鸡蛋得向主人打申请报告，我没瞎说，您不打报告，鸡蛋不会像蛤蟆一样蹦过来。我在前文写了，古巴人吃鸡蛋要有蛋票，有蛋票五比索可买一个，蛋票用光得去黑市，黑市的蛋价涨十几倍。于是善良的我向自己下命令：住民宿不吃蛋，吃蛋只吃国宾馆，国家的蛋可以狠狠吃。

开头那几天，我和菲里普是安心的，老老实实吃早餐，不迟到不早退，盘中餐一扫而光，像两头不会挑食的猪。几天之后，我确定了一个残酷事实:不管住哪儿,不管主人是西班牙后裔、法国后裔还是如假包换的本地人,早餐内容不变,表情、五官、身材都不变,就像T型台上的模特儿们,走来走去像是一个人。比如那盘沙拉,永远装着黄瓜番茄,它们永远切得薄而圆,互相交错相叠,如同奥运五环圈。还有那些番石榴……唉,番石榴,番石榴,我提都不想提了。我没事,我不挑剔,很不挑剔,但我的胃袋不行,它得了番石榴抑郁症,看到番石榴就想吐,这没用的东西。

　　某天早上,我的胃袋起义了,它不吃也不喝,可怜的它得了厌食症。早餐刚开始,我就伙同菲里普,从后门逃出了驻地,逃出去吃早餐。菲里普对老婆言听计从,特别是吃的事情,他相信老婆比他更有见解、更有奇思妙想,跟随老婆一定没错。

　　就这样,我们逃了出去,不敢逃远,一怕迷路,二怕时间不够,早餐时间只有一小时,吃完了就集合,集合时点人头,路易斯最恨有人不答应,打乱他一天的计划,"一只蝴蝶影响了全球气候,我要把那只蝴蝶钉到墙上。"他总是这样警告。他的意思很明白,谁胆敢破坏他的计划,谁就是那只倒霉的蝴蝶。至于计划是什么,他从不透露,我怀疑他根本没有计划,只是拿"计划"提高他的威望。当导游的总是这样。

　　我和菲里普"两只蝴蝶"成功出逃,在街上找到了早餐,我们和胃一起狂欢,吃了一大坨好东西,"两只蝴蝶"飞回了驻地,离出发还剩三分钟,路易斯正在点人头,他横眉怒对,恨不得把我们钉在墙上,队友们也批判我们,说我们是吃脏食的野猫。

　　第二天早上,我们逃离早餐桌时,屁股后面跟了一串队友,他们的背叛,让早餐厅只留下两人:领队比尔、导游路易斯。他们像丢了卒的将军,魂不守舍。

以后的日子，逃跑事件天天发生，比尔和路易斯闭嘴了，只要我们不迟到，他们还挺高兴，我们为他们省了一大笔早餐费，他们哪能不笑。所以说，任何事谁是真正的赢家，还真的难说。

对于外面的早餐，请听我简单描述，这样的描述您在网上找不到，直播间看不到，只能从这里读到，或者亲自去古巴体验。这事我可以打包票。

先说说早餐的地点。

每个社区有早餐店，这是一定的，它们站在居民密集处，供应夹心面包、火腿三明治、鸡蛋饼。面包和鸡蛋是现烤的，香味儿有冲击力，你的胃袋嗅个不停，它有一枚灵敏的鼻子。不幸的是，面包、蛋按量收票，没票的人请把口水收回去，哪怕你饿倒在面包面前，也得不到一点儿面包屑。

我们绕过社区早餐店，跑向街角、墙根、路口，这种地方散布着小贩，他们面前有平板车、三轮车、自行车，车上架着小炭炉，炭炉上架着小煎锅，火烧了起来，早餐店就开张了，煎烤的香气当空飞舞，引来了饥饿的觅食者。因此，这种地方总是排着长队，长得像日本的长尾鸡。不瞒您说，我们常在这种地方停留，一边排队，一边看时间，生怕迟到了被路易斯钉到墙上。

吃早餐还有一个绝妙的地方，就是居民的窗台、门槛、花架，这些地方刷干净，铺上桌布，摆上早餐样品、价格表，早餐店就开张了。吃客很多，而且不排队，想吃东西靠力气。于是窗台上全是人脸，花架上全是人手，门槛上全是人头，我称这样的地方"时代广场"。

我爱去"时代广场"，我没力气挤，派菲里普当先锋，他先挤进去，再把我从人缝中拖进去，我成功穿越。主人问我想吃什么，我指指样品，他转身向后吼，就有人把早餐端到窗台上或门槛上，如果我恰巧站在门槛前。"时代广场"的主人挺好，如果我不要找零头，他们会给我多加一勺料，我去厨房张望或借厕所用，他们不会拒绝，还和我们聊天，听说我是如假包换的中国人，他们会再加一勺料。

总之，古巴的小城小镇，吃早餐的地方不少，如果您愿意寻找，我不再一一描述。我想您一定急了，想知道我们吃了什么。

我们吃到一种面包片，叫"曼蜜苹果面包片"，西班牙语是"Pan de frutas"，曼蜜苹果打成糊，与碎面包、碎火腿调匀，抹到面包片上，用平底锅煎炸，金黄时起锅，洒上"Sofrito"，这是著名的古巴香料，相当于中国的五香粉。吃曼蜜苹果面包片，配上一杯曼蜜苹果汁。面包片是平头百姓，与浪漫的曼蜜苹果结合，就变得风流倜傥。我喜欢那杯曼蜜苹果汁，我的老天爷，我可以再来十杯。

这份早餐三美元。

我们吃到了腰果香蕉饼，西班牙语是"Tarta de anacardos y plátano"，熟芭蕉、面粉、鸡蛋打成糊，与打碎的腰果拌成糊糊备用。平底锅煎芭蕉，煎到表面松脆，倒入上述糊糊，继续煎，煎出混合型香气，轻轻压扁，浇一层甘蔗糖浆，裹进一张小面饼，这就是腰果香蕉饼，我审视了它的制作过程，总结出一句话：成功的婚姻就是腰果与香蕉结合，然后认真煎一煎。

这份早餐两美元五十美分。

我们吃到了古巴狮子头，西班牙语是"fritura albóndigas"，狮子头挺逗人，你还没吃就会乐，因此它也叫"可乐球"。"可乐球"有两种，一种是"肉狮子"，碎香肠、碎火腿、碎鸡肉，捏成圆球沾面包屑，炸成金灿灿的"金毛狮"，吃的时候蘸奶油，配椰子汁。另一种是"素狮子"，主角是玉米粉、胡椒粉，炸成金灿灿的假狮子头，配番茄汁吃。两种狮子头都受欢迎，假的比真的风头更旺，一出锅就被抢光，像被飓风刮跑了一样，为什么呢，一方面是便宜，玉米狮子头十美分一颗，肉狮子头七美元一颗，差价可大了，还有个原因，游客来自有肉吃的国家，荤的吃厌了想吃素的，他们看到玉米球，个个下手狠毒。我就碰到这样的人，我排了半天队，眼看轮到我了，前面的游客掳走了"素狮子"，一个也没给我剩，瞧他那旗开得胜的样子，真不知道他要喂多少饿狼。

　　"百香玉米"也不错，西班牙语是"Corn on the cob"，玉米棒先用炭火烤，配料们等在一边，它们是奶酪粉、胡椒粉、辣椒粉、柠檬汁……多少种我说不全。玉米烤熟了，散发出香味，厨师开始撒配料，一层一层，直到玉米被淹没，"百香玉米"才交货。吃"百香

玉米"时,一手拿玉米,一手拿甘蔗条,左右开弓,这时最怕被人撞一下,那会很不幸,我就是这样不幸,我正在啃玉米,被人狠狠撞了一下,人没摔倒,玉米贴了我一脸,脸上沾了一层"百香"粉。菲里普帮我舔脸,他边舔边说,味道好极了,不能浪费了。哎,别人不知道,还以为我们干吗呢,光天化日之下。

我们还吃到了血肠豆汤,浓厚得如化不开的情怀。血肠豆汤,西班牙语是"Morcilla Sopa de frijoles",材料有古巴的血肠、西班牙的扁豆、阿拉伯的鹰嘴豆、非洲的大黑豆、拉美的红芸豆、中国的小黄豆,很多很多的豆来自世界各地,仿佛要开联合国会议。豆子们到齐后,与血肠先生拜堂结亲,共进汤锅,熬上一整夜,熬出了爱的结晶——血肠豆汤。一大早,厨师盛出了豆汤,一杯一杯摆门槛上、窗台上,一美元一杯,如果想配上炸香蕉,再加二十美分。

有一天,我吃到了油条,西班牙语是"España churro",意思是西班牙油条。厨师把面团搓得很长,奋力卷起来,卷得像过冬的蛇,这才丢进油锅,油条浮起时,圆圆的一大圈,金光闪闪,冒着泡沫,厨师捞起油条,切成一段段,装盘、撒白糖,十美分一段。

我挺纳闷,反正是一段段卖,干吗不一段段炸呢,就像中国油条。

油条是我的爱,我每次回杭州,长途跋涉总会要我的命,必须吃油条续命。那天看到西班牙油条,我马上排队,垂涎欲滴。不幸的是,就像买狮子头,前面那位把油条统统买走,留下一个空篮子给我。真是不像话。我差点儿就骂了出来,抢什么不好,抢我的油条!我坚守阵地,后来吃到了油条,但归队时迟到了,路易斯没骂我,骂了菲里普,他对女士还是比较宽容的。

除了上面这些,我们还吃过印度百果饼(picadillo)、法国纸蛋糕(pastelitose)、西班牙炸饺子(Empanadillas)、美国蜂蜜泡芙(Ho-jaldre de miel)、俄罗斯鸡蛋布丁(Budín de huevo)、非洲米布丁(Arroz Pudín)、中国肉夹馍。吃到中国的肉夹馍，我得意非凡，逢人就推荐，仿佛那是我的手艺。我还把肉夹馍带回驻地，分给路易斯吃，他边吃边泼我冷水，说这是古巴肉夹馍，不是中国肉夹馍，取一个中国名字，是想多赚钱罢了，差点儿把我气死了。

那肉夹馍，到底是中国的还是古巴的，争论一直在进行，直到我们和路易斯分道扬镳，回了美国。

加油站的午餐

从驻地逃出去，吃了随心所欲的早餐，嘴巴和胃袋互相赞赏，快乐如风。

午餐就不同了，吃午餐哪能随心所欲，简直没一点儿自由。摩托车上路后，大家跟着路易斯瞎跑，他跑东我们不敢跑西，跑丢了自己倒霉。跑了半天，早饭消耗殆尽，胃袋像只放掉气的轮胎，前后贴在一起，讨食的咕噜声，从肚子的缝隙钻出，虽被引擎声盖住，路易斯还是听到了，他会良心发现，不忍心让摩托车挨饿，也不忍心让骑车人挨饿，出其不意做出决定，带我们去某处吃午餐，哪儿呢，一不是酒店，二不是景点，三不是美食街，是加油站！

加油站吃午餐，这个经历我在古巴获得，印象之深刻，就像打进墙里的钉子，钉在了我记忆中。

当然，去哪个加油站，路易斯会认真选择。整个古巴国汽油吃紧，一些加油站没油，便利店空着，只有厕所可以用，但没纸没水，得自力更生。路易斯为我们找到的加油站，实力相对雄厚，油量充足、厕纸充足，便利店产品丰盛，有小厨房、大冰柜、微波炉、烤箱、电磁炉、咖啡机、冰激凌机，放了几张餐桌，餐桌边站着厨师，我们坐下后，厨师递上冰水和菜单，请我们慢慢点餐。

小小的加油站，配备正儿八经的厨师，我们确实有些吃惊。路易斯吹嘘说，他们是国家级大厨，国家派他们到加油站，为游客烹制国宴，提振国威，这个岗位可重要了。

"看见没，他们的帽子有三十厘米高。"路易斯说。

是的，厨师们都戴高帽子，形状像倒放的白铁桶。高级厨师的帽子二十九点五厘米，中级厨师的二十五厘米，小厨师的十厘米，标准世界统一，这个知识我是从加油站学来的。

那么，加油站的国家级大厨，请我们吃了什么国宴呢？

我们吃过一个汉堡，名叫"古巴汉堡"，厨师说这是世上最好的汉堡。这说法我不赞同，某国某人某事加上"最"字，令人生疑，世上本无"最"。不过我承认一点，"古巴汉堡"有特点。平时我们吃汉堡，汉堡和薯条分开，一口汉堡一根薯条。而吃"古巴汉堡"，是把薯条和肉饼、生菜等一起夹进面包，咬一口五味杂陈，还"咔嚓咔嚓"作响。这样的汉堡，我在美国、欧洲、中国没吃过，称之为古巴独有的"国宴"，似乎没什么毛病。

我们还吃了"疯狂的破衣服"，一种三明治，也说是世界上最好，"最好"二字可疑，不过"疯狂的破衣服"着实疯狂，具有视觉和味觉冲击力，也是不可否认。"疯狂的破衣服"，十几样馅儿——牛肉片、鸡肉片、羊肉片、菠菜片、番茄片、黄瓜片、酸菜片、洋葱丝、牛油果……一股脑儿夹进面包，放到铁板上烤，烤得馅儿冒烟，仿佛灵魂出了壳，面包也焦头烂额，像被火烧破的衣服，厨师这才罢手，把三明治放上案板，切碎，撒上调料，"烧焦的衣服"成了"疯狂的破衣服"，装盘开吃。

"疯狂的破衣服"，看上去破破烂烂，其味其成分复杂，能让你想起错综复杂的十字军成员，梦想主义者、英雄主义者、国王、农民、投机商、乞丐、流氓，这一群乌合之众，走到半路作鸟兽散，哪能保卫耶路撒冷。

总之，我们吃着"疯狂的破衣服"，动作比较夸张，仿佛这样吃才对得起它的名字。这样的三明治，我只在古巴吃到，称之为古巴"国宴"，一点儿都没毛病。

除此以外，我们在加油站吃过咸鱼比萨、泡菜比萨、可可煎饼等，它们有身份、有名望、出自国家级大厨，当然算得上古巴"国宴"。

停车场的午餐

除了加油站，路易斯还带我们去停车场，在那儿吃午餐，这是出其不意的体验。

古巴的路边停车场，相当于车辆休息区，非常简单，一片粗犷的泥地，盖了几间粗犷的厕所，前来停靠的车，也都比较粗犷，如农用车、卡车、拖拉机、牛车、马车、骡车，晴天的停车场尘土飞扬，雨天泥浆泛滥，同时泛滥的还有牛粪马粪骡粪。这样的停车场，也是流浪狗的旅游胜地。

我吃惊的是，这样的停车场，没吓退过路车辆，还招揽了形形色色的小贩，他们天天来，而且是一拥而上，摆好大板车、三轮车、自行车、桌子、椅子，开始卖东西，卖衣帽、鞋袜、日用品、纪念品、糖果、糕点、盒饭……什么都卖，活活把"停车经济"弄成了"地摊经济"。

更让我吃惊的是,逛地摊的人也是一拥而上,除了各路司机,还有过路游客、附近居民、附近学生、附近打工者,其中居民人数最多,他们像是来春游,举家出动,一批又一批,手上大包小包,也不急于离开,找个地方坐下来,所谓"地方"就是泥土地,塑料布铺好,一堆人背靠背坐,吃东西、看车辆、喂流浪狗、观看歌舞表演。是的,停车场——或者说地摊——有表演呢,艺人们占领一个角落,各自为政、同时表演,奏自己的乐、唱自己的歌,绝不会被别的艺人带偏,这可需要本事啊,我就不行,我如果哼歌,别人必须住嘴,否则我马上被带偏,调儿跑到火星上。

我们摩托团进场时,基本没有空位了,摩托车见缝插针一样,停在卡车的缝里。

停好车,我们先奔简易厕所,厕所的景象,我就不描述了,我们闭眼进去,抿嘴出来,大出一口气,像是刚完成了潜泳。然后,路易斯带我们去吃"大锅菜",菜装在大锅里,一锅一个品种,如猪蹄锅、羊头锅、牛尾锅、鱼汤锅、玉米锅、豆角锅……

"全是古巴人的家常菜,你们在宾馆吃不到!"路易斯是这样动员的。

排队排半小时,才吃上了大锅菜。大锅菜热气足,几口下去人就冒汗;大锅菜味道古怪,古怪得让你眨眼睛、抽鼻子、咂嘴巴,具有探索的乐趣。大锅菜也十分便宜,五十美分一勺,一勺半磅重,我吃了三勺就吃不动了,菲里普能吃六勺,他什么都要尝一尝。

大锅菜区域,总是有人排队,队列像河流一样掐不断。周围的居民把这里当食堂,午餐晚餐在这儿吃,吃完还带回去。大锅菜卖完一锅再上一锅,烧菜的人忙得团团转,像一只陀螺。

停车场的午餐

我还发现了一件事，不管在哪个停车场，总有人在烤肥猪，仿佛烤肥猪是个经典项目，那只倒霉的大肥猪，至少三百磅重，前一天就被人放了血，运到了停车场，身体穿着一根粗铁棍，横在火炭上烤，火刑从午夜十二点开始，持续到第二天中午，这时停车场人最多，大肥猪被松了绑，放到了大板车上，全身黄澄澄，像包了一层金子，皮肤割裂之处，白花花的肥肉似花朵一样绽放。烤肥猪的周围，总是围着饥饿的人群，为得到一块好肉，他们差点儿像秃鹰一样打起来。厨师一手举刀，一手压着猪肚子，仿佛怕它跑了，他问食客想吃哪个部分，食客用手一指，厨师的刀就下去了，切下的肉层次鲜明——脆皮、肥膘、瘦肉，精准的刀工，引来了叫好声。厨师再接再厉，把肉切成薄片，撒上调料，用油纸包起，一手交肉、一手收钱，二十美元一份，谁都不嫌贵，拿到猪肉的人掀开面包纸，一口咬下去，猪油溅了出来，白花花的肥肉挤了出来，那肥肉哆嗦着，眼看要滑落了，吃肉的人飞快补上一口，肥肉被吸进了嘴里，安全进港，边上流浪狗们颇为扫兴。

我声明一下，这个人可不是我，这人是路易斯，每次去停车场，他都怂恿我们吃五十美分一勺的大锅菜，自己只吃烤肥猪，那吃相令人敬畏，他吞噬肥肉时，我眼睛难受，胃袋更难受。路易斯干掉猪肉后，抹着嘴巴说，古巴什么都发票，唯独猪肉不发票，想吃得到黑市去买，停车场的猪肉不要票，比黑市便宜，错过就傻了，"林，是不是。"他说，或者问。我连连点头，他非常高明，我理解他，这样的日子我也有过，20世纪70年代，杭州人吃肉凭票，我们四兄妹正长身体，想吃肉想得发疯，为了每天有肉吃，我妈做肉丝豆腐汤、肉丝白菜汤、肉丝炒青菜，肉丝跟丝线一样细。

山上的午餐

在加油站、停车场吃午餐，走近古巴平民，吃平民家常菜，感觉也是不错的，尤其是饿的时候。

但相比之下，我更喜欢上山吃午餐，说明白点，是在山上的小山村吃午餐。

大部分时候，摩托车奔跑在山野，这并不意味古巴山多，恰恰相反，古巴海多、岛多、平原多，山峦是最少的，山集中在中部，从西向北，纤细而冗长，就像鳄鱼拱起的脊椎，古巴被称为绿色鳄鱼，既准确又形象。对于骑摩托旅行，骑山路的乐趣远超过平路，如果路易斯只带我们骑平路，他会被骑手们掐死，我敢保证。重峦迭嶂之中飙车，冒险的快意，精神的自由度，灵魂的美感，都是一流的，那个时段那个境界，死了也值得。骑手们这样想，他们都这个德行，我可不会看错。

因此，只要看到山、遇到山，不管高低险恶，路易斯一定会把队伍带上去，以防止他被掐死。这样，我们就赚得了机会，一次次在小山村吃午餐，我也就有机会在这里与您分享。

小山村隐藏在山谷，山路上难以捕捉它们的踪影，特别是对于一闪而过的摩托车。但我们有路易斯。午餐时间一到，我们的肚子就敲鼓，路易斯就开始变魔术，带我们一拐两拐，突然就拐进了小山村。这样的小村庄，总有点儿神秘兮兮，大王棕篮球中锋似的身材，把它们与外界隔开。村民的房子简陋，却都是独门独院，每家的篱笆墙，不是仙人树就是荆棘刺，样子挺吓人，小山村景致温馨，处处有早春花，水果树也比比皆是，果树下游荡着公鸡母鸡，猪和羊在坡上吃草，它们眉清目秀，身材毫不臃肿。有一次，我还看到了火鸡，它们昂首阔步，脸红得像喝了甘蔗酒，漂亮得和我家火鸡一模一样。

走进这样的小山村，肯定有地方吃饭，只要路易斯去叫门，门就开了，主人把我们迎进屋，屋里有一桌山珍野味，亲切地冒着热气，主人说，请用午餐，随便吃，锅里还有菜。我们赶紧脱骑行服，围坐在餐桌边，盯着超出我们预期的饭菜。这时，路易斯和主人拥抱、接吻、热烈交谈，我们恍然大悟，这全是路易斯的安排。路易斯有时假模假样、爱卖关子，当然，我们非常爱他。

招待我们的山民，因为常有客人，把家园精心装饰了一番，房子涂成明亮色，房顶飘着红白蓝国旗，墙上有卡斯特罗画像，墙根有某个英雄雕塑，甚至在门楣写政治标语，比如"revolution"，英美人看到这单词，表情困惑。"revolution"原意是旋转、循环，引申为改变、变革，而古巴人把"revolution"译成"革命"或"造反"。

在山民家吃饭是惬意的，唯有一件事让我犯难，就是上厕所。

山民家里没有厕所，他们的厕所建在户外，一个用棕榈叶搭起的小棚，没门没窗没洗手池，刚够一只马桶安身立命，马桶边上没纸，马桶没马桶盖，用完后也没有水，马桶内满是黄色浆水，苍蝇疯狂飞着，说着苍蝇的诗话，人进去后必须憋气、蹲马步，同时与苍蝇周旋。

我和坦尼亚总是一起去厕所，用衣服做一个门，轮流站岗放哨，就像战场上互相掩护的战友，打退一次次冲过来的男人。我十分幸运，有个女队友坦尼亚，本来还有米莉，可惜米莉和老公摔伤了，一起回了家。

这样的厕所吓不倒我，这没什么，真的没什么，就当自己是野人，野人从来不用抽水马桶，野人不怕苦，野人有野人的无所谓。

我告诉您，这一番话，是我在厕所憋气时，自己给自己的鼓励。

现在，到了重要的环节，我们在山民家吃了什么？举例如下：

野鸡炒饭，西班牙语是 Arroz frito con faisán，野鸡由主人捉来，或从邻居那儿买，野鸡用橙汁、柠檬汁、甘蔗汁腌一下，去骨头切成丝，与红米饭、木瓜、番茄汁、牛油果、咖喱一起炒，这盆野鸡炒饭具有太阳的颜色，艳丽如埃及皇后，味道也是迷人，鸡肉鲜嫩又酸甜，米饭坚韧又辛辣，因为牛油果的加入，炒饭温柔丝滑，让胃袋惬意得诗兴大发。

蛋肉枕头，西班牙语是 Pulpeta，材料用山羊肉、鸡蛋，山羊肉剁成泥，装进长方体容器，鸡蛋剥皮塞进肉泥，从这头到那头穿心而过，蛋肉枕头就做好了，盖上棕榈叶，放到热锅上蒸，蒸熟后倒出肉汤，肉汤与葡萄酒、番茄汁混合，调出玫瑰色浓汁，一并浇在蛋肉枕头上，蛋肉枕头气色好极了，就像蒙上红绸的新娘。吃"蛋肉枕头"时，餐刀一片片切，每一片含有一片蛋，白的蛋白、黄的蛋心、红的山羊肉，加上酒和棕榈叶的助攻，蛋肉枕头之美妙难以用文字形容，您最好亲自尝一尝。

高山烤野猪，西班牙语是 Lechon asado，高山野猪吃野生坚果，比如野杏仁、野腰果、野核桃，它们只吃好东西，说不定还抽雪茄、喝咖啡呢，它们毛发闪亮，结实得像拳击手，为了捉到这只野猪，我们的主人差点儿丢了命。主人烧掉了野猪毛，划开了它的肚皮，用斧子分割猪身，肉块放进大铁锅，倒上足够的甘蔗酒、芒果蜜、甘蔗蜜、野蜂蜜，放几层棕榈叶，架在火上慢烤，肉烤好了，往柴炭上扔玉米、土豆、番薯。柴是核桃木，木香和肉香同时溢出，考验食客的耐性。

我们围着篝火，手持一副刀叉，兢兢业业吃着野猪肉，野猪是倒霉的,野猪肉是香美的,我百感交集,不知道应该继续吃,还是停下来哀悼一番。人因为有智慧,成了动物的领袖,领袖吃掉动物,动物不会抗议,它们既没脑子又没武器,性格也是天真烂漫。如果动物和人一样有智慧,地球会是什么样,那个叫 *The planet of the apes* 的电影做了回答。*The planet of the apes* 是部好电影,我看完了全集,趁机思考一些重要问题,也许 Apes 永远不会统治人类,他们不够聪明,那么人工智人呢? 他们可比人类聪明一千万倍,有一天他们统治人类,或创造出新人类,旧人类该何去何从? 这个问题想得我头疼。

女皇的金冠,西班牙语是 Costilla Corona,这道菜并不神秘,主角是猪肋骨罢了,制作时矫情了一番,首先,猪肋骨不能拆开,让它们相依相恋,抹上王棕油、甘蔗酒、青柠檬、大蒜泥、黑胡椒,腌

烤野猪

制几小时,整板肋骨放火上烤,烤得滋滋冒油、两头露骨,这时把肋骨竖起、弯成圆形,露骨的部位包金色锡纸,看上去像一顶金冠,可以给女皇戴了。盘中堆起土豆、玉米、番薯,堆成山峰的样子,请女皇的金冠坐峰顶,关灯、点蜡烛,营造神圣气氛,仿佛真有女皇驾到。主人一声令下,客人们不再装斯文,伸出爪子,撕裂"金冠",撕咬肋骨肉,女皇的金冠成了一堆白骨。

女皇的金冠有创意,味道也独特。后来,我们在国宾馆也吃了这道菜,味道不如山里的好,因为猪不如山里的好,也不是用核桃木烤的。

除了上述午餐,我们还吃了其他东西,都是山里的特产,不在这一一炫耀。

离开古巴后,我常常想起加油站、停车场、山民家,这些地方寒酸,却藏有珍品,就像寒酸的河蚌壳,外表斑驳破烂,里头暗藏珍珠。如果您去了古巴,不妨去这些地方转转,也许您会像我一样有所收获,会找到几颗"珍珠",这样才算到过古巴,我认为。

晚餐,吃了二十九只龙虾

把晚餐称为晚宴、华宴、盛宴,一点儿都不为过。

晚餐有灯光、鼓乐、歌声、美酒、美食。一个月下来,我们夫妻俩吃了二十九只龙虾。

古巴行第一只龙虾,是我们在美国迈阿密吃的,这事我写进了《迈阿密的古巴人》。飞到哈瓦那的当天,我们在"眼斑龙虾"吃了龙虾,吃龙虾的心得,写进了《我的半颗心留在了哈瓦那》。

我们离开哈瓦那后,且行且停,向着东方推进,不管在哪儿下榻,晚餐时间一到,我们就与龙虾约会,一个月不间断,像是过了一个了不起的蜜月。

如果住乡村民宿,我们就在家里吃,再寒酸的民宿,也拿得出相貌堂堂、体格标准的加勒比海龙虾。

如果住在小镇民宿,我们就去小酒馆吃,小酒馆外观粗糙,餐厅总是在楼上,楼梯黑暗而陡峭,攀登楼梯像攀登鬼屋。走进餐厅,我们立刻心跳加速,两眼冒火星,里面灯火辉煌,歌舞升平,色香味俱全,每张桌上都摆着龙虾,每张桌宾客满座,频频翻台,幸亏路易斯预约了桌子,否则半夜才吃得上饭。

如果住海边民宿,我们有时在家里吃,有时去海滩吃,海滩上做龙虾烧烤的人,多得像海边的礁石,他们开工后,空中就盘旋起龙虾的肉香,仿佛满天飞翔着龙虾。这种时候,领队比尔可大方了,大声对我们嚷,吃吧吃吧,想吃几只就吃几只,谁都知道比尔在打什么算盘,海滩上的龙虾便宜,从渔船直接弄来,五六块一只是常事,遇到大减价,两三块钱就能吃一只。有一次,我们还吃到一块钱一只的龙虾,渔民直接送来、亲自烹调。是的,您没听错,一块钱一只,正宗的加勒比海龙虾。听说跟船出海,游客可亲自下水逮龙虾,逮到白吃,就着甘蔗酒,就像海盗一样。可惜我们没上过船,我们是摩托车团,没机会当海盗。

如果住城市宾馆,我们去广场吃龙虾,古巴大城市都有中央广场,广场上有宫殿、教堂、钟楼,还有一圈小餐馆,花边似的镶在周围。我们喜欢坐在露天处,坐在星空下,要一杯鸡尾酒,点一只大龙虾,一边咀嚼,一边欣赏街景。闻到龙虾的气味,流浪狗跑来了,小乐队跑来了,本地人也来了,他们随音乐翩翩起舞。这时的夜,就成了销魂的美酒加龙虾的歌舞夜。顺便提一下,您到了古

和乐队一起演奏

巴,想听本地音乐,只要去小餐厅,或去露天餐厅,那儿一定有表演,艺人们天一黑就到,像星星一样准时。

我们见到的乐队,往往是三人一组,一位吉他手,怀抱三弦吉他,边弹边唱;一位击鼓手,他把邦高鼓(bongos)夹在腿间,边拍边扭身子;还有一位乐手,他使用两件乐器,沙槌(maracas)和刮瓜(guiro),沙槌是晒干的葫芦、椰子、金瓜,摇动时种子沙沙作声;刮瓜用的是晒干的葫芦瓢,葫芦瓢一分为二,凸面刻上音阶,用短木来回刮,葫芦瓢发出清脆的蛙鸣声。

小乐队演唱拉丁曲、西班牙曲、美国黑人音乐、美国乡村音乐,还有大量的古巴民歌。我挺喜欢古巴民歌,节奏硬朗,旋律简单,像极了古巴人的性格。比如《关塔那摩的姑娘》,何塞·马蒂的作品,是小乐队的压轴戏,他们表演,当地人边跳边唱,听多就熟悉了,我问路易斯,这是什么歌,为什么人人会唱,人人喜欢唱。

路易斯说，歌曲关于独立战争，关于爱情，在古巴家喻户晓。

《关塔那摩的姑娘》，歌词大意如下：

来自关塔那摩的姑娘

我是个虔诚的好人

我来自棕榈生长的地方

如果我将死亡

我也要唱出灵魂里的诗歌

来自关塔那摩的姑娘

我的诗歌带着忧伤

也带着炙热

我的诗歌是只受伤的小鹿

要在山间寻找藏身之处

如上所述，我们在美好的夜晚，听着歌曲，看着夜景，吞掉了一只又一只龙虾。

十几天后，发生了一件事，大家对龙虾的热情，就像慢慢熄灭的篝火，开始冷却。又过了几天，大家不再吵吵嚷嚷要吃龙虾，进了餐厅，眼睛不再盯着龙虾。又过了几天，大家开始冷落龙虾，就像皇上冷落贵妃一样，眼光看向了明虾、青蟹、小白虾、海蛤蚧、海针鱼、海鲷鱼、锯子鱼①。

---

① 锯子鱼JIGUAGUA，是古巴特有鱼种，生活在山沟里，肉质坚韧有嚼劲。

团队只剩两个人还在吃龙虾，我和菲里普。

这事得从头说起，走进古巴后，我们夫妻立下誓言：每天每人吃一只龙虾，三十天吃六十只龙虾，回家后可以吹吹牛，六十只龙虾，将成为巡回演讲的主要素材，听众保准流下嫉妒的眼泪。是的，我们的想法很坏，简直坏透了，但我们平时没什么可让人嫉妒的，偶尔坏一下，也是未尝不可。因此当别人停止对龙虾的追求，我俩坚守誓言不动摇，每天每人一只龙虾，互相监督，不许偷工减料。

又过了几天，麻烦还是发生了，我们意志还是坚定，胃袋不干了，它不想吃龙虾了，这个大傻瓜，这个喜新厌旧的花花公子，对龙虾没了兴趣，看到龙虾就发脾气，又是冒酸水，又是乱叫，像只莫名其妙的蛤蟆，弄得我们手足无措，结果怎么样？结果我们向胃让步了，人的精神再强大，也斗不过自己的胃，况且胃是人的精神领袖，我们与领袖进行了谈判，达成了协议，从这天开始，一人一只龙虾，改成两人一只龙虾；天天有龙虾，改成了两天一只龙虾。

尽管这样，古巴之行结束时，我们还是吃了二十九只龙虾。

那么，古巴龙虾怎么样？或者说，古巴人怎么吃龙虾？这个话题可不能放过。

先从调料开始。中国人吃龙虾，调料用得清淡，几粒葱、几丝姜、一碟醋，保护了龙虾的鲜味。古巴人可不一样，他们派遣调料上场，就像联合国派遣多国部队，集体向龙虾施压，什么大蒜、茴香、香草、芫荽、月桂叶、黄油、芝士，还有 sofrito。Sofrito 是古巴著名的调料，混合了洋葱、青椒、蒜、香草、胡椒、番茄酱、棕榈油。古巴人说，一瓶sofrito，走遍天下都不怕。

从配菜上看，我们中国人吃龙虾极少配菜，龙虾就是龙虾，顶多放点芥末，以保证龙虾的清新、清洁、清口。古巴人可不这样，他们上龙虾给一桌配角，炸香蕉、红米饭、色拉、炒饭、豆汤、番薯、水果盘、甘蔗酒、鸡尾酒，你什么都吃就上当了，你会吃不下龙虾，看着龙虾发愁。

烹调方面，中国人喜欢清蒸、清煮、刺身三种，把龙虾头做成了泡饭，干净利落，一清二白，井水不犯河水。古巴人做龙虾也有清蒸、清煮、刺身，但还有更多吃法，如下：

龙虾烧烤，这个非常普遍，占了龙虾烹调法大头。龙虾烧烤有两种，一种叫火烤龙虾，一堆篝火，一条钩子，龙虾对切开，抹一层棕榈油，撒几层调料，挂到火上烤，烟火熏得龙虾眼泪汪汪，等的人也眼泪汪汪。还有一种叫炭烤龙虾，一只炭炉，一块铁板，剖开龙虾的背，取出龙虾肉身，涂上奶油，放铁板上两面翻烤，烤得龙虾啪啪乱跳，同时把虾壳烤成红色，把烤好的虾肉塞回壳里，撒上多种调料，完工。也有人把炭烤龙虾切成丁，塞回壳后撒一层白奶酪，奶酪融化，虾肉洁白光滑，像刚刚雕出的玉，简直让人不忍下手。

油炸龙虾也是常见的，做法简单，取出龙虾肉身，裹上蛋清、细盐，丢进油锅，炸成金黄色捞起，塞回红色龙虾壳，下面铺一层绿菜叶，绿的叶红的壳白的肉，像春天的花园。另一种油炸法，是把龙虾做成小球，用蛋清、酒、盐腌一下，下油锅炸成金色，放回龙虾壳，和黄瓜球、胡萝卜球放一起，这盘龙虾就叫三色球。还有一种油炸法，用盐、糖、白胡椒、淀粉勾个汁，拌入龙虾丁、西芹丁、咸肉丁，搓成圆球，大小像高尔夫球，丢进油锅，炸得肥头大耳，放到龙虾壳上面，给龙虾球戴上黄瓜做的帽，插上龙虾须做的桨，恍如

龙虾盛宴

驾红船出海的渔翁,我给这道龙虾起了个名,就叫老人与海。

古巴人也做各种炒龙虾,做法颇具国际主义,龙虾炒奶酪,美国吃法;龙虾炒芥末,日本吃法;龙虾炒土司,法国吃法;龙虾炒玉米豆泥,墨西哥吃法;龙虾炒通心粉、番茄汁,意大利吃法;龙虾炒咖喱,印度吃法;龙虾炒蒜蓉,中国吃法……至于龙虾炒牛油果,配上炸香蕉、红米饭,当然是古巴吃法。我印象最深的是龙虾炒饭,听上去波澜不惊,其实气势磅礴,这道炒饭阵容强大,是龙虾丁加鱼子、鱼片、墨鱼、虾仁、蛤蜊、红米、白米、小青豆、木瓜丁、菠萝丁……这碗饭壮丽、喜庆、排场大,价格却很便宜,一份只要五美元。

对我来说,我有一个中国妈妈调理出来的中国胃,我最喜欢龙虾汤。

我品尝过三种龙虾汤,一种是百香果茄汁龙虾汤,龙虾肉切碎炒一炒,和百香果、番茄一起煮,加一把意大利面,配上棕榈油,橄榄油也行,这碗汤酸甜香软,具有催眠作用。另一种汤是酒煮龙虾,一小勺甘蔗酒,与鸡汤、奶油、奶酪、胡萝卜一起煮,最后放入龙虾肉,慢火炖一炖,这碗汤也有催眠作用。还有一种汤是虾壳汤,清水煮龙虾壳,加少量黑豆、红豆、洋葱,水开后拣掉龙虾壳,放进龙虾片,煮到龙虾酥软、一碰就化。这碗汤我能吃五碗,它让我想到中国的龙虾泡饭。这碗汤不但催眠,甚至能让我当场睡着,如果有地方睡。

有一天,我问路易斯,古巴有这么多龙虾,这么便宜,你们是不是想吃就能吃?

路易斯听了摇脑袋,诚实地告诉我,古巴人主要吃鸡肉、河鱼、豆子、米饭,很少吃海鲜,更少吃龙虾,这话我听过好几次,我以为他是编瞎说，或者是故意哭穷。

"三块钱一只也吃不起？"我追问，"我看你天天抽雪茄的。"

"不是没钱。"他说，"龙虾归国家，国家靠龙虾换外汇。"

"你自己去海里捉呀。"我聪明地帮助他解决问题。

"私人捕虾犯法。"路易斯说。

"我亲眼看到有人捕虾，捕来卖给私人老板。"我逮住了他的漏洞。

"那是国家批准的，只卖给民宿，民宿只卖给游客。"路易斯说。

"哦，你们恨不恨我们？我们什么也没干，吃掉了你们的龙虾。"我有些抱歉地说。

"恨什么，谢你们还来不及，林，拜托了，请多吃几只龙虾。"路易斯向我拱起手来。

"这一个月，我和菲里普吃了好多龙虾！"我说。

"吃了几只。"路易斯说，或者问，永远不用升调。

"二十九只！"我骄傲地宣布。

"怎么不是一百只。"路易斯不满意地咕噜着。

离开古巴后，我回头想想，相信了路易斯的话。我们一个月的摩托车骑行，见了很多古巴人，真没见到吃海鲜的古巴人，更没见到吃龙虾的古巴人，吃龙虾的都是外国人。古巴人一日三餐清淡，面包、豆子、米饭、番薯、香蕉……加一点点鸡肉、猪肉，猪肉得去黑市买。尽管这样，他们也不去碰龙虾，古巴朋友，比如路易斯，总是对我说，他们喜欢猪肉、鸡肉、豆子。

"龙虾让给客人吃。"他们说。

他们是善良的，并用善良掩盖一个事实：他们不是不喜欢吃龙虾，是龙虾对他们不重要，重要的是钱，有钱就能换猪肉、换鸡蛋、换肥皂牙膏卫生纸……钱从哪里来？国家给,国家的钱从哪来？用龙虾换,就是这样一个循环。古巴人热烈欢迎外国人,希望游客多吃龙虾,多多益善,他们怎么会恨我们,我们是他们的大恩人,我们带来了美元,这件事公平合理。我卑鄙地想。

归根结底,是古巴太穷,古巴人月平均收入二十五美元,哪怕是三块钱的龙虾,只能吃八只。路易斯做国际导游,会说英文会骑摩托车,接待有钱的摩托车团队,收入比一般人高,照样不敢吃龙虾。

言归正传,吃了二十九只龙虾,我的小肚子变得滚圆,回家后胆固醇超标,菲里普说我龙虾吃多了,我根本就不承认,也找不出反驳的理由,那就承认吧。

我们干掉的龙虾,全部来自加勒比海,据说很久以前,这样的龙虾归海盗吃。吃了二十九只龙虾,我有当海盗的感觉,感觉特别强烈,您真应该亲自去古巴体验一下。

当然,除了龙虾,我还吞噬了其他美食,古巴是色香味俱全的美食盒子,这已不是秘密。

综观历史,古巴这个小小的绿岛,住过本地土著人,住过西班牙人、法国人、非洲人、阿拉伯人、印度人、中国人、美国人、葡萄牙人、拉丁美洲人……以及盛气凌人的加勒比海盗,各路人马带来不同的餐饮,让古巴的餐桌变得迷人,像百香果一样迷人,给您迷人的一日三餐。

人类的艺术,最顶尖、最伟大、最美妙的应该是吃的艺术、三餐艺术,在这个艺术领域,没有主义没有哲学,更没有假模假样,只有纯粹的欢乐,那是生命的欢乐。

英雄的圣地亚哥①

图尔基诺峰

有一天,我们穿越了古巴,到达了马埃斯特腊山脉②,它在古巴的最东边。我们要从这里奔向终点——东方的圣地亚哥。

摩托团进入山野,盘旋而上,攀升两千多米,登上了图尔基诺峰,它是马埃斯特腊山脉的最高峰,也是古巴的最高峰。它昂首于天地之间,披万丈光芒,不屈不挠。

如果说古巴是条鳄鱼,图尔基诺峰便是鳄鱼骄傲的额头。

骑行团到达图尔基诺峰顶,停车休息。峰顶有饭店、咖啡吧、观景台。我们登上了观景台,它是一个木结构吊脚楼,呈八角形,可眺望四面八方。

我们眺望加勒比海,它蔚蓝浩瀚,有如母亲的怀抱;它奔涌不息,有如母亲的坚忍;它向陆地输送拥抱、湿吻、食物、海盐,有如

---

① 圣地亚哥 Santiago de Cuba,被马埃斯特腊山脉和加勒比海环抱,圣地亚哥省首府,古巴第二大城市和第二大海港,一百多万人口。

② 马埃斯特腊山脉 Sierra Maestra,位于古巴东方,与名城圣地亚哥相连。

进入山野

母亲般的慷慨。

如果说古巴是条鳄鱼,加勒比海就是这条鳄鱼的母亲。

我们眺望那个叫"迈西角"[①]的县城,它是古巴的最东角,它有一座三十七米的灯塔,灯塔挺身而出,照看着过往的船只,给它们光和信心,给它们家的方向。

如果说古巴是条鳄鱼,"迈西角"是鳄鱼的眼睛,灯塔是它仁慈的目光。

我们眺望"迈西角"的海域,那儿礁石林立,礁石黝黑尖锐,沉默强硬,保持着固定姿势,仿佛随时准备扑上去,抵抗外敌的入侵,捍卫身后的陆地。

如果说古巴是条鳄鱼,东大门蓄势待发的礁石,就是鳄鱼的犄角、尖牙、利爪。

―――――――――

① 迈西角,古巴的最东角,依山傍海,古巴军事基地,不可随意游览。

我们眺望关塔那摩区域,它有城市、海湾、海岛,像一轴蒙太奇画卷,我想起了那首歌——《关塔那摩的姑娘》,突然间领悟,歌中的关塔那摩姑娘,是关塔那摩的象征。

如果说古巴是条鳄鱼,关塔那摩、关塔那摩姑娘,是这条鳄鱼的思想和情感。

站在吊脚楼上,我最后一次向西眺望,那儿被绿色缭绕,绿色缥缈,绿色重重叠叠,如齐白石的水墨画,如普希金的叙事诗,如《一千零一夜》这本书,我们就是从那儿骑过来的!我们骑过了绿的哈瓦那,骑过了绿的烟草地、甘蔗田、咖啡林、可可山……

如果说古巴是条鳄鱼,绿是它的肤色,果香是它的气息,鼓乐声、歌舞声、笑语声,是这条鳄鱼的脉搏。这条鳄鱼有过痛苦的历史,殖民者的枪炮,政权的更迭,道路的崎岖,民生的起落,都是这条鳄鱼难以删除的记忆。今后的日子,我衷心希望这条鳄鱼更阳光、更智慧、更富贵,做一条自由的健康的、心平气和的、具有普世价值观的鳄鱼。

从图尔基诺峰下来,我们沿着海堤奔跑。

左边是突兀的礁石山,山上仙人掌此起彼伏,它们在石头间探出长刺的脑袋,在石头上留下漂亮的剪影。仙人掌和石头,是一对神仙眷侣。

右手边是起伏的礁石滩,缀满了石质化贝壳,贝壳发出鱼鳞般的银光。加勒比海正在涨潮,海水从天边而来,扑向银色的礁石滩,礁石滩一时不见了踪影,直到海水退去,它们又顽强地崭露头角。

有时,海浪跃过石滩、跃上公路,劈头盖脸地袭击路人,摩托车"泪流满面",海水侵入了骑行服,人体有了海带似的气味,那是令人兴奋的瞬间,人和摩托车欢呼着逃之夭夭。没过多久,海浪再度跃上公路,我们再度与海水耳鬓厮磨、肌肤相亲。

最后一次沿着加勒比海骑行,人与海恋恋不舍,用这样的方式互相告别。

是的,前方就是圣地亚哥,我们的终点。

英雄的黄蜂

三小时后,我们到达了圣地亚哥,我们要在这里结束摩托车骑行,从某种意义说,这里是我们最后的骑行。

圣地亚哥是山城,城市安放在山坡上,山道多、弯道多、斜坡多,骑手喜欢,摩托车更是喜欢,我们的宝马山地车,马力八十二,速度加上去,每小时跑二百五十千米,甚至三百千米,快如闪电。最后的骑行,摩托车想痛快一下,骑手们更是如此,希望体验高速,任性狂飙一番,为骑行画上了不起的句号。

菲里普向我打了招呼,他拍着我的小腿,告诉我他准备飙了,我立刻抱紧他,着实有些害怕,我恐高也恐高速,高速和高度会要了我的命,我比较适合做乌龟,跑来骑摩托,因为嫁了个摩托鬼子,也因为喜欢写作,这爱好害我不浅。我很想下车,自己走到宾馆,让他发疯去好了,实在没有机会,骑行团开始加速,山地车发出了可怕的轰鸣声,开始狂奔。

骑行团刚跑起来,身后传来蜂鸣声,越来越近,越来越刺耳,仿佛我们捅了黄蜂窝,黄蜂正在追杀我们。我吃惊地回头,看到了追赶者,它们不是黄蜂,但也差不多,它们是一群发了疯的小轻骑，小轻骑小体格、小个子、小马力，又破又旧，像一群小乞丐，但气焰嚣张，嚣张如伏地魔般一拥而上，有的挡在我们前方，有的贴在我们两边，宝车马慢下了步子。

我们的骑手发出怒吼声，却无能为力，活活要被气死，看着他们的窘相，我差点儿笑破肚皮，哈哈，这下可好，看你们怎么发飙、发疯，真是谢谢了那些轻骑勇士。

"轻骑军"追着我们，一起进入圣地亚哥中心，路变得更窄、更倾斜，行人突然增多，他们像鱼一样游来游去，根本不给我们让路。小轻骑也更多了，它们从人群冒出，从角落拐出，从横街冲出，头尾相接、没有间隔，就像手机里的延迟摄影。骑轻骑的人，主要是成年男人和少年小子，成年男人带着老婆孩子，对我们不理不睬，专心赶路。少年小子带着小少女，和我们玩上了，一会儿超越，一会儿包围，还大喊大叫，扭动屁股，仿佛想在轻骑

"轻骑军"

上跳舞。有一回,少年骑手贴近了我和菲里普,少年向我吹口哨,他后边的女孩伸出手来,摸了一下我的骑行服,似乎想确定衣服的厚度,她穿着连衣裙,她的骑手穿背心短裤,哪像我们,武装得像变形金刚,如果相撞,吃苦的一定是他们。我很快发现,骑轻骑的人几乎都"裸骑",没有牢固的骑行装、手套、靴子,头盔也不戴,还有人赤膊上阵,仿佛他们是铁打的,摔不破也砸不烂,而且跑得飞快,哪怕过路口、穿弄堂,也没人收一收脚尖,他们会在红灯前停一停,绿灯跳起他们就弹了出去。奇怪的是,我没看到交警;奇怪的是,满街的行人无所谓,他们走路、聊天、啃玉米,仿佛小轻骑是飞过的小蚊子;更奇怪的是,我没看到一个人被撞!倒是我们的GS800宝马车,这位摩托车的老大,这位高山上的飞毛腿,这位带我们穿越古巴的大英雄,被小轻骑乱了阵脚,犹犹豫豫,瞻前顾后,差点儿不知道怎么跑路了。

直到我们骑到停车场,这一场侵略战争才算结束。

圣地亚哥是古巴古城,这我早就知道,但我不知道古城有小轻骑,多得像炸了营的黄蜂,到处上演"极品飞车"惊悚大片。我向路易斯讨教,问了一百个为什么。路易斯做了解释,如下:

圣地亚哥是港口城市,小轻骑通过航运进口,来自俄罗斯、东欧、日本,品牌有Jawa、MZ、HHH、Lapnatbi、Suzuki,全是二十世纪五六十年代的旧货,马力很小,价格便宜,人人买得起。在圣地亚哥,小轻骑是私家车、出租车、校车、公务车。轻骑成为主要交通工具,也因为山城道路窄小、人口密集,轻骑相对灵活,不容易形成交通堵塞。另外,圣地亚哥被称为英雄城,城里人,不管男女老少,都有英雄情结,并通过轻骑展示出来,圣地亚哥人口一百万,轻骑有二十万辆。圣地亚哥的轻骑,形成了一道景观,很多人来这里是为了看轻骑，就像去哈瓦那为了看老爷车。

"圣地亚哥的轻骑有个爱称，能猜出来吗。"路易斯说，或者问。

"愤怒的黄蜂。"我毫不犹豫地说。

"英雄的黄蜂。"路易斯纠正我。

英雄的黄蜂！我耸了耸肩，想了想，觉得这个爱称是恰当的，圣地亚哥被称为英雄城，圣地亚哥人有英雄情结，圣地亚哥人都是英雄，英雄骑轻骑，小轻骑弄个英雄当当，也就顺理成章。

不是吗，我们这个骑行团，我们的宝马摩托车，让这些英雄一路撵，撵进了英雄城！

英雄街:何塞·安东尼奥·索科步行街

我们的宾馆位于何塞·安东尼奥·索科步行街，这条街也叫"英雄街"。圣地亚哥是十九世纪古巴独立战争主战场，英雄辈出，"英雄街"是英雄的聚集之地。举例如下：

英雄何塞·安东尼奥·索科，他的名字前文多次提到，古巴文学家、哲学家、教育家、反殖民英雄，步行街以他的名字命名，奠定了"英雄街"的基调，确定了"英雄街"的旅游价值。

英雄何塞·马蒂，步行街有他的公园，叫"何塞·马蒂公园"。何塞·马蒂我们也熟了，这个诗人、思想家、民族英雄，塑像遍布古巴，就像古巴的大棕榈，是人们心中的偶像。

英雄何塞·马利亚·埃雷迪亚，这个何塞是剧作家、评论家、独立战争先驱者。步行街有他的纪念馆，立于小山坡，朴实无华，知道的人会去瞧一眼。

英雄安东尼奥·马赛奥，独立战争领袖之一，他的故居就在步行街，一个清静的小院，台阶上刻有多国文字，其中有中文"时光追忆"四字。追忆英雄，就是追忆时光。时光去了就去了，只能追忆。

英雄卡洛斯·曼努埃尔·德·塞斯佩德斯，步行街的"塞斯佩德斯广场"，就是为他所建，广场在步行街终端。塞斯佩德斯是甘蔗园主，1868年10月10日，他发动了第一次反殖民起义，起义成功，塞斯佩德斯宣布古巴独立，出任古巴第一任总统，被称为"Padre de la Patria"，意思是古巴之父。不幸的是，他在圣地亚哥参加游击战，被西班牙人杀死在山中。塞斯佩德斯广场的雕塑中，有塞斯佩德斯，也有哥伦布、何塞·马蒂、安东尼奥·马赛奥、切·格瓦拉、菲德尔·卡斯特罗等。广场的周围，是旧日的市政厅，也是老总督迭戈的故居，广场上还有大银行、大饭店、大教堂。

塞斯佩德斯广场极有意思，浓缩了古巴的历史，从昨天和今天，从哥伦布发现古巴，到古巴被西班牙人占领；从古巴沦为殖民地，到古巴人赶走西班牙人；从革命者消灭独裁者，到古巴实现社会主义。生与死，得到与失去，战争与和平，英雄与梦想，革命与宗教，因和果，所有元素定格于此，就像静止的河流，让我们从开头看到了结尾。

步行街是"英雄街"，这只是一个角度。从另一个角度看，步行街也是妙趣横生的商业街，游客中有白人、黑人、黄人，他们从街两头往中间走，中心处形成旋涡，人处在这个旋涡中，感觉天地旋转，方向感全无，判断力缺失，只能随波逐流，几个回合下来，我们适应了步行街的喧嚣,被人潮推着走,体验人体的冲撞,还是挺有趣的。我们甚至爱上了轻骑军,他们横冲直撞,却没撞到半个人,这样的英雄豪杰,与"英雄街"太相称了,简直是天造地设。反过来想,"英雄街"如果没有轻骑军,岂不单调无趣,少了许多乐趣,我不是开玩笑,我真是这么想。

我们逛着街,融入五花八门的人群,吃街头小吃。小吃有现烤面包、鸡蛋饼,没有票证也能买,只收美元,光顾的全是大肚皮的外国人。冰激凌作坊、烤肉店、汉堡店、热狗店、比萨店,成了众矢之的,游客秃鹰一般挤在一起,瓜分街头美食。我们的世界信仰分歧、三观分立、派别也繁多,唯有吃这件事没多大争执,甚至心心相印。吃是人类共同的语言、曲调、追求,如果人类的思想,像"吃"一样统一,那会消除多少隔阂、争吵、战争。当然,这是不可能的,吃是本能,争斗也是本能。

我们在步行街穿行,看画家作画,听吉他手弹唱,听提琴手演奏,有音乐的地方,就有当地人跳舞,他们情绪高昂,舞姿优美,感染了游客,我们也跟着一起跳,街上本来就拥挤,这下可好,步行街一节一节被堵住,像被堵住的香槟,谁撬一撬,那酒非得一飞冲天不可。步行街边上的小巷,塞满了地摊,做生意的人忙,表演的人也忙,他们站在针尖大的地方,吹拉弹唱,观众围得铁实,你想从这穿过去,非得看完表演,等一拨人散了不可,除非你变成无人机,从上面飞过去。

我倒是挺享受街头表演,这是步行街最棒的项目。

圣地亚哥人和各地的古巴人一样,高高兴兴,热爱歌舞,仿佛天生就是乐天派。拉美人、欧美人、西亚人、非洲人都能歌善舞,他们既不羞涩也不压抑。

步行街

步行街橱窗

相形之下，步行街国营商场显得冷清，店门大开，店内空荡，营业员比顾客多，营业员是无精打采的样子。我分析，大商场不景气，因为商品单调，没什么吸引力，比如书店，书架上大多是旧书、旧课本，我想买古巴地图集、古巴草木集，根本就寻不到。大商场没人气，还有个原因是价格昂贵，家用电器、日用品，几乎清一色进口价，普通人买不起，外国人不需要买，商品成了装饰。有些玻璃橱窗，居然陈列着洗发水、肥皂、卫生纸。这也难怪，古巴没什么化工业，日用品从中国、日本、俄罗斯海运，漂洋过海，天长日久，哪能不贵呢。

我遇到几个乞讨的女人，她们站在宾馆门外，不讨钱不讨饭，讨肥皂和洗发水，她们知道宾馆有这样的宝贝。我们出门时，从客房拿些小包装肥皂、洗发水、沐浴露，送给等在门口的女人，她们如获至宝，赶紧藏好了，连声说"哥拉屎饿死"。她们也不白拿，会送我一串贝壳首饰，或者一个椰子。

我也是如获至宝。

英雄山：圣胡安山

1492年，哥伦布登上古巴岛，他来到了一个小山村，小山村背靠马埃斯特腊山，面朝加勒比海，阳光普照，美如仙境，哥伦布回家后，向人们宣布了他的发现。1511年，西班牙商人来到小山村，开始了港口贸易。1514年，西班牙将军迭戈·贝拉斯克斯·德奎利亚尔来了，他在这建起城市，命名为圣地亚哥，意思是"圣雅各"，圣雅各是传说中的耶稣的门徒，他死后葬在西班牙的圣地亚哥，那儿从此成为天主教圣地，由迭戈创建的古巴圣地亚哥，天生具有天主教色彩，成为古巴第一座城市、第一个首都、第一个港口，西班牙人连续统治了几百年。

1898，美国与西班牙在圣地亚哥开战，史称"美西战争"。同年6月22日，美国军舰驶入圣地亚哥港口，成千上万的西班牙士兵埋伏在圣胡安山，美军向圣胡安山进攻时，完全被西班牙火力压制住，就在这时，美国黑人骑兵团赶到，美军合力向山顶进攻，西班牙人向海边逃窜，登上了自己的战船。

圣胡安山一战，美军虽然取胜，却死伤一千五百名官兵。

同年7月3日，美军集结在圣地亚哥海湾，对西班牙舰队狠打猛追，一周内消灭了二十二万西班牙官兵，赶走了所有西班牙人，古巴从此获得独立。圣地亚哥是殖民者的开场地，也是他们最后的墓地，从哪儿进来，在哪儿灭亡，因果似乎早就注定。

从此，圣地亚哥被称为英雄城，何塞·安东尼奥·索科步行街被称为英雄街，圣胡安山被称为英雄山。

到达圣地亚哥后，我们去了不少地方，而圣胡安山是第一站，这是路易斯的精心安排。

那天，我们登上圣胡安山，山顶开放着鲜花，安放着美军战车、炮车、枪支，还有个纪念塔，塔上刻着名字、贴着照片，密密麻麻，他们都是美军阵亡者，石碑写着："感谢美国英雄，圣地亚哥万岁，古巴万岁。"我们脱下了帽子，向战死的美国士兵行注目礼。我在心里也向古巴人行礼，他们有气度，有感恩心，不管美、古今天如何，他们依然记得昨天的故事，记得不应抹掉的历史，记得应该记住的人。

英雄墓地：他归于平凡

我们去了蒙卡达兵营、卡斯特罗墓地。

蒙卡达兵营，位于圣地亚哥蒙卡达大街，曾是独裁者巴蒂斯塔的兵营，1953年7月26日，卡斯特罗兄弟经过周密计划，带了一百二十名朋友发动起义，他们冲进了蒙卡达兵营，偷袭独裁者巴蒂斯塔，打响消灭独裁第一枪，史称"七二六起义"。双方力量极不对称，起义惨败，大部分起义者被杀，卡斯特罗兄弟被捕入狱。法庭上，法学博士卡斯特罗，为自己宣读了辩护词，就是著名的《历史将宣判我无罪》。这个辩护词后来成为古巴法律院校必学课程。

古巴革命胜利后，蒙卡达兵营分成两部分：博物馆和"七二六小学"。

我们没走进蒙卡达兵营，只是从蒙卡达大街向里看，军营是

卡斯特罗墓

卡斯特罗墓前守卫兵

金黄色的两层楼，墙上有清晰的弹孔，"七二六小学"的学生都在教室，能听到朗朗的书声、音乐声。小小操场宁静安详，国旗空中飘扬，此时此刻，卡斯特罗的灵魂是不是也在空中飘荡呢？

离开蒙卡达兵营，我们去了卡斯特罗的墓地，一个叫圣伊菲赫尼亚的公墓。

2016年11月25日，九十岁的卡斯特罗于哈瓦那去世，灵车带着他的骨灰，从哈瓦那出发，绕行全国五天，到达了圣地亚哥，葬于圣伊菲赫尼亚公墓。

圣伊菲赫尼亚公墓安葬圣地亚哥的平民，也安葬本地名人，比如何塞·马蒂。

我们到达公墓时，先去了何塞·马蒂的坟墓，坟墓盖着古巴国旗，周围阳光充足，开着鲜花。何塞生前有这样的诗句："我要埋在国旗下，住在鲜花中，有太阳照耀的地方。"后来，何塞死在西班牙人的刀下，人们实现了他的遗愿。我敬重何塞，他是士兵，是诗人，有激情也有勇气。

何塞墓地前方，是卡斯特罗的墓。我们到达时，卫兵们在举行交接仪式，他们手持长枪、正步走、目光直视，表情庄严。仪式简单而短暂，围观者多是游客。

我看了卡斯特罗的墓，如果没有卫兵，难以看出这是卡斯特罗的墓。坟墓是一尊小山石，山石上钻了一个洞，放进卡斯特罗的骨灰盒，封起来就成了坟墓，石上刻了五个字母：FIDEL，是他名字的缩写。墓地周围有鹅卵石、绿草、咖啡树，还有十九根柱子，除此以外别无他物。这些东西象征了什么？

绿色的草木象征着他穿了一辈子的绿色军服。

石墓象征着马埃斯特腊山,他在那儿打过游击,流过血。

十九根立柱象征着他的军队、军营,他过了一辈子戎马生活。

那些光滑的鹅卵石,象征了他热爱的土地、河流,以及长满甘蔗的古巴大地。

卡斯特罗墓的周围,一片平民的墓穴,它们平凡、简单,静静反射着傍晚的阳光。卡斯特罗实现了他的临终遗言:"我要与平民安葬在一起,只刻上我的名字。"

我想,卡斯特罗可以安心了,他逃过六百三十八次暗杀,长眠于普通人的墓地,再没人能惊醒他,就让他长眠吧,他已归于平凡。

英雄城堡:圣佩德罗德拉罗卡城堡[1]

圣地亚哥最后一天,我们去了圣佩德罗德拉罗卡城堡。

从16世纪到18世纪,圣地亚哥航海业蒸蒸日上,海盗业也蒸蒸日上。海盗出没于加勒比海的大小岛国,抢船、抢财物、抢黄金、抢奴隶,有什么抢什么,世界十大海盗,主要诞生在加勒比海,"黑胡子"爱德华·蒂奇,"海盗王子"萨姆·贝拉米,"红胡子"埃里克沙,"杀气海盗"洛缪·罗伯茨、"海盗魔王"摩根船长……老天爷,光听听名字就能让我颤抖半天。

长长的岁月,"胡子们"频频光临圣地亚哥,就像加勒比海的风暴一样频繁。

---

[1] 圣佩德罗德拉罗卡城堡著名反海盗堡垒,1997年,入选联合国教科文组织世界遗产。

圣佩德罗德拉罗卡城堡

17世纪中叶，西班牙政府、圣地亚哥总督联手，征集了资金、材料、奴隶，聘请了意大利设计师。设计师沿用罗马式风格，构思了反海盗工程——圣佩德罗德拉罗卡城堡。工程开始后，海盗们来得更勤快了，他们一次次摧毁工程，赶走工人，杀死守军，搬走大炮，并频繁进入圣地亚哥，杀人、放火，把城市洗劫一空。一个要建、一个要拆，来回争夺，十几年过去了，圣佩德罗德拉罗卡城堡才建成，圣地亚哥守军依靠这个城堡，成功击沉了海盗船，海盗们无还手之力。

圣地亚哥从此压制住了海盗，圣佩德罗德拉罗卡城堡获得"英雄的城堡"丰碑。

我们到达城堡时，是炎热的午后，太阳直射，气温四十多摄氏度，通过一个长长的栈桥，我们走向了悬崖，城堡屹立于悬崖，悬崖下就是加勒比海，站在悬崖观看巨浪、怒涛、海水泡沫，我这个极度恐高的人，感到地动山摇、乾坤旋转，恐惧得手脚发冷。我如果不幸生于海盗时代、不幸成为古堡的守军，我哪敢开炮杀敌呢，先吓死算了。

我们钻进了城堡，城堡内扑朔迷离，如风谲云诡的迷宫，我走了几步就迷路了。城堡有好几层，每一层都是大石洞，石洞宽敞、干燥、宁静，石壁粗糙、厚实、冰凉，穿堂风从瞭望孔进来，非常清凉，吸走了我一身的汗水。我喜欢待在城堡里，有安全感，忘记了城堡架在悬崖上，舒服得不想离开，坐在石墩上听回音，想象当年的守军，怎么吃饭、睡觉、站岗。

走完了石洞、石梯、石道，我们出城堡上了平台，平台几百平方米大，被太阳晒得雪亮，人眼必须眯起来。平台有瞭望塔、指挥塔、箭塔、炮车，骑行团的男人们手叉腰、放眼海面，研究海盗船可能出现的方位,讨论应对的方法,射箭还是火攻,炮轰还是发水雷,他们绞尽脑汁,争论得面红耳赤,我真想变几个海盗船,请他们实战一番。他们如果出生在15世纪,充当城堡守军,或充当来犯的海盗,应该都是一把好手。

炮台上来了几队春游的孩子,他们边走边吃零食,对老师的讲解词毫不上心,天下的孩子都一样,什么春游秋游,不就为了一顿美味零食。

炮台上来了几对新人,新郎穿西服,新娘穿婚纱,前后有一群人伺候,拍照的、背行头的、化妆的、擦汗的、喂水的,新娘新郎一会儿张开手臂,假装飞翔;一会儿扶着炮车,假装开炮;一会儿趴在望远镜上,假装看海;一会儿手拉手慢走,接吻、拥抱。他们走到了花架下,神父和亲友等在那儿,结婚仪式开始,看上去挺眼熟。世上的婚礼差不多,新郎新娘的长相也极为相像。我相

在城堡拍婚纱照

信,对于新人来说,仪式有新鲜感,婚礼过程有新鲜感,那么其他呢,情感、肉体有几分新鲜感? 这个问题极有意思。我不是童贞主义,绝对不是,我个人赞成婚前同居,它能挽回不应发生的婚姻。但我强烈主张简化结婚仪式,低调再低调,取消也未尝不可,否则太假。既然婚前已同居,这样的仪式是给人看的,是矫揉造作的,是走过场的。早已同心的人称为新人,早已结合的人称为新婚,而办一场假模假样的新婚仪式,花那么多的钱,搞那么大的排场,不如直接吃一顿干脆。

当然,面对炮台上的新人,我愿意为他们祝福,祝他们真的幸福,真的永结同心。我的祝福是陈词滥调,生活本就由一组陈词、一曲滥调,组合起来,一遍遍弹,弹一千年一万年。

我们去了炮台边的酒店。比尔等在那儿,他为我们预订了长桌,这里背对圣地亚哥,面对加勒比海,听得见海浪声,看得到海上的渔船,能吹到带有腥味的海风。

这是我们最后一餐饭,是我们的分手饭,我们吃了最后一只龙虾,喝了最后一杯甘蔗鸡尾酒,就此告别圣地亚哥,告别加勒比海,告别古巴的故事和风景,告别路易斯、比尔,告别队友。

干杯,再干杯,男人们醉了,借着甘蔗酒的酒力,他们嚷着要骑摩托车,从圣地亚哥骑回哈瓦那。这倒是个好主意,可惜路易斯和比尔是无动于衷的表情。

"不能让摩托车自己骑回去吧?"骑手们大声发问。

"新的骑行团已经到位,明天出发,方向哈瓦那,谁想同行。"路易斯说,或者问,他到死了也不肯用升调。我有些伤感,不是因为他不肯用升调,而是我们还没离开,他就有新欢了。

边上的乐队换了一支歌,这支歌我太熟悉了,卡米拉·卡贝洛的《哈瓦那》。那就用这首歌，表达我此时的心情，为这本书收尾。

哈瓦那，欧—啦—啦
我的半颗心在哈瓦那
欧—啦—啦
带我回家
带我回家

胜利结束

附 录

骑行团队友

比尔·伊金斯(Bill Eakins),五十岁,我们的美国领队。比尔是导游出身,热爱摩托车运动,性格随和,对人亲切,不太幽默,但努力幽默,算是一个好领队。比尔身上背着一捆现金,非常大方,总是请我们大吃大喝,像个慈善家。其实钱都是我们的,是我们交的旅行费,羊毛出在羊身上,因此我们吃喝时都很拼命,要这要那,上厕所也要他付费,从没与他客气过。

迈克·戴维斯(Mike Davis),五十九岁,我们的德克萨斯州老乡,大地主兼企业家,很有钱,单身汉,相貌英俊、身材粗壮,肚子很大,像个大肚子蝈蝈。迈克会唱歌、会弹吉他,熟知古典音乐、乡村音乐、浪漫主义音乐,能一口气唱几小时,唱得不错,声音温软柔和,有催眠作用,他一唱歌我就打瞌睡,其他人鼾声大起。迈克正在谈恋爱,每天和女友通话十次,也许一百次,谁知道。

迈克长得像一辆坦克,两只膝盖却是假的,原装的膝盖骑摩托车时摔烂了。

装着假膝盖也要骑摩托车，迈克是个疯子。

斯坦·克罗斯特(Stan Cronister)，七十八岁，美国北方人，曾经是海军军官，爱好跳伞、飞行、滑雪、潜水、骑摩托车。老斯坦阅历丰富，思想老派，表情也严肃，却是很好动的人。在海边骑行时，要不是路易斯拦着，他几次三番要从悬崖跳海。我们住度假村时，只要有潜水项目，老斯坦必定蹦着跳着去参加，老海牛一样沉到海底。有一次他浮上来时，手里抓着一只龙虾。

这次的骑行，老斯坦一共摔了两个跟头，他是个胖子，又那么老，应该摔十次二十次，我们一致这样认为。

米莉·阿塞维多(Millie Acevedo)，五十岁，波多黎各人，性格开朗活泼，爱抽烟喝酒，也爱骑摩托车，这次的古巴之行，她不知怎么想的，也许想浪漫一下，不当骑手当了乘客，抱着丈夫兜风，这一浪漫，让她付出了血的代价，旅程不到一半，他们就在桥上翻了车，米莉摔得不轻，两人只好提前回家。

这件事，我在前面的文章里写了。

波多黎各人阿丹·尼格里奥尼(Adan Nigaglioni)，六十五岁，米莉的丈夫，是个老医生，患有帕金森病，手抖得厉害，他握住摩托车龙头时，摩托车也在抖，他上下摩托车极困难，像受了伤滚下山崖的山羊。阿丹是个好人，憨厚有情，他爱米莉，他把米莉摔伤后，哭得跟泪人一样。

阿丹离队前，再三叮嘱菲里普，要他对我好一点儿，不要像他一样把老婆摔了，女人是拿来爱的，不是拿来摔的。听了阿丹的话,我真想抱住他号啕大哭,他不知道,我们在非洲骑车时,菲里普摔了我三次。

坦尼亚·罗瑟菲尔德(Tanya Rotherfield),六十二岁,英国人,她是个画家,身体不太好,有糖尿病、肾病,得过乳腺癌,双乳割除了。坦尼亚很坚强,没被病痛打倒,跟着先生来了古巴。她也很善良,带了一箱子礼物——针线、肥皂、牙膏、铅笔、纸,送大人、送小孩。坦尼亚总是乐陶陶的,仿佛什么事都能让她笑,一片叶子掉进了脖子,她也笑半天。哪怕骂老公,她也是笑着骂。在野外上厕所,我帮她站岗时,听到她咯咯地笑。导游要求每人写日记,准备让美国海关抽查。旅行结束,全队就她一个人记日记,而她是最不需要记的,因为她是英国人。知道了这点,她差不多笑了一整天,回英国的飞机上也在笑,当然,这是后来知道的。

我找到了原因,坦尼亚为什么快乐,她的快乐来自爱情,她有一个比她小十岁、非常懂爱、把她当宝贝的小丈夫,他叫派特里克。

派特里克·罗瑟菲尔德(Patrick Rotherfield),五十二岁,英国人,坦尼亚的丈夫。

派特里克,我们喊他"派克",电脑工程师,身材高挑、匀称,相貌漂亮,挺像《行尸走肉》中的主角RICK。派克是完美的英国绅士,对谁都和蔼。派克爱坦尼亚的样子,让我想起老歌《老鼠爱大米》,他注视坦尼亚,就像注视十八岁的小情人,坦尼亚大叫:"派克!"他会像特种兵一样蹦起,火速来到她面前。派克对坦尼亚的爱,还表现在吃饭这件事,医生让坦尼亚吃素,于是他也跟着吃

比尔·伊金斯（Bill Eakins）

迈克·戴维斯（Mike Davis）

路易斯·冈萨雷斯（Luis Gonzalez）

米莉（Millie）和阿丹（Adan）

坦尼亚（Tanya）和派特里克（Patrick）

斯坦·克罗斯特（Stan Cronister）

我和菲里普

中途休息

骑行队伍

素,这事是有难度的,不是所有丈夫都能做到,我问过菲里普,他说他做不到,他必须吃肉,真让我失望透顶。当然,换作我也做不到,我必须吃肉,不吃肉我没力气。

每天的骑行,只要派克骑在我们前面,我就会觉得安心。如果迈克和斯坦骑在后边,我便忧心忡忡,他俩骑车又快又猛,且都是胖子,万一失控撞上来,我们会飞进甘蔗地,或飞进加勒比海。

团里还有一对夫妻,菲里普和盛林,他们的故事您肯定看厌了,就不在这里写了。

不过,有一件事想写一下,团里三对夫妻,米莉和阿丹、派克和坦尼亚,我和菲里普,全都是半路夫妻,这件事确实凑巧。很多人说半路夫妻难长久、难到头,结果如何,咱走着瞧。

好了,最后一位是路易斯·冈萨雷斯(Luis Gonzalez)五十七岁,我们的古巴导游,他具有国际导游资格证,一口好英语完全靠自学,他脑瓜子机灵,身体也健壮,骑摩托车技术高明,上树的技术也高明,他为我摘了不少椰子。关于他的情况,我在书里写了很多,不再重复。

总之,分手前,路易斯在我们脸上亲了又亲,看上去有些伤感,这可不像路易斯。我们邀请他去美国玩,我们陪他骑摩托车,充当他的导游。

还有一件事,菲里普带了一大堆车标,只送掉一个,剩下的没人要,全给了路易斯。路易斯说,等他老了,做不动导游了,他就帮人修老爷车,这些车标就派上用场了。

"你们还会来古巴吗?"他说,或者问。

小贴士

古巴旅游宝典

1.中国人拿中国护照去古巴是免签证的,但还是要办一张绿色通行证,去古巴大使馆办,一百五十美元左右。表格可别填错,重填得再交费。进古巴后,把通行证收好,千万别丢了,补证挺麻烦。

2.如果您在美国旅游,顺便想去下古巴,别处办的通行证是无用的,要在海关重新申请。

3.古巴很少有国际通用的ATM机,换古巴比索最好去银行,美元、欧元、人民币通用。您最好不要用美元换,美元换钱要收百分之十五兑换费。

4.古巴有两种货币,一种叫CUC,供游客使用,相当于外汇券。还有一种叫CUP,供当地人使用。CUC和CUP比价是一比二十五。你用钱时要仔细看,不要把便宜的CUP找回来。

5.在古巴刷卡不方便,如果刷美金,要交很高的兑换费,如果刷人民币,很多机器不能刷;如果去银行换古巴CUC,队伍要排好几个小时。您最好带足现金。换币时,除了人民币,加元、欧元也很合算,就是不要用美元。

6.古巴五月至九月飓风多,格外炎热,最好避开这个时候。最好的季节是一、二月和十二月,但依然相当热,您要带足夏装、游泳装备、防晒用品。

7.古巴通用语言是西班牙语,可做些语言交流上的准备,您最好在手机上下载一个西班牙语言软件和古巴地图。

8.古巴厕所都要付钱,您准备好一美元以下的小面值。另外,必须自带卫生纸。

9.古巴出境只能带一百支雪茄,请不要多带了,会被海关没收。

10.古巴民宿多,可以上网搜索,一般价格三十五美元一夜。请自带洗漱用品。

11.建议您去的城市:哈瓦那、特立尼达、巴拉德罗、西恩富戈斯、圣克拉拉、比尼亚莱斯、马坦萨斯、卡马圭、古巴长岛、比那尔德里奥、巴拉科阿、科科岛、圣地亚哥。

12.古巴出租车主要是老爷车、COCO椰子车、人力三轮、马车、大篷车、有座卡车。

13.古巴公交车比较少,也比较挤,火车很慢,建议少坐,不如租车出游。或者坐中国的宇通客车出游,宇通只去著名景点。小景点或者上山玩,最好坐马车或牛车。

14.如果看到挂蓝牌的政府车辆,您可以让他们停车,免费搭车,这是古巴的法规。

15.在古巴租车需提供有效驾照翻译件、护照、押金。一百美元一天,或者按小时算。还要付保险费,一天五十美元,押金是五百美元左右。

16.古巴路况差,特别是风景点,自己开车要带个当地向导,晚上不要开车,大部分道路没路灯。

17.出游也可租自行车,酒店和民宿提供这项服务。价格五美元一小时。

18.古巴十日游,吃、行、住加起来,估计在三千美元左右,并不便宜。

19.飞行航线(供参考):中国——加拿大——古巴,中国——美国——古巴,中国——欧洲——古巴。中国——俄罗斯——古巴。(最后一条现在可能有变,因为俄乌冲突。)

20.古巴上网很麻烦,乡村根本上不了,城市或度假村可买上网卡,平价一美元一小时,黑市价五美元一小时。买卡的人很多,要排队。上网的地方在城市公园、广场、宾馆、饭店等。

21.您最好别指望开通手机短信,基本连不上。真的需要打电话,可找当地人帮忙,借用他们的手机,付一点儿小费。

22.古巴饮食品种丰富,除了古巴风味,还有欧洲、美洲、非洲、拉丁美洲及亚洲风味。吃龙虾是不可错过的事,龙虾价格便宜,一只龙虾的价格,豪华酒店十二美元左右,普通饭店十美元左右,民宿八美元左右,如果到沙滩上吃,一到五美元的龙虾也有。

23.古巴雪茄、甘蔗酒、咖啡、水果有名,您具体看我的书就行了。

24.不要直接饮用自来水龙头的水。路上有很多柴油机车,最好事先戴个口罩。因为热，肯定有虫，请带好除虫水。

25.必需用品不要到古巴买，古巴物资紧缺，很多东西凭票，有钱也不一定能买到。这事我在书中多次提醒了。

26.还有很多想提醒您的事，好像都写在了书中，欢迎您查询。

27.我有公众号和视频号，查找"盛林仙儿"，您就能联系到我，如果您还有什么问题，欢迎去留言。

（全文完于2024年1月5日）